Ulla Neumann
Altweibersommer

Ein Bodensee-Krimi

Oertel+Spörer

Dieser Kriminalroman spielt an realen Schauplätzen.
Alle Personen und Handlungen sind frei erfunden.
Sollten sich dennoch Ähnlichkeiten mit lebenden oder
verstorbenen Personen ergeben, so sind diese rein zufällig
und nicht beabsichtigt.

© Oertel + Spörer Verlags-GmbH+Co. KG 2015
Postfach 16 42 · 72706 Reutlingen
Alle Rechte vorbehalten.

Titelbild: Joachim Feist
Umschlaggestaltung: Oertel + Spörer Verlag,
Bettina Mehmedbegović
Satz: Uhl + Massopust, Aalen
Druck und Bindung: CPI books GmbH
Printed in Germany
ISBN 978-3-88627-384-3

Besuchen Sie unsere Homepage und informieren
Sie sich über unser vielfältiges Verlagsprogramm:
www.oertel-spoerer.de

O Herr, gib jedem seinen eignen Tod.
Das Sterben, das aus jenem Leben geht,
darin er Liebe hatte, Sinn und Not.

(Rainer Maria Rilke, 15.4.1903, Viareggio)

Nur mit einem rosa Satinbüstenhalter und einem weißen Baumwollschlüpfer bekleidet wurde die 80-jährige Hortense Meier kurz nach Mitternacht von Frau Brill, ihrer Wohnungsnachbarin, im großen Gemeinschaftsmüllcontainer entdeckt. Auf die Frage, was sie dort mache, antwortete sie:
»Ich suche.«
Was sie suchte, konnte sie nicht sagen. Sie hatte es vergessen. Mithilfe einer Trittleiter war Frau Meier in den Container hineingeklettert. Danach hielt sie die Schwerkraft darin gefangen. Erst mit kräftiger, männlicher Unterstützung konnte sie ihr verzinktes Gefängnis wieder verlassen. Ein Jahr später landete dann wirklich ein großer Teil ihres Besitzes in diesem Müllcontainer. War es möglich, dass Hortense Meier mit ihrem verwirrten Geist bereits damals suchte, was ein Jahr später dort entsorgt wurde?

Wenn man länger als ein halbes Leben als Hebamme in Meersburg am Bodensee gearbeitet hat, dann sollte man meinen, dass das Klingeln eines Telefons einen nicht so schnell aus der Ruhe bringen kann. Aber genau das passierte Dora de Boer in letzter Zeit immer öfter. Wie ein hypnotisiertes Kaninchen starrte sie auf den Apparat und wünschte, ihn ignorieren zu können.
»Irgendwann wird der befürchtete Anruf kommen, aber

bitte nicht heute«, flehte sie laut und schaute wie Hilfe suchend zu ihrer von einer Grünpflanze fast gänzlich überwucherten Wohnzimmerdecke.

Das Gewächs sollte ich auch mal wieder in seine Schranken verweisen und zurückschneiden, dachte sie. Irgendwann, wenn sie nicht aufpasste, würde sie eines Morgens aufwachen und die grünen Krakenärmchen mit den niedlichen runden Saugnäpfen und Blättchen hätten sie überwuchert und wie eine Spinne samt ihrem Bett eingesponnen und gefesselt.

Das Klingeln hörte nicht auf. Seufzend griff sie schließlich doch zum Hörer.

Wie befürchtet war Frau Brill, die Bewohnerin einer der Wohnungen des großen altherrschaftlichen Hauses in München, am anderen Ende der Leitung. Sie war so höflich und freundlich, dass Doras schlechtes Gewissen ins Unermessliche wuchs. Es gab keinen Vorwurf, nur Besorgnis klang aus der Stimme, während sie von der letzten Nacht erzählte, in der Doras Tante Hortense Meier nackt auf ihrer Dachterrasse im vierten Stock gestanden und laut um Hilfe gerufen hatte. Sie hatte den Weg in ihre Wohnung zurück nicht mehr gefunden. Ganz beiläufig erwähnte Frau Brill noch, dass das Thermometer kaum mehr als null Grad angezeigt hatte.

Fast das ganze Haus war einmal mehr auf den Beinen gewesen, bis die Ursache der Hilferufe entdeckt und eine Nachbarin mit einem Zweitschlüssel Frau Meier in ihre warme Wohnung zurückbegleitet hatte. Sämtliche Mitbewohner litten mit, aber auch unter der alten Dame und ihren neuerdings regelmäßigen nächtlichen Eskapaden. Sie verstanden nicht, dass sie, Dora de Boer, als Nichte der alten Frau nicht endlich etwas unternahm, um ihnen wieder zu ihrer nächtlichen Ruhe zu verhelfen.

Dora wusste zwar noch nicht was, aber sie würde sich etwas einfallen lassen müssen. Sie fühlte sich verpflichtet und versprach, etwas zu tun und am Wochenende nach München zu kommen.

Eigentlich hatte sie geplant, am Samstag mit ihrer Freundin Rose Ziegler einen Tag durch Konstanz zu bummeln.

Bereits seit Monaten wartete Dora darauf, dass das Thema Demenz und das Sich-um-Tante-Hortense-kümmern-Müssen eines Tages auf sie zukommen würde. Wie es aussah, war es nun unaufschiebbar geworden. Nur war es kein greifbares Problem. Nichts, das man anfassen, abarbeiten und wegräumen konnte. Es war etwas Riesengroßes, dabei unbestimmt und verschwommen, und es machte Dora Angst, weil sie nicht wusste, wie und was sie tun konnte. Aber jetzt wurden von ihr Taten erwartet.

Vor zwei Jahren mit 58 war sie nach einem Herzinfarkt, der sie wie ein Blitz aus heiterem Himmel getroffen hatte, aus dem Berufsleben als Hebamme ausgestiegen. Sie hatte Tag und Nacht für wenig Lohn und kaum noch aufzubringende Versicherungsbeiträge bereitgestanden und gearbeitet. Das Wissen um ihre eigene Vergänglichkeit lag plötzlich klar und unübersehbar, wie der See unter einem wolkenlosen Himmel, vor ihr. Sie beschloss, die ihr noch verbleibende Zeit ruhiger anzugehen, gleichzeitig entwickelte sich irgendwo in ihrem tiefsten Innern ein unbändiges Verlangen danach, noch einmal neu in dieses Leben einzutauchen. Es lockte sie wie an einem heißen Sommertag ein Sprung ins kühle Wasser. Dora wollte sich endlich Zeit für ihre bisher zu kurz gekommenen Interessen nehmen. Sie wollte mehr wissen über alternative Medizin und die großen Schamanen und Heiler dieser Welt. Ihr Traum war immer noch eine Ausbildung zur Heilpraktikerin. Wenn sie jetzt nicht damit anfing, wann dann sollte sie es tun? Wenn sie 70 wäre?

Dora war unabhängig. Sie brauchte niemandem Rechenschaft abzulegen. Ihr Sohn Andreas, der wie sein Vater Medizin studiert hatte, brachte genauso wie dieser für ihr

Interesse an der alternativen Medizin und dem Schamanismus absolut kein Verständnis auf. Beide unterstellten ihr sogar, dass sie damit manchmal ihre Arbeit als Schulmediziner sabotierte. Ihren Sohn hielt dies nicht davon ab, sie gelegentlich um Hilfe in seiner Praxis zu bitten, wenn eine seiner Assistentinnen vorhergesehen oder unvorhergesehen einmal ausfiel.

Mit ihm zusammen bewohnte sie auch das alte Haus direkt am See, das nach wie vor ihr und ihrem Immernoch-Ehemann Alexander gehörte, von dem sie seit 18 Jahren getrennt lebte. Dora bewohnte die Wohnung im Erdgeschoss, ihr Sohn das Stockwerk darüber. Sie respektierten gegenseitig ihre Privatsphäre und hielten ihre Haushalte streng getrennt. Wenn sie Fremde gewesen wären, hätten sie nicht auf mehr Distanz achten können. Vermutlich funktionierte ihr Zusammenleben aus diesem Grund fast problemlos.

Eine Hebamme als Nachfolgerin hatte sich damals schnell gefunden. Aus den neuen Bundesländern war die 32 Jahre alte Kerstin Fischer mit ihrer 13-jährigen Tochter Annika nach Meersburg gezogen. In Brandenburg wurden immer weniger Kinder geboren. Das bedeutete nicht zwangsläufig, dass am Bodensee die Geburtenstatistik ansteigende Zahlen vorzuweisen hätte. Annika machte den Eindruck eines aus dem Nest gefallenen Vögelchens. Sie tat sich im Gegensatz zu ihrer praktischen, energischen Mutter, die eine auffallend angenehme, sanfte Stimme hatte, immer noch schwer mit dem Eingewöhnen.

Mutter und Tochter waren 200 Meter weiter auf der anderen Straßenseite in eine damals gerade leer stehende Dachgeschosswohnung in einem Haus am Hang eingezogen. Der Hausbesitzer war Hagen Reich. Dora hatte dem Mädchen und seiner Mutter angeboten, dass sie, wenn sie mal Lust auf eine Runde schwimmen im See hätten, gerne zu ihr runter kommen könnten. Das Gartentor stand sowieso meist offen. Dora spürte, dass Annika nicht glücklich war. Ihre Mutter dagegen machte einen zufriedenen Eindruck. Eines Tages während eines Spaziergangs war Dora den ungewohnten Klängen einer Trommel gefolgt. Auf der Wilhelmshöhe über Hagnau saß Kerstin Fischer auf dem Boden und schickte mit der Abendstimmung eine Klangbotschaft über den See. Hagen Reich, ihr Vermieter, hatte Kerstin Fischer zu verstehen gegeben, dass ihre Trommelei in seinem Haus und dem Garten nicht erwünscht war.

Dora bändigte ihre in der Zwischenzeit mehr graue als blonde Mähne, die sie grundsätzlich schulterlang trug, mit einem Gummiband im Nacken. Sie achtete dabei darauf, dass ihre Henkelohren, wie sie ihre Ohren selbst gern scherzhaft bezeichnete, unter ihrem Haar versteckt blieben. Aus diesem Grund hatte sie nie den Mut zu einem Kurzhaarschnitt gehabt. Ihre seegrünen, etwas weit auseinanderstehenden Augen blickten aus ihrem runden Gesicht immer wach und interessiert. Es entging ihnen nichts.

Frühling lag in der Luft. Dennoch blies ihr ein frischer Wind entgegen, als sie das Haus verließ. Dora war auf dem Weg zum Wochenmarkt. Sie schwankte bei der Wahl zwischen Fahrrad und Auto, um ihre Einkäufe nicht tragen zu müssen. Sie entschied sich für das Rad. Sie wusste, dass es idiotisch war, weil die Steigstraße zu steil war, um hinaufzufahren. Und zum Hinunterfahren war sie ebenfalls zu steil. Außerdem war es verboten. Parkplätze dagegen waren in der touristenfreien Zeit noch nicht absolute Mangelware.

Sie fuhr ein Stück den See entlang. Von der Fähranlegestelle her kam ihr eine nicht gerade lange Autoschlange entgegen. Das bedeutete, dass das soeben angelegte Schiff höchstens zur Hälfte voll gewesen war. Schon bald würde das nicht mehr der Fall sein. Mit dem Fortschreiten des

Jahres und steigenden Temperaturen vermehrten sich die Autos mit fremden Nummernschildern wie die Mücken am See, um mit den kürzeren Tagen und dem Nebel im Herbst wieder zu verschwinden und den Bodensee und die Parkplätze wieder den Einheimischen zu überlassen.

Dora schob ihr Fahrrad den Berg zur Winzergasse hinauf. An einem Werktag Ende April waren die Meersburger noch fast unter sich. Gelegentlich winkte sie Bekannten zu und rief einen Gruß über die Straße. Im Elektrofachgeschäft, das bereits in dritter Generation von einem Ziegler geführt wurde, arbeitete Doras Freundin Rose Ziegler zusammen mit ihrer Tochter Iris. Roses Enkeltochter, die sechsjährige Samantha, wurde von Mutter oder Großmutter nebenbei im Laden bespaßt, wenn sie nicht gerade im Kindergarten war.

Vor der Eingangstür lehnte ein Kinderroller an einem Blumenkübel, in dem rote Tulpen und blaugesichtige Stiefmütterchen um Aufmerksamkeit wetteiferten. Nach Luft ringend stellte Dora ihr Fahrrad daneben. Noch völlig außer Atem stieß sie unter der Ladentüre mit Roses Freundin Klara Reich zusammen. Mit ihren großen dunklen Augen starrte sie erschrocken auf Dora. Ihr sicher seit mehr als zehn Jahren nicht mehr geschnittenes, bis über die Taille reichendes dünnes, weißes Haar umflatterte sie wie ein Seidentuch.

»Tschuldige, 'ß Gott und Wiedersehn«, stammelte sie und war auch schon wie ein flüchtendes Gespenst mit wehendem Schleier auf der Treppe zur Steigstraße hinunter verschwunden.

»Was war denn das jetzt?«

Dora sah ihre Freundin fragend an. Rose schüttelte mitleidig ihren schwarzen Pagenkopf.

»Im Moment ist sie völlig durch den Wind. Ihr Hagen hat gerade wieder einen Termin bei seinem Rechtsanwalt. Es geht immer noch um die über fünf Meter hohe und

25 Meter lange Thujahecke. Der Nachbar hat den jahrelangen Streit endgültig satt und will nun vor Gericht gehen. Klara hat sich darüber so aufgeregt, dass sie mal wieder keinen vollständigen Satz zustande bringt.«
»Wenn ich diesen Mann ertragen müsste – und dazu die Mutter im Rollstuhl ...«
Dora sprach nicht weiter. Sie verdrehte nur ihre grünen Augen gegen den Himmel.
»Nicht nur das. Ich kann's einfach nicht vergessen. Jedes Mal, wenn ich Klara sehe, denke ich an den armen Rainer, ...«
»Ich bitte dich, sei still!«, sagte Rose.
Es klang bestimmt und dabei klatschte sie sich die Hände auf ihre Ohren.
»... der mit 16 Jahren seinen Hals auf die Schienen legt und seinen Kopf von einem Zug abfahren lässt. Wenn du als Mutter das erleben musst, kannst du doch nicht mehr normal sein. Selbst ich bekomme bei dem Gedanken daran, und das sind doch jetzt auch schon zwölf Jahre her, immer noch Gänsehaut.«
Dora hatte unbeirrt weitergesprochen. Die kleinen Härchen auf ihren sommersprossigen, gefleckten, braunen Armen standen tatsächlich bereits senkrecht.
»Mich würde immer noch interessieren, warum er es getan hat. Mir kannst du nichts erzählen, da muss etwas Furchtbares vorgefallen sein! Und wenn es das Letzte ist, was ich mache, ich werde es schon noch rausfinden. Ich habe ihm schließlich bei seiner Geburt geholfen. Ich habe ihn in Empfang genommen. Meine Hände waren die ersten, die seinen kleinen Körper berührt haben.«
Dora sagte das so, als ob sie, weil sie Kindern auf die Welt geholfen hat, auch die Verantwortung für deren weiteren Lebensweg übernehmen müsste.
»Er war immer ein so lieber, freundlicher Junge und dazu noch so hübsch, sogar in der Pubertät.«

»Lass endlich gut sein, Dora! Das Schnüffeln nach so langer Zeit bringt doch nichts. Alle wollen vergessen. Und ob du nun weißt, warum, ändert nichts an der Tatsache, dass der arme Junge tot ist.«

Roses Stimme klang entnervt. Wenn möglich ging sie diesem Thema aus dem Weg. Rose stand zwischen ihren beiden Freundinnen Klara und Dora, deren einzige Verbindung sie war. Ohne Rose konnten Klara und Dora nichts miteinander anfangen.

»Komm, ich mach uns einen Cappuccino«, lenkte sie ab.

»Bis jetzt habe ich immer nur vorsichtig gebohrt. Aber jetzt habe ich die Zeit, die Vergangenheit ernsthaft in Angriff zu nehmen.«

Dora ließ sich nicht so leicht ablenken.

»Wenn ich an Klara und ihr Schicksal denke, dann kann ich über meine Probleme mit meiner vermutlich immer dementer werdenden Tante nur lachen«, sagte sie, aber es klang resigniert.

Die zwei Frauen durchquerten das Geschäft. Hinter der Ladentheke saß Roses Enkelin Samantha. Sie hatte ihren schwarzen Lockenkopf über ein Blatt gebeugt und malte. Iris, Roses Tochter, telefonierte allem Anschein nach mit ihrem Mann Harsha, einem Inder, der seit Samanthas Geburt angeblich Physik in Konstanz studierte. Im Büro stellte Rose zwei Kaffeetassen unter die italienische Kaffeemaschine.

Dora erzählte von dem neuerlichen Anruf aus München und, dass sie sich gezwungenermaßen bereit erklärt hatte, am Wochenende nach dem Rechten zu sehen, dabei aber noch keine Ahnung hatte, was das Rechte sein würde. Ihr für Samstag geplanter gemeinsamer Einkaufsbummel durch Konstanz musste also verschoben werden, was Rose sehr bedauerte. Sie hatte auf ein paar Stunden Entspannung und Ablenkung gehofft. Sie war mit den Nerven am Ende.

In der letzten Zeit bekam sie regelmäßig obszöne und

drohende Anrufe. Eine unheimlich verzerrte Stimme begann sofort, nachdem sie sich am Telefon gemeldet hatte, entweder nur zu stöhnen oder Rose als geile Schlampe, Hure und noch Schlimmeres zu beschimpfen und ihr zu drohen, dass ihr etwas Furchtbares passieren würde, wenn sie jetzt den Hörer auflegen würde. Sie schmiss trotzdem jedes Mal entsetzt und wütend den Hörer zurück oder drückte den Anrufer aus der Leitung. Aber der war hartnäckig. Er hatte allem Anschein nach nicht vor aufzugeben und rief manchmal zwei-, dreimal hintereinander an. Wenn Rose allein im Geschäft war, konnte sie schlecht die Annahme eines Anrufs verweigern. Sie war immer froh, wenn Iris oder ihr Mann anwesend waren und ans Telefon gehen konnten. In diesem Fall legte der Unbekannte, ohne einen Ton von sich zu geben, sofort auf.

Dora rief ihre Tante in München an. Diese erwähnte mit keinem Wort das Ereignis der vergangenen Nacht. Und Dora zeigte nicht, dass sie davon wusste. Dafür beklagte sich Hortense sehr aufgebracht über ihren Hausarzt, der regelmäßig jede Nacht in ihre verschlossene und doppelt verriegelte Wohnung eindringe und ihr zwangsweise gefährliche Drogen mittels einer Spritze verabreiche.

»Ich bin am ganzen Körper voller blauer Flecken«, jammerte sie.

Dora sagte: »Tante Hortense, ich komm am Samstag und hol dich für eine Woche an den Bodensee. Abwechslung wird dir gut tun.«

»Aber ich weiß nicht. Ich hab doch noch so viel zu arbeiten. Und die Wohnung kann ich doch auch nicht allein lassen.«

Hortense zierte sich.

»Solange du bei mir bist, kann dir niemand ohne deinen Willen eine Spritze verpassen. Andreas und ich, wir werden aufpassen.«

Dora wusste, dass die Erwähnung ihres Sohnes auf ihre Tante beruhigend wirken würde. Andreas war ihr Liebling. Er war ein Mann und auch noch Doktor. Hortense verehrte Männer und vor allem Männer mit Doktortitel. Dora sagte noch schnell:

»Also bis Samstag.«

Ohne eine Antwort abzuwarten, legte sie auf.

Am Abend, nachdem Dora ihren Sohn Andreas, immer zwei Stufen auf einmal nehmend, nach Hause kommen gehört hatte, stieg auch sie die Treppe zu seiner Wohnung hinauf. Andreas hatte vor zwei Jahren die frühere Arztpraxis seines Vaters in einem Haus oben am Schlossplatz übernommen. Sein Vater, Doras Mann Alexander de Boer, stammte aus einer alten französischen Hugenottenfamilie. Er war vor 19 Jahren dem lukrativen Ruf eines großen Pharmakonzerns nach Basel gefolgt. Seine Allgemeinarztpraxis in Meersburg übergab er damals an seinen ehemaligen Studienkollegen Werner Groß. Vor zwei Jahren war Dr. Groß bei einer Klettertour in den Alpen tödlich verunglückt. Daraufhin hatte Andreas, der zu diesem Zeitpunkt im Krankenhaus in Friedrichshafen arbeitete, entschieden, dass er nun reif für die eigene Praxis sei.

Dora und ihr Mann Alexander hatten sich nach seinem Wechsel und Umzug nach Basel getrennt. Sie wollte damals lieber nicht so genau wissen, mit was er sich dort beschäftigte. Sie waren aber nicht geschieden. Keiner von ihnen hatte das Bedürfnis nach staatlicher Anerkennung ihres realen Familienstandes, der auch nicht so genau definierbar war. Dora und Alexander verbrachten immer noch jedes Jahr irgendwo auf der Welt gemeinsame Ferien, in denen sie sich gut verstanden. Ihre Reise im letzten Jahr hatte sie in einem nostalgischen Luxuszug von Singapur nach Bangkok geführt. In Meersburg hielten sie es, ohne zu streiten, höchstens noch ein paar Stunden aus.

Alexander lebte seit der Trennung bereits mit seiner dritten Lebensgefährtin zusammen. Sie waren alle blond, groß, schön und im Alter seines Sohnes. Dies hielt ihn, und auch Dora, jedoch nicht davon ab, zusammen auf Reisen zu gehen.

Bevor Dora an der Wohnungstür klingeln konnte, rief Andreas bereits:

»Komm rein!«

Er stand barfuß, in schwarzen Jeans und schwarzem Poloshirt in der Küche an die Arbeitsplatte gelehnt und ließ sich aus seinem Kapsel-Kaffeeautomaten einen Espresso einlaufen. Durch seine Vorliebe für schwarze Kleidung wollte er vermutlich den Unterschied zu seinem Vater betonen, der privat und beruflich nur in Weiß auftrat. Das Spiel ging so weit, dass Andreas einen schwarzen alten Porsche fuhr und sein Vater einen weißen Jaguar. Aber egal wie die zwei Männer ihre Verschiedenheit zur Schau stellten, sie waren sich so ähnlich, wie nur Vater und Sohn es sein konnten.

»Und der Wievielte ist das heute?«

Dora schaute ihren Sohn missbilligend an. Sie fand, dass er zu viel Kaffee trank und dass die vielen Blechkapseln eine sinnlose Umweltvermüllung waren. Andreas ignorierte die Frage. Vermutlich, weil er die unzähligen Tassen, die er im Laufe eines Tages in sich hineinschüttete, nicht zählte.

Dora suchte sich im Wohnzimmer einen Weg zum braunen Ledersofa. Sie machte einen großen Schritt über ein Laptop und musste sich beherrschen, um nicht eine der Auto- und Segler-Zeitschriften oder eines der Kleidungsstücke aufzuheben, die verstreut auf dem Boden herumlagen. Es war sicher besser, sich nicht vorzustellen, wie es vermutlich in den anderen drei Zimmern aussah. Sie fragte sich mal wieder, wie ihr Sohn in seiner Wohnung eine solche Unordnung um sich verbreiten konnte und sich dabei anscheinend auch noch wohlfühlte.

Dies stand ganz im Gegensatz zu seiner Praxis, in der er pingelig auf Ordnung bestand und alles immer untadelig aussah. Aber vielleicht lag es ja dort an der Putzfrau Frau Lindenmaier oder an Eva Bauer, einer seiner Sprechstundenhilfen. Eva war ein wirkliches Goldstück, wenn nicht gerade ihr fünfjähriger Sohn Lucas krank war oder seine Tagesmutter und dadurch auch Eva als alleinerziehende Mutter ein Problem hatte.

Dora bereitete Andreas darauf vor, dass sie am Wochenende nach München fahren würde, um Tante Hortense für eine Woche an den See zu holen.

»Muss das sein?« Andreas war nicht begeistert. »Ich habe eigentlich gehofft, du könntest mir nächste Woche in der Praxis aushelfen. Aber wenn Tante Hortense da ist, kann ich mit dir sicher nicht rechnen.«

Dora zuckte bedauernd mit den Schultern und gab kurz den Inhalt der morgendlichen Münchner Telefongespräche wieder.

»Tante Hortense ist, wie bereits seit einiger Zeit befürchtet, zum Problem für die Hauseigentümergemeinschaft geworden. Das heißt, dass sie nun mein Problem ist. Allein kann sie nicht mehr lange dort wohnen. Aber als ich ihr das letzte Mal Prospekte von Seniorenresidenzen gezeigt und den Vorschlag gemacht habe, doch mal die eine oder andere zusammen zu besichtigen, hat sie alle mit einem Wisch vom Tisch gefegt.«

Tante Hortense habe sie mit einem giftigen Blick aus ihren graublauen Augen beschossen und gezischt:

»Ich möchte nur wissen, warum ich dahin soll. Das sind doch nur Altersheime, auch wenn sie sich Seniorenresidenzen nennen. Da leben doch nur alte Weiber! Was soll ich da? Ich habe doch nicht mein Leben lang gearbeitet und mir mein schönes Heim eingerichtet, um es jetzt, wo ich es richtig genießen kann, gegen ein armseliges Zimmer in einer Anstalt einzutauschen. Meine Mutter ist mit 80 in ihrem Bett, in ihrem Haus gestorben und das werde ich auch. Mich bringt man hier nur tot hinaus. Bevor ich in ein Heim gehe, bringe ich mich um!«

Dora war über die Heftigkeit des Ausbruchs erschrocken gewesen und hatte gesagt:

»Aber das ist doch eine Sünde!«

Ihre Tante war schließlich praktizierende Katholikin. Doras scheinbare Besorgnis um ihr Seelenheil brachte Hortense damals zum Kichern.

»Du brauchst dir um mich keine Sorgen zu machen. Ich kann mir einiges an Sünden leisten, ohne in die Hölle zu kommen. Ich habe ein fettes Guthaben angehäuft. Ich bin weit im Plus.«

Auf Doras unverständlichen Blick hin, erklärte sie ihr, wie sie früher als Kind und auch noch als Jugendliche dafür gesorgt hatte.

»Den Ablasstagen sei Dank! An diesen Tagen konnte ich mich durch bestimmte Gebete für eine bestimmte Zeit aus dem zukünftigen Fegefeuer frei beten. Wie du weißt, müssen alle Sünder, auch du, außer natürlich die Heiligen, nach ihrem Tod da durchgehen. Ich konnte mein Guthaben an diesen Tagen auch noch multiplizieren. Ich hatte damals viel Zeit. Es gab noch kein Fernsehen. Schon als Kind bin ich aus diesem Anlass den Berg hinauf zur Stadtkirche gegangen. Später als Jugendliche fuhr ich mit meinem Rad, das Vollgummireifen hatte und natürlich keine Gangschaltung, zur Birnau. Dort in der Kirche konnte ich, während ich die vorgeschriebenen Gebete vor mich hin murmelte, meine Blicke schweifen lassen. Es war nie langweilig. Die prachtvoll ausgemalte Decke, überhaupt die ganze Kirche war ein Versprechen auf die Zeit nach dem irdischen

Leben. Und damit später einmal für mich das Fegefeuer nicht so lange dauern würde, habe ich viele Ablässe erbetet. Ich bin in die Kirche gegangen, verrichtete wie die Gebetsmühlen der Tibeter möglichst viele der vorgeschriebenen Sprüche und habe die Kirche verlassen, um eine Weile über den See und zur Mainau hinüberzuschauen und mir vorzustellen, dass ich nach meinem Tod einmal in etwas noch Schönerem als diesem Schloss leben würde. Danach bin ich wieder in die Kirche hineingegangen und habe mein Konto mit neuem Elan weiter aufgestockt. Im Magnifikat hat unter jedem Gebet die Anzahl der verdienten Ablasstage gestanden. Wenn ich dann nach einigen Stunden mein Guthaben zusammengezählt habe, war ich genauso stolz wie die Kinder heute auf ihr Guthaben auf ihrer Bankkarte.«

Dora gab den Inhalt des damaligen Gespräches an ihren Sohn weiter.

»Unglaublich, was man euch früher vorgegaukelt hat. Und glaubt sie das heute auch noch?« Andreas schüttelte verständnislos seinen Kopf mit perfekt anliegenden Ohren und den, wie seine Mutter fand, viel zu kurz geschnittenen dunklen, lockigen Haaren. Er grinste ungläubig.

»Ich bin gespannt, wie die nächste Woche wird«, sagte Dora und presste mit aufgeblasenen Backen hörbar die Luft aus dem letzten Winkel ihrer Lunge. »Vielleicht kannst du ja mal mit ihr über ein Seniorenzentrum reden. Das Wort Altersheim traue ich mich schon gar nicht mehr in den Mund zu nehmen. Auf dich hört sie noch eher.«

Andreas hatte seinen Espresso ausgetrunken. Auf dem Weg zurück in die Küche brummte er etwas vor sich hin. Dora stakste wie ein Storch aus dem Zimmer und verzog sich einen Stock tiefer in ihre eigene, fast ordentliche Wohnung.

Vor einigen Jahren hatte sie mitten in ihrem Wohnzimmer ein Beet wie in einem Wintergarten anlegen lassen. Sie wünschte sich in Erinnerung an verschiedene Asienreisen und der dort erlegenen Faszination zauberhafter Orchideen einen Platz, an dem sie ihre nach und nach gesammelten Schätze großzügig und dekorativ zusammenpflanzen konnte. Unbewusst hatte sie sich ja damit vielleicht auch einen Platz für die Erinnerung an die glückliche Zeit ihrer Ehe schaffen wollen.

Orchideen waren damals noch Luxuspflanzen. Sie waren noch nicht wie überreifes Obst in jedem Supermarkt und Baumarkt zu Schnäppchenpreisen zu haben gewesen. Während einer Asienreise mit ihrem Mann hatte sich Dora als Souvenir im botanischen Garten in Singapur eine kleine Orchidee gekauft. Das Pflänzchen war in einem Nährsubstrat in einer transparenten Plastikröhre zum Transport verpackt. In diesem Substrat war vermutlich auch ein blinder Passagier mitgereist, der sich im Gegensatz zur ausgesuchten Orchidee, die kurz darauf eingegangen war, heimlich still und leise als unbekannter Ableger zwischen den Orchideen breitmachte.

Es musste eine exotische Pflanze sein, weil Dora bis jetzt noch nicht in der Lage war, ihren Namen zu bestimmen. Sie war in keinem ihrer vielen botanischen Bücher zu finden. Zuerst war es nur eine kleine kriechende Blattpflanze mit hübsch gezeichneten, herzförmigen Blättchen, die sich langsam, aber sehr dekorativ zwischen den exotischen Blumen ausbreitete. Mit Erstaunen und Interesse, viel Pflege und Züchterstolz verfolgte Dora ihren Schützling. Mit der Zeit eroberte er sich jedoch immer ungenierter neue Flächen. Manchmal, wenn alle Fenster geschlossen waren und es ganz ruhig war, glaubte Dora das Wachsen der Pflanze wie ein zartes Wispern hören zu können.

Nach ein paar Jahren überwucherte die ihr immer noch unbekannte Pflanze zwei Wände und die Decke. Vermutlich waren ihr auch bereits einige Orchideen zum Opfer gefallen. Sie hatte sie erwürgt. Wenn Dora nicht regelmäßig durch radikales Schneiden das Sprießwunder im Zaum gehalten hätte, wäre sicher bereits die ganze Wohnung zugewachsen. Wie bei Dornröschen, nur ohne Dornen, dachte sie und verbesserte sich selbst bei dem Gedanken an ihr Alter: bei mir eher Hagebutte! Sie musste lachen.

Dora begann, Blätter und kleine Zweige mit winzigen Saugnäpfchen abzuzupfen, die sich in der Wand scheinbar für ewig verankert hatten und sich mit aller Kraft gegen das Abreißen sträubten. Es war die ideale Beschäftigung, um dabei nachzudenken oder um wie die Shaolinmönche, während sie den Wald fegten, zu meditieren.

Am nächsten Morgen versuchte sie, die Telefonnummer von Hortenses Hausarzt herauszufinden. Nach kurzem Überlegen fiel ihr sein Name ein. Dank Internet war der Rest keine große Aktion. Sie konnte kurz mit ihm sprechen. Er war sehr freundlich, aber zu einer Auskunft nicht bereit. Dora machte sich auf die Suche nach der notariellen Generalvollmacht, die sie vor 15 Jahren einmal von ihrer Tante bekommen hatte und die alle Bereiche ihres Lebens und ihres Vermögens betraf. Dora konnte und wollte sich damals nicht vorstellen, dass sie eines Tages die Verantwortung für einen alten, nicht mehr zurechnungsfähigen Menschen übernehmen müsste, der aber im Gegensatz zu einem Baby in der Lage war, seine Wünsche und Meinungen bestimmt auszudrücken. Sie faxte das Dokument dem Arzt zu und er rief sie zurück.

Er war besorgt. Seine Patientin Hortense Meier litt an Demenz, einer Neurose sowie an Verfolgungswahn. Sie sollte dringend für zwei bis drei Wochen in eine Klinik, damit sie dort gründlich untersucht und auf die richtigen

Medikamente eingestellt werden könnte. Aber Frau Meier weigere sich beharrlich und glaube sich nun von ihrem langjährigen Hausarzt verfolgt und von ihm des Nachts zwangsbehandelt zu werden. Als Dora fragte, was sie tun sollte, konnte er ihr keinen Rat geben.

»Man kann Frau Meier nicht zwingen, sich behandeln zu lassen, und solange sie sich und keiner anderen Person wirklich Schaden zufügt, besteht keine Möglichkeit etwas zu unternehmen. Wir leben in einem Rechtsstaat«, beendete er seine Auskunft.

Am Samstagvormittag machte sich Dora in ihrem grauen Mini auf nach München. Sie hatte diese Farbe gewählt, weil sie ihrer Meinung nach am schmutzunempfindlichsten war. Seit ihrem letzten Besuch waren vier Monate vergangen. Sie telefonierte wenigstens einmal in der Woche mit ihrer Tante. Meistens war es Dora, die anrief und dann auch redete. Die Erzählungen der Tante fielen in der letzten Zeit immer sparsamer aus. Es waren stichwortartige Erlebnisberichte über Fahrradtouren, die sich wiederholten.

Sie fuhr noch regelmäßig in die Stadt, und sobald es wärmer wurde, wollte sie auch wieder bis nach Starnberg hinaus radeln. Sie klagte allerdings immer öfter darüber, dass es ihr große Mühe bereite, ihr Fahrrad aus dem dafür vorgesehenen Raum aus der Tiefgarage die steile Auffahrt hinaufzubringen. Sie stellte sich deshalb vorher an die Straße und wartete, bis ein ihr kräftig erscheinender Mann auftauchte, den sie dann ansprach und um Hilfe bat. Wenn sie aber einmal auf ihrem Fahrrad saß, fühlte sie sich jung, stark und im Verkehr sicherer als zu Fuß. Das erzählte sie voller Stolz. Auf Doras vorsichtigen Einwand hin, dass sie dem Stadtverkehr vielleicht doch nicht mehr ganz gewachsen wäre, antwortete sie kurz und verärgert:

»Solange ich rechts und links unterscheiden kann, solange werde ich Radl fahren!«

Mit einem vermutlich beleidigten Gesicht legte sie danach den Hörer auf und ließ Dora stehen. Dora überlegte sich, ob sie nicht Hortenses Fahrrad aus dem Fahrradkeller verschwinden lassen könnte, in der Hoffnung, dass es als gestohlen gelten und Hortense sich kein neues Rad mehr kaufen würde. Vorsichtshalber setzte sie sich mit dem zuständigen Polizeirevier in Verbindung. Sie hoffte, dass man der alten Frau vielleicht auch die Teilnahme am Straßenverkehr verbieten könnte. Von dem zuständigen Beamten bekam sie jedoch keine Unterstützung.

»Solange eine Verkehrsteilnehmerin sich selbst oder anderen Personen keinen Schaden zufügt, solange hat sie das Recht am Straßenverkehr teilzunehmen. Egal, wie alt sie ist.«

Und dann sagte er noch:

»Wenn Sie Ihrer Tante das Fahrradl wegnehmen, ist das ein Tatbestand, der als Diebstahl geahndet wird. Sie würden sich also strafbar machen!«

Dora fiel nichts dazu ein. Nach einer kurzen Pause sagte der Beamte dann in seinem schönen Bayrisch:

»Könn'S sich die Schlagzeilen in der Bildzeitung vorstellen, wenn wir ihr das Fahrradl wegnehmen? Und den Aufschrei, der danach folgen wird? – Polizei nimmt jetzt alten Frauen das Radl weg!«

Tante Hortense war die 15 Jahre jüngere Schwester von Doras längst verstorbener Mutter. Sie war früher in der Modebranche tätig und ihr Leben lang Chefin gewesen. Sie hatte nie eine eigene Familie gehabt. Doras kleine Familie war zu Hortenses Familie geworden. Obwohl Dora auf 60 Jahre zurückblicken konnte, behandelte Hortense sie gelegentlich wie einen unreifen Teenager. Doras Sohn Andreas dagegen, der gerade mal 34 Jahre alt war, galt bei ihr bereits seit Jahren als anerkannte Autorität, aber er war ja auch ein Mann und er hatte einen Doktortitel.

Je mehr sich Dora München näherte, desto höher wanderten ihre Schultern in Richtung Ohren. Als sie vor Hortenses Haus ausstieg, musste sie sich zuerst dehnen und strecken. Sie fühlte sich, als hätten sich sämtliche Muskeln ihres Körpers verkrampft. Auf der ganzen Fahrt hatte sie gegrübelt und überlegt, was sie tun konnte und was es für Möglichkeiten gab, das Leben ihrer Tante zu organisieren. Hortense war dazu offensichtlich selbst immer weniger in der Lage. Das Problem war nicht das Organisieren oder das Finden von Lösungen für einen anderen Menschen. Das größte Problem war Hortense selbst, die nicht begriff, wie es um sie stand, und sich auf keinen Fall helfen lassen wollte. Wie ein kleines, bockiges Kind trotzte sie jedem Vorschlag. Wenn sie keine Gegenargumente mehr fand, war ihr Lieblingssatz:

»Ich möchte nur wissen, warum das jetzt wieder nicht geht. Früher hat man das doch auch nicht gebraucht.«

Auch Doras Sätze begannen oft mit der Einleitung:

»Ich möchte nur wissen, warum...«

Diese Frage schien in den Genen der Frauen der Familie verankert zu sein wie die blonden, gewellten Haare und die abstehenden Ohren.

Als Dora im vierten Stock aus dem Lift trat, standen Hortenses 48 Kilo auf jetzt nur noch 152 Zentimeter verteilt in Krizia-Jeans und Jil-Sander-Pulli erwartungsvoll lächelnd unter der Wohnungstür. Die Begrüßung war wie immer. Bis auf den an diesem Tag ungewohnt strähnigen blond gefärbten Pagenkopf, der normalerweise immer frisch gewaschen und geplfegt war, stellte Dora keine Veränderung an ihrer Tante fest. Die Wohnung war sauber und aufgeräumt. In der Küche strahlten die Edelstahlarbeitsfläche und das Spülbecken um die Wette. Die Topfpflanzen, auch die auf der großen Dachterrasse, machten alle einen gesunden Eindruck. Alles schien in bester Ordnung, bis Dora das Reiseköfferchen sah.

Es war garantiert der älteste Koffer, den Hortense besaß. Sie musste ihn aus der hintersten Ecke ihres Dachbodenverschlages ausgegraben haben. Vermutlich stammte er noch aus dem Zweiten Weltkrieg, wenn nicht sogar aus der Zeit davor. Er war sicher älter als Dora. Sie zwang sich, sich ihre Verwunderung nicht allzu sehr anmerken zu lassen. Hortense hatte den kastigen, aus Presskarton gefertigten braunen Koffer mit silbern beschlagenen Metallecken wie einen Schwerverwundeten mit weißem Kreppklebeband vollständig umwickelt.

»Eines der Schlösser schließt nicht mehr richtig«, sagte sie entschuldigend, als sie Doras doch nicht so gut verborgenen erstaunten Blick bemerkte.

Als sie gerade im Begriff waren, die Wohnung zu verlassen, nahm Hortense Dora bei der Hand und führte sie nochmals ins Wohnzimmer zurück. Sie öffnete die Tür ihres alten Sekretärs, zeigte auf einen Pappkarton und sagte:

»Dass du Bescheid weißt. In dem Karton sind meine Papiere. Ich habe alles geordnet und ausgemistet.«

Sie schloss die Tür, schaute ihrer Nichte mit klarem Blick in die Augen und meinte, irgendwie klang es zufrieden:

»So, jetzt können wir fahren!«

Dora lud Tante und bandagierten Koffer ins Auto und machte sich umgehend auf den Rückweg an den Bodensee. Da es noch Mittagszeit war, hielt sie an der Raststätte Lechwiesen und lud Hortense zum Essen ein. Weil diese nicht wusste, was sie essen wollte, machten sie gemeinsam zweimal die Runde um das kalte und warme Büfett. Dann entschied sich Hortense doch nur für Kaffee und ein französisches Mandelcroissant. Nur, es gab in dieser Raststätte keine Mandelcroissants.

»Ich möcht nur wissen, warum es hier keine gibt. Das esse ich doch immer, wenn wir zusammen unterwegs sind«, nörgelte sie.

»In Frankreich ja. Aber wir sind doch hier in Bayern. Willst du vielleicht nicht doch eine Brezn?«

Dora versuchte, geduldig zu sein.

»So«, sagte Hortense kurz und ihre Augen blickten wässrig an Dora vorbei.

Sie war beleidigt. Das gewöhnliche Buttercroissant, das sie als Ersatz bekam, zerbröselte sie am Tisch. Aus dem weichen Inneren knetete sie mit ihren schmalen, nun vom Fett glänzenden Fingern ganz langsam eine Teigkugel, mit der sie geziert zu spielen begann. Dora war der Appetit vergangen. Sie schaute krampfhaft in eine andere Richtung und drängte zur Weiterfahrt.

Auf der restlichen Strecke schien Hortense fast wie immer. Sie klagte über die Schmerzen, die ihr die Osteoporose verursachte, und über die Schwerkraft, die sie zusammen mit der Krankheit um mehr als fünf Zentimeter hatte schrumpfen lassen. Dora brachte das Gespräch vorsichtig auf die Empfehlung des Hausarztes, doch in eine Klinik zu gehen und sich einmal richtig durchchecken zu lassen. Hortense begann sofort, unvermutet wütend loszuschreien, und ruderte dabei wild mit den Armen:

»In Krankenhäusern und in den Kliniken werden alte Menschen wie ich doch nur umgebracht.«

Dora sagte verunsichert:

»Ich weiß nicht.« Sie legte ihre rechte Hand beschwichtigend auf Hortenses Arm.

Doch diese stieß die Hand empört grob und für ihr Alter kraftvoll zur Seite, sodass Dora Mühe hatte, das Auto in der Spur zu halten.

»Ich bitte dich, Dorothea! Denk nur mal an deine Mutter, an meine Schwester Rosmarie, sie kam mit einem einfachen Oberschenkelhalsbruch ins Krankenhaus und vier Wochen später war sie tot. Sie haben sie umgebracht. Ich geh in keine Klinik! Ich lasse mich nicht umbringen! Und ich bitte dich, lass mich ein für alle Mal damit in Ruhe!«, schrie sie so laut und schrill, dass sich ihre Stimme überschlug.

Sie verschränkte demonstrativ die Arme vor der Brust, kniff ihre Lippen zu einem dünnen Strich zusammen und schob mit einem Ruck wie eine Schildkröte ihren Kopf nach vorn. Dora schielte zu ihr hinüber, dachte »Altersstarrsinn« und sagte nichts mehr.

Nach einer Viertelstunde gemeinsamen Schweigens fragte ihre Tante plötzlich in außergewöhnlich sanftem Tonfall nach der auf den Rollstuhl angewiesenen Viktoria Kohler, der Mutter von Klara Reich und Großmutter von Rainer, der so tragisch Selbstmord begangen hatte. Obwohl Klara und ihre Mutter nicht weit weg von Dora wohnten und sie Klara bei der Geburt des jüngsten, so unglücklich ums Leben gekommenen Sohnes beigestanden hatte, würde Dora sie nie als ihre Freundin bezeichnen. Sie kannten sich, seit sie denken konnte, aber sie waren keine richtigen Freundinnen. Nicht so wie mit Rose.

Klara war schwer zu erreichen. Sie schien immer zu schnell vor sich oder hinter sich zu laufen, nur nie mit sich selbst. Es erinnerte Dora daran, wie sie als Kind mit im Rücken tief stehender Sonne versuchte, ihren vor ihr herlaufenden Schatten zu betreten. Wenn man, nachdem man Klara getroffen hatte, gefragt würde: »Was hat sie angehabt? Was hat sie gesagt?«, könnte man vermutlich nur ein Schulterzucken zur Antwort geben. Nur ihre dunklen, immer erschrocken fragenden, weit aufgerissenen Augen und ihr hüftlanger, weißer, seidiger Haarschleier blieben jedem in Erinnerung.

Doras Gefühl für Klara war Mitleid. Mitleid wegen ihres toten Sohnes. Mitleid wegen ihres erstgeborenen, lebenden Sohnes Jan, der angeblich in der Schweiz wohnte und von dem niemand wusste, warum er seit über zehn Jahren nicht mehr nach Hause kam. Dora vermutete, dass er ein Drogenproblem hatte. Dora hatte auch Mitleid mit Klara wegen ihrer kranken Mutter Viktoria Kohler, eine früher stolze, schöne und lebenslustige Frau, die vor 13 Jahren einen Schlaganfall erlitten hatte und seitdem im Rollstuhl saß, davon zwölf Jahre stumm.

Und sie bedauerte Klara wegen ihres Mannes Hagen Reich. Wenn Dora und Rose von ihm sprachen, nannten sie ihn nur »das Cleverle«. Er wusste alles und er wusste immer alles besser und hielt nie mit seiner Meinung hinterm Berg. Wenn Dora ihn sah, dachte sie: »Hartholz und Schwermetall zusammen«. Er war unglaublich von sich überzeugt. Es schien wenigstens so. Wie es in ihm aussah, wusste er vermutlich selbst nicht. Vielleicht brauchte er deshalb seine zur Schau gestellte Überlegenheit und Härte. Er, der Zugezogene, das Kind von Flüchtlingen, hatte etwas erreicht. Er war Besitzer eines großen Hauses am Bodensee.

Nur, das Haus hatte Hagens Meinung nach einen Schönheitsfehler. Es stand auf der falschen Straßenseite. Es hatte keinen eigenen direkten Zugang zum See. Und es war genau genommen das Haus der Familie seiner Frau. Er hatte seine Schwiegermutter, nachdem diese nach dem Schlaganfall aus der Reha zurückgekommen war, überredet, es auf ihre Tochter zu überschreiben, und danach hatte er seine Frau überredet, es aus steuerlichen Gründen auf ihn zu übertragen. Er war nun der rechtlich alleinige Besitzer eines Hauses am Bodensee, das nur durch die Uhldingerstraße und die Häuser, die auf der richtigen Seite standen, vom Wasser getrennt war. Eines der Häuser auf der richtigen Straßenseite gehörte Dora und ihrem Immer-noch-Ehemann Alexander de Boer. Zwei Häuser weiter in Richtung Fähreparkplatz, ebenfalls auf der richtigen Seite, wohnten Rose Ziegler mit ihrem Mann Peter, dem Elektromeister, außerdem ihre Tochter Iris, deren Ehemann Harsha und die sechsjährige Enkelin Samantha. Cleverles Haus thronte erhöht am Berg zwischen den Reben. Er hatte einen fantastischen Blick auf und über den See und die Häuser, die direkten Zugang zum Wasser hatten. Aber wie gesagt, dieses i-Tüpfelchen fehlte seinem Besitz.

Der Himmel war mehr grau als blau und das Schweizer Ufer irgendwo in weiter Ferne. Die Berge ließen sich an diesem Tag nicht sehen. Der See schien schwer in seinem Bett zu liegen. Als Dora aus München kommend die Serpentine von der Bundesstraße zum See hinunterfuhr und Zieglers Haus in Sicht kam, fragte Hortense mit honigsüßer Stimme:
»Ist die Rose immer noch so dick?«
Dora liebte diesen Moment des Ankommens. Wenn sie auf den See zufuhr, hatte sie jedes Mal das Gefühl, dass Distanz sie ihm noch näherbrachte. Schon als Kind empfand sie bei diesem Anblick ein ganz besonderes Glücksgefühl, wenn sie nach den Ferien bei ihrer Patentante auf der Schwäbischen Alb oder von ihrer Großmutter väterlicherseits aus Sigmaringen heimkehrte.
Abrupt würgte Hortenses boshafte Frage Doras sentimentalen Ausflug in die Vergangenheit ab und zerrte sie in die Wirklichkeit zurück. Sie sah irritiert zu ihr hinüber.
»Warum sagst du das? Rose ist nicht mager, aber sie ist doch auch nicht dick und sie war es auch noch nie.«
Hortense schaute nach rechts den Hang hinauf und gab als Antwort:
»Und ist die alte Madam Kohler immer noch so eingebildet?«
Viktoria Kohler, Klaras Mutter, war vier Jahre jünger als Hortense. Sie kannten sich sehr gut. Beide hatten ihre Kindheit und Jugend in Meersburg verbracht. Dora zog ihren Kopf ein und dachte, das fängt ja gut an. Sie scheint auf Streit aus zu sein. Hortense hatte aber noch nicht genug gelästert.
»Ihr Schwiegersohn, da bin ich sicher, der hat seinen

Sohn eigenhändig vor den Zug gestoßen. Dem trau ich alles zu.«

Diese Anschuldigung war selbst für Dora, die dem Cleverle viel zutraute, dann doch zu absurd. Sie war einmal mehr sprachlos.

Der alte schwarze Porsche ihres Sohnes stand nicht im Hof. Hortense schien das Auto zu vermissen. Im letzten Sommer war Andreas mit ihr in dem Sportwagen mit offenem Dach nach Überlingen zum Kaffeetrinken gefahren. Sie hatte sich einen Schal im Leopardenlook um Kopf und Hals geschlungen und eine Sonnenbrille mit weißem Rand und Katzenaugengläsern aufgesetzt. Sie hatte diese Accessoires mit der Hoffnung auf einen solchen Ausflug auch diesmal aus München mitgebracht. Im Gegensatz zu Dora war für Hortense ein perfekt gestyltes Aussehen lebenswichtig. Man konnte ihr damals ansehen, wie stolz und glücklich sie war. Es war rührend, wie sie fast hoheitsvoll vor sich hin lächelte. Wie die Queen hatte sie aus dem offenen Auto gewunken, während Andreas grinsend schwungvoll die Hofausfahrt genommen hatte.

»Ist dein Sohn nicht zu Hause? Heute ist doch Samstag, da hat er doch sicher keine Sprechstunde.«

Dora zuckte nur mit den Schultern und parkte direkt vor der Haustür. Sie half Hortense aus dem Auto und trug das Köfferchen ins Gästezimmer. Die Tante begann sofort, das Kreppband sorgfältig wie eine Mullbinde abzuwickeln und es genauso sorgfältig zu einem kleinen Ball wieder aufzurollen.

»Das benutze ich wieder«, verteidigte sie das Knäuel, als Dora es ihr abnehmen wollte.

Es dauerte fast eine Stunde, bis Hortense sich in ihrem Zimmer und in dem gegenüberliegenden Gästebad eingerichtet hatte. Dabei war sie sicher 20-mal den Weg über den Flur gelaufen. Danach, bei einem Rundgang durch die Wohnung, registrierte und beanstandete sie jedes Möbelstück, jeden Stuhl und jeden Dekorationsartikel, der sich seit ihrem letzten Besuch ihrer Meinung nach nicht an der richtigen Stelle befand. Vor allem regte sie sich darüber auf, dass Dora ohne ihre Erlaubnis das alte, bunte und bleigefasste Jugendstil-Blumenfenster von der Westseite des Hauses auf die Ostseite hätte verlegen lassen.

Doras Großvater, ein großer Iris-Liebhaber, hatte dieses Fenster entworfen. Dora wusste, wie wichtig das wunderschöne, transparente Blumenbild in der Vergangenheit für die Familie gewesen war, und es hatte für sie absolut keinen Grund gegeben, das Fenster umzusetzen. Es war seit Anbeginn auf der Ostseite. Das Mädchen, das zwischen ihrer Mutter Rosmarie und Hortense geboren worden war, starb im Alter von zwei Jahren. Sie war auf den Namen Iris getauft worden. Zu ihrem Gedenken hatten Doras Großeltern das Jugendstil-Blumenfenster einbauen lassen. Wenn morgens die Sonne aufging, strich sie leuchtend durch die bunten Glasstückchen und ließ so das kleine Mädchen unvergessen sein. Das Fenster war seit Anbeginn immer im Osten des Hauses und nie an einem anderen Platz. Ein etwas wild wucherndes Beet im Garten mit Iris in verschiedenen Farben war ebenfalls ein Relikt aus dieser Zeit. Dora hatte dazwischen Brennnesseln wachsen lassen. Nicht dass sie die Blumen überwucherten, sie wurden regelmäßig gestutzt und im Zaum gehalten. Aber Brennnesseln waren ein wichtiges Heilmittel in ihrer »Hexenküche«, wie ihr Sohn nicht immer nur scherzhaft sagte.

»Du musst etwas Richtiges essen«, sagte Dora und dabei dachte sie: Dann wird vielleicht auch deine Laune besser.

Obwohl Dora für sich selbst kaum Fleisch kochte, gab

es Geschnetzeltes mit Pilzen, Rösti und Feldsalat. Hortense schien es zu genießen.

»Kochst du denn nicht für deinen Sohn?«, wollte sie wissen.

»Nein Tante, er hat seine eigene Wohnung. Die ist zufällig im selben Haus wie meine. Aber wir leben jeder für sich. Er ist groß genug. Er kann und will auch für sich selbst sorgen.« Dann fügte sie noch hinzu: »Meistens, wenigstens!«

Später am Abend schimpfte und fluchte Hortense plötzlich völlig aufgebracht, laut und überzogen: Zuerst über ihren Oberbürgermeister, der daran schuld sei, dass München nicht mehr die schicke Stadt sei wie vor 40 Jahren einmal. Und dann musste ihr Arzt herhalten, der sie jede Nacht quäle, und sie wisse nicht, wie sie ihn am Eindringen in ihre Wohnung hindern könne.

»Sauhunde« nannte sie schreiend die zwei Männer.

Dora hielt die Luft an. Sie war schockiert. Ihre Tante legte immer sehr großen Wert auf gute Umgangsformen. Sie hatte bis dahin noch nie in ihrem ganzen Leben ein Schimpfwort und primitive Ausdrücke von ihr zu hören bekommen. Eine solche Bezeichnung war in Hortenses Kindheit und Jugend vermutlich die schlimmste Herabsetzung, die man einem Menschen antun konnte und die sie, Dora verkniff sich ein Grinsen, damals sicher auch hätte beichten müssen. Und dann überlegte sie schaudernd: Wie wird es weitergehen? Was kann ich tun? Was kommt da auf mich zu? Sie war nur noch deprimiert.

Als es Zeit war, schlafen zu gehen, stand Hortense plötzlich in einem fliederfarbenen Liberty-Blümchen-Nachthemd, sich verlegen wie ein kleines Kind abwechselnd ihren Bauch und Rücken kratzend neben Doras Bett und wartete darauf, dass Dora zur Seite rückte und sie zu ihr unter die Decke schlüpfen könnte. Sie wollte sich unbedingt zu ihr legen.

»Ich möcht nur wissen, warum ich das jetzt nicht kann«, fragte sie immer wieder.

Mit gutem Zureden brachte Dora sie in das danebenliegende Gästezimmer zurück. Hortense hatte sicher schon mehr als 100-mal dort geschlafen. Dora ließ beide Zimmertüren offen und im Flur ein Notlicht an. Das Haus war zwar vor mehr als 25 Jahren einmal umgebaut worden, aber nicht so, dass es für Hortense unbekannt geworden wäre. Es war ja auch ihr Elternhaus und sie war auch danach noch all die Jahre ein regelmäßiger Gast darin. Doras Mann hatte eines Tages Hortense ihre ererbte Haushälfte abgekauft, um endlich klare Besitzverhältnisse zu schaffen. Sie schien das allerdings in letzter Zeit vergessen zu haben. In ihrem Testament hatte sie ihrer Nichte Dora diese Haushälfte vermacht. Es hatte keinen Zweck, mit Hortense darüber zu diskutieren. Und es änderte ja auch nichts an der Realität, es zeigte nur, dass in Hortenses Gedankenwelt andere Dinge und andere Zeiten bereits schon länger eine Rolle spielten.

Dora war gerade in ihrer ersten Tiefschlafphase, als lautes Poltern sie aus ihren Träumen schreckte. Hortense war aktiv. Sie geisterte geräuschvoll auf der Suche nach einer ihrer Haarbürsten durch die Wohnung. Das Köfferchen war bereits wieder gepackt und es fehlte nur noch die zweite Haarbürste. Dora entdeckte sie im Badezimmer und Hortense war zufrieden. Sie packte wieder aus und versprach, danach schlafen zu gehen. Es war gegen vier Uhr morgens, als Hortense endlich ruhig wurde. Dora war zu diesem Zeitpunkt so aufgekratzt und verstört, dass sie erst gegen sechs Uhr nochmals einschlafen konnte. Kurz nach acht holte sie das Telefon in die Wirklichkeit zurück. Ihr erster schlaftrunkener Gedanke war: München! Was hat meine Tante wieder gemacht? Doch dann fiel ihr die vergangene Nacht ein und sie wusste, München konnte es nicht sein. Tante Hortense schlief ja hoffentlich im Zimmer nebenan. Am anderen Ende der Leitung war ihre Freundin Rose.

»Ich hoffe, ich habe dich nicht geweckt. Du bist ja keine Langschläferin, aber ich muss mit jemand reden. Wir haben heute Nacht kaum geschlafen.«

»Dann ging es euch wie mir«, sagte Dora und gähnte. »Tante Hortense hat mich die halbe Nacht auf Trab gehalten.«

»Und mich wieder der gestörte Anrufer. Das erste Mal hat er eine halbe Stunde, nachdem wir ins Bett gegangen sind, angerufen. Dummerweise habe ich den Hörer abgenommen. Er hat mich wieder mit seiner Albtraumstimme als ›Nutte und geile Schlampe‹ beschimpft. Ich habe, wie du mir empfohlen hast, sofort die Pfeife genommen und kräftig getrillert, aber es hat ihn nicht gestört. Kaum zwei Stunden später hat das Telefon wieder geklingelt. Ich war gerade eingeschlafen. Zuerst haben wir es klingeln lassen, aber der Typ gab nicht auf. Und du liegst da und kannst dich nicht wehren. Peter hat dann nur den Hörer abgenommen und sofort wieder aufgelegt. Fünf Minuten später klingelte es bereits wieder. Peter hat ihn dann wüst beschimpft. Ich wusste gar nicht, dass er so viele Schimpfwörter kennt und auch noch dazu in der Lage ist, sie herauszuschreien. Aber du glaubst es nicht, um drei hat das Monster nochmals angerufen. Wir haben dann den Stecker gezogen. Ich habe mich so geärgert und aufgeregt, dass ich nicht mehr schlafen konnte. Wir sind beide wie gerädert. Wir fragen uns, ob wir nicht endlich zur Polizei gehen sollten und wenigstens mal fragen, was wir gegen die ständige Belästigung und Bedrohung tun können.«

Dora erzählte von ihrer Nacht und, dass sie plane, am Nachmittag mit ihrer Tante nach Hagnau zu fahren, um oben bei der Wilhelmshöhe in den Reben spazieren zu gehen. Gleichzeitig wollte sie die Gelegenheit nutzen, bei

Renns auf dem Burgunderhof Wein und einen der Edelbrände zu kaufen. Bei gutem Wetter war von dort oben die Aussicht einzigartig. Man fühlte sich erhaben. Der Blick über den ganzen See und bis weit in die Schweiz hinein war beeindruckend und nur noch von der Aussicht vom Pfänder herunter zu übertreffen. Und es war vor allem ruhig. Die meisten Spaziergänger zogen die Straße unten entlang des Seeufers vor. Dora wollte Hortense müde machen und hoffte, dass der vertraute Anblick sein Übriges dazu beitrug. Eine ruhige, müde Tante wäre der Garant, dass auch sie eine gute Nacht haben würde.

Aber Tante Hortense spielte nicht mit. Der Morgen war nicht zu ihrer Zufriedenheit verlaufen. Ihr Lieblingsneffe Andreas, wie sie ihn gerne nannte – er war auch ihr einziger Neffe –, war spät in der Nacht nach Hause gekommen. Er hatte sich erst gegen Mittag und dann auch nur zu einer kurzen Begrüßung und auf eine Tasse Kaffee in der Küche seiner Mutter blicken lassen. Mit Andreas verschwand Hortenses Lächeln und es tauchte auch nicht wieder auf, als sie oberhalb von Hagnau parkten.

Sie waren noch keine 100 Meter vom Auto entfernt, als Hortense zu nörgeln begann:

»Wo willst du mich denn noch hinschleppen? Wie weit soll ich noch laufen? Willst du mich umbringen?«

Dora steuerte eine Bank oben auf dem Wasserreservoir an. Beim Blick auf das Outfit ihrer Tante fragte sie sich, ob Hortenses Köfferchen ein Zauberkoffer sei. Sie war wie für einen Skiausflug im dicksten Winter von Kopf bis Fuß in hellblau-weiße Bogner-Mode eingepackt. Dabei wehte ein leichter lauer Frühlingswind und über den blauen Himmel zogen kleine Schäfchenwolken. Dora dagegen trug nur eine Strickjacke über ihrem T-Shirt.

Hortenses Augen waren leer. Sie schien sich absichtlich dem für Dora immer unglaublich schönen Ausblick zu verweigern. Dora konnte das Glücksgefühl, das sie an diesem

Ort empfand, körperlich spüren. Hortense dagegen sah unbeteiligt vor sich hin. Die noch kahlen Rebstöcke standen akkurat in Reihen. Dora wartete nur darauf, dass sie sich wie im Fernsehen die nordkoreanischen Soldaten bei einer Parade im Stechschritt schnurstracks den Hang in Richtung See hinunterbewegen würden. Bald würden die ersten Knospen platzen und wie die alten Buchen, unter denen sie saßen, ein frisches Grün über den Hang werfen. Die ersten blühenden Bäume standen wie Schaum oder Zuckerwattebälle auf Stielen unten vor Hagnau in den Gärten.

Rose und Peter Ziegler kamen daherspaziert. Hortense gab artig die Hand, brachte aber die Zähne nicht auseinander. Dabei waren sie wirklich gute alte Bekannte. Sie fremdelte wie ein kleines Kind. Dora wartete nur darauf, dass sie sich hinter ihr verstecken würde. Auch eine spaßige Bemerkung von Peter Ziegler schien Hortense nicht bei sich ankommen zu lassen. Dora machte noch einen Versuch, ein Stück zu gehen, aber Hortense war der Meinung, dass die fünf Kilometer, die sie angeblich bis jetzt schon gewandert war, genug seien.

Die darauffolgende Nacht spielte sich genau wie die vergangene ab. Dora war am nächsten Morgen wie gerädert und konnte ihrer Freundin Rose gut nachfühlen. Hortense behauptete, dass eine fremde Frau in ihrem Zimmer Büroarbeiten erledigt habe und sie selbst deshalb nicht zur Ruhe gekommen sei. Daraufhin entfernte Dora ein altes Ölgemälde von der Wand, auf dem ein junges Mädchen mit einem Liebesbrief abgebildet war, und hoffte, so künftige Nachtarbeit zu verhindern. Es schien, als ob die alte Frau einen Fernsehapparat im Kopf hatte und irgendwer die Oberhoheit über die Fernbedienung. Und der Unbekannte schaltete völlig planlos durch die verschiedenen Programme.

Andreas hatte schon vor acht Uhr das Haus verlassen. Der Porsche röhrte, als er vom Hof fuhr. Dora deckte den Frühstückstisch im Wohnzimmer vor dem weit geöffneten Fenster. Eine Horde Spatzen machte im Maronibaum mitten auf einer kleinen Wiese, die eigentlich ein Rasen sein sollte und zwischen Haus und See wuchs, einen aufgeregteren Spektakel als ein ganzer Hühnerhof. Die Sonne schien, und wenn die Spatzen für einen Moment ihr lautes Getschilpe unterbrachen, konnte man hören, wie der See sich mit leisem Zischen und Plätschern in kleinen Wellen zwischen dem groben Kies und den Steinen am Ufer auslief. Es war ein beruhigendes Geräusch. Dora hätte einschlafen können, aber Hortense wollte etwas unternehmen. Sie schien normal, fast wie früher. Sie wollte Viktoria Kohler besuchen. Sie war sicher, dass sie auf sie wartete.

Dora rief bei Klara Reich an, um zu fragen, ob sie willkommen wären. Ihr Mann war am Telefon, und als Dora ihn fragte, ob sie Klara sprechen könnte, antwortete er:

»Woher soll ich wissen, ob du sie sprechen kannst?« Mit Betonung auf dem Du.

Dora dachte, Blödmann, und sagte: »Gib mir doch einfach deine Frau, vorausgesetzt du kannst es.« Ebenfalls mit der Betonung auf dem Du.

Bei Klara waren sie willkommen.

Dora versprach ihrer Tante ein leichtes Mittagessen in Friedrichshafen am See. Hortense war fürs Ausgehen und Einkehren immer zu haben. Sie machte sich schick und verhielt sich völlig normal. Bevor sie zum See hinunterfuhren, machten sie Halt, um im Blumengeschäft Opus einen Rosenstrauß für Viktoria Kohler zu besorgen. Hortense spendierte Dora eine Orchidee mit bestimmt hundert kleinen weißen Blüten für ihr Blumenbeet. Im Laden wurde gerade für eine Ausstellung mit Hühnerkeramiken aus einer Werkstatt in Bermatingen dekoriert. Hortense kaufte sich ein blaues Huhn für ihre Dachterrasse in München.

Auf Doras Frage: »Um Gottes Willen, warum gerade ein blaues Huhn?«, sagte sie lächelnd: »Weil es mir gefällt und so verrückt ist wie ich!«

Dora und Diana, die gerade das Huhn einpacken wollte, mussten grinsen. Sie sahen sich vielsagend an. Hortense bestand darauf, das Huhn uneingepackt im Arm zum Auto zu tragen. Als sie den Laden endlich verlassen konnten, bemerkte Hortense entsetzt und völlig fassungslos, dass das alte Möbelhaus Bodenmüller spurlos verschwunden war und stattdessen ein moderner großer Klotz dastand. Dora musste sie ablenken, weil sie sich kaum mehr beruhigen konnte. Anscheinend machten ihr Veränderungen Angst und sie reagierte mit lautstarkem Schimpfen auf das Gefühl der Unsicherheit.

Dora zerrte die alte Dame mit ihrem Huhn zum Auto und versprach ihr wie einem kleinen Kind, nach dem Essen noch einen Abstecher in den Pralinenhimmel der Konditorei Weber und Weiß zu machen. Während des Mittagessens, sie hatten sich beide für Felchen entschieden und saßen bequem mit Blick auf den Hafen und die ankommenden Schiffe, plauderten sie fast wie in alten Zeiten über alte Bekannte und Familienmitglieder.

Bepackt mit Kuchen aus der Konditorei und dem Blumenstrauß machten sich die zwei Frauen am frühen Nachmittag auf den kurzen Weg hinauf zu Reichs. Hortense hatte sich dunkelblau und wieder ganz in Jil Sander gekleidet und dezent geschminkt. Und Dora fragte sich einmal mehr, wie Hortense nur all die Kleidung in dem kleinen Koffer untergebracht hatte. Auf vier Finger der linken Hand verteilt trug Hortense sieben silberne, schmale Ringe. Ihre dicken, mit Steinen besetzten Goldringe passten ihrer Meinung nach nicht mehr zu ihrer mit dem Alter immer zarter werdenden Erscheinung und dem nun mehr ins Weiß gehenden Blond ihres Haares.

Im Gegensatz dazu war Dora mit zunehmendem Alter langsam aber stetig von Kleidergröße 38 auf 42 angewachsen. Ihre Körpergröße von 165 und die Schuhgröße 42 hatten sich »zum Glück«, wie Hortense es nannte, nicht vergrößert.

»Deine Füße sind wie dein Charakter, kräftig und erdverbunden.«

Ob der Satz tröstend oder boshaft gemeint war, wollte Dora erst gar nicht ergründen.

Um Viktoria Kohler zu besuchen, brauchten sie nur zwei Grundstücke weiter zu gehen, die Straße zu überqueren und den Hanggarten hinaufzulaufen. Die alte Frau saß warm eingepackt im Rollstuhl auf der unteren Terrasse des Hauses in der Sonne. Die Einliegerwohnung war von dort aus barrierefrei zu erreichen. Seit ihrem Schlaganfall war sie stark gehbehindert. Ihre rechte Seite war teilweise gelähmt. Sie hatte am Anfang noch versucht, das Sprechen wieder zu erlernen, aber nach dem tragischen Selbstmord ihres geliebten Enkels Rainer war sie völlig verstummt. Ihre Augen schienen interessiert zu blicken, als Dora mit Hortense am Arm den Weg, den die umstrittene hohe, dunkelgrüne Thujahecke begrenzte, heraufkam. Als Dora im Vorbeigehen die Zweige, die in den Weg hineinragten, streifte, roch es wie auf dem Friedhof. Ihre Kopfhaut zog sich zusammen, um kurz darauf prickelnd zu entspannen. War dieses Gefühl eine Warnung? Sie schüttelte sich, als ob sie so ihre Beklemmung loswerden könnte.

Sie mochte Frau Kohler und hatte plötzlich ein schlechtes Gewissen. Sie nahm sich vor, in Zukunft die alte, hilflose Frau öfter zu besuchen. Was war das für ein einsames Leben mit Hagen Reich als Schwiegersohn und der überforderten, verhuschten Tochter, die bei den Kindern im

Ort nicht immer nur hinter vorgehaltener Hand als Hexe verrufen war. Aber wenn Dora ehrlich sein wollte, musste sie anerkennen, dass die wortlose Frau gut versorgt und gepflegt zu werden schien. Ihre Lippen waren mit einem kräftigen Rosa bemalt und sie hatte großzügig Rouge aufgelegt.

Dora konnte und wollte sich nicht vorstellen, wie es wäre, wenn ihre Tante Hortense bei ihr leben würde und sie sich 24 Stunden lang jeden Tag um sie kümmern müsste. Sie fühlte sich dazu nicht mehr in der Lage. Sie war nicht bereit, ihr Leben für die alte Frau zu opfern. Sie hatte sich in letzter Zeit oft Gedanken darüber gemacht und sich, wenn auch mit schlechtem Gewissen, für ihren Egoismus entschieden. Dora hatte noch Erwartungen an das Leben. Wenn Hortense nicht mehr allein leben konnte, dann musste sie in ein Heim.

Reichs Nachbarn zur Rechten, Dr. Engelmann, Zahnarzt aus Stuttgart mit seiner Frau, die hauptsächlich an den Wochenenden anwesend waren, grüßten seit Jahren nicht mehr. Schuld war die Thujawand.

»Ich hätte mir dieses düstere Monstrum schon aus eigenem Interesse abgesägt oder vermutlich erst gar nicht gepflanzt«, sagte Dora leise zu Hortense.

Nachdem Hagen Reich sich seit Jahren weigerte, die Hecke in der Höhe und in der Breite im Zaum zu halten, war der Nachbar nun vor Gericht gezogen. Der Streit belastete die hilflose Viktoria und ihre Tochter Klara vermutlich mehr, als sie zugaben.

Hortense Meier dagegen war kaum wiederzuerkennen. Sie spielte die charmante, weltgewandte Plauderin. Sie hielt Viktorias Hand und erzählte von ihrem interessanten Leben in München. Von Theaterbesuchen, Ausflügen und Reisen, die sie bereits gemacht hatte und die sie für die nächsten Jahre noch plante.

»Ich habe mein ganzes Leben lang hart gearbeitet, jetzt

will ich noch etwas davon haben. Ich habe ein Recht darauf. Das steht mir doch zu!«

Hortense wollte Bestätigung. Dora blieb der Mund offen stehen. Wo war das trotzige, schüchterne Kind von gestern? Selbst als Hagen mit einem Rasenmäher, an dem er sich scheinbar krampfhaft wie an einem Rettungsanker festhielt, sich zu ihnen setzte, blieb Hortense freundlich und gesprächig.

Mit dem Ausruf: »So viele alte Weiber! Da gehört doch ein richtiger Mann dazwischen!«, zwängte er sich mit Rasenmäher und einem Stuhl zwischen Hortense und seine Schwiegermutter.

Hortense rückte zur Seite. Sie musste Viktorias linke Hand loslassen, die sofort von ihrem Schwiegersohn demonstrativ gestreichelt wurde. Die alte Frau entzog sich mit einem Ruck seinem Getätschle und begann, die steifen Finger der rechten Hand zu massieren. Es machte den Eindruck, als ob sie dabei die Berührung ihres Schwiegersohns abstreifen wollte. Einen kurzen Moment lang glaubte Dora, einen Blick hinter eine Maske getan zu haben. Sie erschrak vor so viel Hass und Verachtung.

In den Augen von Viktoria Kohler war eine erschreckende Veränderung vorgegangen. Bereits bevor die Schritte des Schwiegersohns zu hören waren, schien in ihnen ein Vorhang gefallen zu sein. Auch wenn die alte Frau nicht sprach, so konnte man doch bis dahin an ihrer Mimik und den Augen erkennen, dass sie wach und interessiert der Unterhaltung folgte. War es der Schatten der Thujabäume, der die alte Frau plötzlich frösteln ließ? Dora dachte unwillkürlich an den kleinen, hübschen Jungen mit den blonden Locken, der früher in diesem Garten gespielt hatte. Sie erinnerte sich so deutlich an ihn, dass sie glaubte, ihn lachen zu hören.

Dora war nicht gern mit Hagen Reich zusammen. Sie konnte nicht sagen warum. Sie ertrug einfach sein besserwisserisches dummes Geschwätz nicht. Und er schien sich nicht allzu oft zu waschen. Er roch meistens unangenehm verschwitzt. Es war auch diesmal so. Als sie Anstalten machten aufzubrechen, sprang auch er auf. Sie hatten sich noch nicht verabschiedet, als er bereits übereifrig seinen Rasenmäher anwarf. Durch das Motorgeknatter hindurch zeigte er sichtlich stolz den neuesten Beweis seiner Cleverness. Mit einem Drahthaken stellte er den Bügel fest, den man mit der Hand angezogen halten musste, damit der Motor und die rotierenden Messer am Laufen gehalten wurden. Durch diesen Haken war er nicht mehr gezwungen, den Bügel während des Mähvorganges festzuhalten. Da das Grundstück Hanglage hatte, glaubte er, sich so eine Arbeitserleichterung verschafft zu haben. Bergab in Richtung Straße zog die Schwerkraft den Mäher ohne sein Zutun.

Als Dora den Lärm des Motors überschreiend einwandte, dass er damit einen wichtigen Sicherheitsaspekt ausgeschaltet hätte, lachte er kurz überlegen auf, strich sich mit seiner knochigen Hand über sein wie mit dem Rasenmäher geschorenes dichtes, graues Haar und sagte:

»Mir passiert nichts!«

Er glaubte sich mal wieder cleverer, als die Polizei erlaubte.

Endlich konnten sie sich verabschieden. Dora sah verlegen zur Seite. Veronika schien Tränen in den Augen zu haben. Dora rieb ihre kalte, schlecht durchblutete, aber immer noch schöne, gepflegte Hand und wünschte, sie könnte sie wärmen. Sie versprach, bald wiederzukommen. Mit oder ohne Hortense.

Der Höhepunkt des Tages kam am Abend. Andreas lud die zwei Frauen zum Abendessen ins Casala ein. Hortense wäre lieber weiter weg ausgeführt worden. Das Waldhorn in Ravensburg hätte sie dem Casala vorgezogen. Sie hoffte vermutlich auf eine Fahrt mit dem Porsche. Aber Andreas machte ihr klar, dass er gerne ein oder zwei Gläser Wein zum Essen trinken würde und sie doch sicher auch. Mit Auto ginge das nicht und es wären ja nur ein paar Minuten zu Fuß. Als er Hortense dann noch erzählte, dass das Casala einen Stern hatte und als eines der besten Restaurants am See bezeichnet wurde, entspannte sich Hortenses Gesichtsausdruck schlagartig. Das Wetter war schön und der Spaziergang tat gut.

Hortense war den ganzen Abend so freundlich wie am Nachmittag. Sie blühte sichtlich auf. Das Ambiente war nach ihrem Geschmack. Sie hatte ihren Platz so gewählt, dass sie den Raum und die anderen Gäste im Blickfeld hatte und außerdem noch auf den See hinunterschauen konnte. Die Sicht war klar. Das Schweizer Ufer schien nahe, aber die Alpen ließen sich nicht sehen. Kurz vor der Abenddämmerung passte sich der See in seiner Farbe dem noch hellen, aber farblosen Abendhimmel an. Er präsentierte sich einen Moment lang in einem unglaublichen gedämpften Weiß.

Mit dem Vier-Gänge-Menü und vorab als Aperitif einem Bodensee-Secco mit Holundersirup, dazu dreimal einem leckeren Gruß aus der Küche und einem zweiten Nachtisch hatte Hortense kein Problem. Jeder Gang war wie ein Gemälde angerichtet und sie wollte immer ganz genau wissen, aus was die Speisen gemacht worden waren. Während des Verzehrs der Köstlichkeiten stieß sie manchmal kleine leise Lustseufzer aus. Vom Nebentisch schaute ein Paar amüsiert zu ihnen herüber. Dora war ohne großen Appetit und völlig übermüdet, aber auch sie war vom Essen begeistert. Sie sehnte sich nach ihrem Bett. Ihre Tante flirtete mit Andreas wie ein junges Mädchen. Er zog sie auf. Er zwinkerte seiner Mutter zu und sie hoffte, er bereitete so den Boden für ein ernsthaftes Gespräch über einen Umzug in eine Seniorenresidenz vor. Es musste ja nicht gleich sein.

Wichtig war, dass Tante Hortense zugänglich wurde. Und das schien an diesem Abend in der Tat so.

Hortense musste später nicht zu Bett gebracht werden. Sie legte sich, ohne zu murren, im Gästezimmer schlafen. Dora ließ das Notlicht im Flur brennen, schloss aber ihre Zimmertür. Sie schluckte zwei Baldriantabletten und sank in den ersehnten Schlaf.

Mitten in der Nacht wurde sie von lauten Geräuschen wie Hammerschlägen geweckt. Ihr erster müder Gedanke war, Hortense repariert ihren Koffer. Soll sie doch. Dora drehte sich um, zog die Decke über den Kopf und wollte weiterschlafen.

Der Lärm hörte nicht auf, dazu drang der ungeduldig, ja verzweifelt klingende Ruf nach »Rosmarie« erbarmungslos in Doras sich langsam auflösende tiefe Müdigkeit. Rosmarie war der Namen von Hortenses älterer Schwester, der Namen von Doras Mutter. Dora taumelte barfuß und benommen aus ihrem Zimmer und wäre fast auf dem Parkettboden ausgerutscht. Zwischen ihren Zeh quoll eine schmierige, weiche Masse. Sie brauchte nicht lange zu überlegen, was es war. Es stank schlimmer als in einem Schweinestall. Das Klopfen kam aus der Küche. Hortense stand vorgebeugt, gut ausgeleuchtet von der vierarmigen Jugendstillampe, am großen Küchentisch. In der rechten Hand hielt sie einen von Doras Schuhen. Mit dessen Absatz schlug sie rhythmisch auf die Holzplatte ein und rief dabei »Rosmarie, Rosmarie«. Mit der anderen Hand versuchte sie, einen Packen Papierküchentücher zwischen den Beinen festzuhalten. Kot quoll durch ihre schmalen Finger und lief an ihren nackten Beinen hinunter.

Dora machte überall Licht und stellte mit Entsetzen fest, dass sich die stinkende Spur durch die ganze Wohnung zog. Keinen Fenster-, keinen Türgriff und keinen Lichtschalter schien Hortense ausgelassen zu haben. Dora dachte, das steh ich nicht durch. Wen kann ich bitten, mir zu helfen? Ich möchte ohnmächtig werden. Aber so schnell wurde sie nicht ohnmächtig und es gab in diesem Moment, an diesem gerade beginnenden neuen Tag niemand, der sie hätte retten können und ihr die nun notwendige, ekelhafte Arbeit abnehmen würde.

Dora war eine Frau der Tat. Sie schaltete ihren Geruchssinn aus und nahm fest verankert in der Realität die Herausforderung an.

»Rosmarie, wo warst du denn so lange? Warum hast du mich eingesperrt und allein gelassen?«, klagte Hortense vorwurfsvoll. »Ich habe das Klo nicht gefunden! Warum musst du auch immer alles umräumen?«

Hortense war in eine andere Zeit eingetaucht. Sie war wieder ein kleines Mädchen.

»Komm, ich bring dich ins Bad!«, sagte Dora und wollte sie an einer sauberen Stelle am Arm fassen.

Hortense stieß sie zurück und beschimpfte sie, weil sie weggegangen sei und sie alleine zurückgelassen habe. Doras Beteuerung, dass sie nebenan geschlafen hatte, tat Hortense als Lüge ab und dabei ging sie völlig sicher vor Dora den Flur entlang zum Badezimmer. In der Dusche kam sie allein zurecht. Dora reichte ihr Handtücher und ein frisches Nachthemd. Widerspruchslos ließ sie sich danach ins Bett bringen und kurz darauf schnarchte sie friedlich vor sich hin.

Dora zog Gummihandschuhe an und riss zuerst alle Fenster auf. Vom noch nächtlichen See wehte kühle, frische Luft herein. Sie begann sauber zu machen. Zuerst grob und dann gründlich. Drei verschmierte Teppiche rollte sie zusammen, schleifte sie zum See hinunter und warf sie im flachen Uferbereich ins Wasser. Sie würde sich später darum kümmern. Vielleicht waren sie noch zu retten. Dora hätte sich nie vorstellen können, dass in einem Menschen von Hortenses

Größe so viel und so stinkender Abfall Platz hatte. Sie hatte in ihrem Leben viele Hunderte Babypopos sauber gemacht und nie den Geruch als störend empfunden. Gerüche gehörten dazu. Sie zeigten ihr, ob mit dem Kind und seiner Ernährung und Verdauung alles in Ordnung war.

Aber dieser Morgen war eine Herausforderung. Es war bereits zehn Uhr Vormittag, als Dora der Meinung war, das Schlimmste hinter sich zu haben. Die Waschmaschine lief und sie selbst konnte endlich völlig erschöpft und gleichzeitig aufgekratzt ebenfalls ins Bad. Sie glaubte, sich noch nie in ihrem ganzen bisherigen Leben so gründlich und so lange geschrubbt zu haben. Gerochen hatte sie am Ende nichts mehr. Sie pumpte sich die Lunge mit frischer Bodenseeluft voll und stellte mit Erstaunen einmal mehr fest, wie anpassungsfähig sie doch war. Vermutlich hatte der Teil ihres Gehirnes, der für die Geruchsnerven zuständig war, nach einer bestimmten Zeit die Raumluft als normal eingestuft.

Hortense schlief lange und war anschließend sehr hungrig. Während des Frühstücks begann sie dann wieder, Dora Vorwürfe zu machen, weil sie in der Nacht allein gelassen worden sei und das Badezimmer sich an einem andern Platz befunden habe. Dora dachte, die Fernbedienung ist im Moment mal wieder in den falschen Händen. Sie konnte sich nicht mehr ärgern. Rechtfertigen wollte sie sich aber auch nicht. Sie fühlte sich nur hilflos und es machte ihr Angst, wenn sie an das dachte, was auf ihre Tante und dadurch auch auf sie selbst in nächster Zeit zukommen würde.

Rose kam auf eine Tasse Kaffee vorbei. Hortense beschwerte sich bei ihr über die lange Wanderung, zu der sie Dora am Sonntag gezwungen habe. Sie wusste noch, dass sie dabei Rose und ihren Mann Peter auf der Wilhelmshöhe über Hagnau getroffen hatten. Hortense konnte demnach den Sonntag zeitlich richtig einordnen.

Rose war den Tränen nahe, als sie Dora erzählte, was sich in Sachen anonymer Terrorist in der Zwischenzeit getan hatte.

»Interessiert mich wirklich brennend«, sagte Dora und legte Rose schützend den Arm um die Schulter.

Ihre Angst und Hilflosigkeit war unübersehbar. Die zwei Frauen gingen in den Garten. Sie zogen ihre Schuhe aus und setzten sich auf den Steg, der in den See hineinragte. Nach einer kurzen Temperaturprobe ließen sie ihre Füße dann doch nur über dem kalten Wasser baumeln.

Die letzte Nacht war wie schon viele vorher für Rose nicht ohne Telefonterror abgelaufen. Selbst als weder Rose noch Peter ans Telefon gingen und sie den Anrufbeantworter angestellt hatten, klingelte es weiter. Am Ende zogen sie den Stecker und fühlten sich trotzdem etwas Fremdem, Unbekanntem hilflos und machtlos ausgeliefert. Am Morgen waren Rose und ihr Mann völlig übermüdet, entnervt und wütend bei der Polizei in Überlingen gewesen.

Der Beamte meinte, dass der Anrufer aus Erfahrung vermutlich im näheren Bekanntenkreis zu suchen sei. Weil die Belästigungen meist kurz, nachdem sie zu Bett gegangen waren, anfingen, beobachtete die Person vermutlich das Haus. Rose fragte sich, ob es von einem Boot vom See aus geschah oder ob derjenige mit einem Fernglas in den Reben saß. Wie gestört und wie gefährlich war er? Für sie bestand kein Zweifel, dass es ein Mann war. Außer Rose und Peter wohnten auch noch ihre Tochter mit Mann und die kleine Enkelin im Haus. Die zwei Männer der Familie waren nicht immer anwesend. Brauchten die Frauen ständigen Schutz? Angst vor etwas Unbekanntem, vielleicht sogar Bedrohlichem verfolgte sie nun schon seit Wochen Tag und Nacht.

Rose war schreckhaft geworden. Sie traute sich am Abend nicht mehr alleine aus dem Haus. Nach Einbruch der Dunkelheit ging sie auch nicht mehr in den Garten. Sie trug die Angst wie einen angewachsenen, viel zu schweren Rucksack immer mit sich. Gleichzeitig machte sie ihre Hilflosigkeit wütend. Außerdem war es entwürdigend, von einem Unbekannten als Lustobjekt zu seiner Selbstbefriedigung benutzt zu werden. Und der kranke Spinner rief sie dabei auch noch an. Er zwang sich ihr auf. Er beteiligte sie sozusagen und das feige und anonym. Für Rose war es so, als ob sie aus dem Hinterhalt beschossen würde. Sie wusste nicht, von wem und was er genau vorhatte. Er schien unberechenbar.

Zum wiederholten Male gingen die Freundinnen die Nachbarn und Bekannten durch. Welchem Mann trauten sie das zu? Wie gefährlich war er? Er war sicher nicht mehr ganz jung. Sonst hätte er sich nicht die 53 Jahre alte Rose ausgesucht. In ihrem Bekanntenkreis gab es seit Kurzem einen Witwer. War er es? Aber Rolf war ein so sanfter Mann. Sie konnten es sich von ihm beim besten Willen nicht vorstellen. Warum Rose? Dora konnte schon verstehen, dass ein Mann es auf sie abgesehen hatte. Sie war hübsch, gepflegt, hatte eine gute Figur, dunkelblaue Augen und die schwarzen Haare zu einem etwas altmodischen Bubikopf geschnitten. Sie war immer freundlich und fröhlich und hilfsbereit. Es war keine aufgesetzte Freundlichkeit. Rose war so. Und warum wurden die Belästigungen gerade jetzt so massiv? War im Leben des Stalkers etwas Einschneidendes geschehen? Oder? An Rose nagten Schuldgefühle.

»Was hab ich nur gemacht, dass er mich so erniedrigen muss? Habe ich mich vielleicht irgendwann, wenn auch unbeabsichtigt, irgendeinem Mann gegenüber falsch verhalten?«

»Jetzt aber! Geht's noch?«, sagte Dora entrüstet. »Du bist doch die Letzte, die sich schuldig fühlen muss!«

Die Anrufe hatten bereits vor einem Jahr begonnen. Zuerst kamen sie nur sporadisch. Man konnte sie noch mit »Spinner« abtun. Aber jetzt waren sie aufdringlich und bedrohlich. Wo oder mit was würde es enden? Der Terror hatte etwas Gewalttätiges angenommen. Rose war hilflos und sie hatte Angst.

»Ich würde am liebsten morgens, wenn der Wecker klingelt, überhaupt nicht aufstehen. Mir nur die Decke über den Kopf ziehen und für immer darunter liegen bleiben.«

Dora erschrak. Das hörte sich fast nach Depression an. Rose musste geholfen werden. Es musste etwas geschehen. Roses Mann beschloss, eine Telefon-Fangschaltung zu beantragen. Er hatte genug von den Belästigungen.

Dora und Rose hatten eine Liste aller ihrer Meinung nach in Betracht kommender Männer aufgestellt. Der Feigling hatte natürlich seine Telefonnummer immer unterdrückt. Wegen der vielen schlaflosen Nächte und der ständig unterschwelligen Angst war Rose seit Wochen unkonzentriert und schreckhaft. Sie hatte fünf Kilo abgenommen und war das reinste Nervenbündel. Dazu fühlte sie sich doch vielleicht in irgendeiner Weise schuldig. Sie befürchtete, dass Peter auf den Gedanken kommen könnte, dass sie dem Stalker einen Grund für seine aufdringlichen Belästigungen gegeben habe. Dora versuchte, ihr immer wieder diesen Gedanken als blanken Unsinn auszureden.

»Ich hoffe, dass das Ungeheuer, das dir jetzt so zusetzt, eines Tages vom Schicksal bestraft wird.« Sie sagte es voller Zorn. »Ich glaube fest daran, dass es eine ausgleichende Gerechtigkeit im Universum gibt. Jeder Mensch, der mich bis jetzt in meinem Leben auf irgendeine Weise gequält hat, hat früher oder später seine Strafe bekommen.«

»Glaubst du das wirklich?«, fragte Rose zweifelnd.

Dann erinnerte sich Dora an eine junge, allein lebende Mutter, die sie nach einer Geburt betreut hatte. Sie hatte ihr eine ähnliche Geschichte erzählt. Der jungen Frau war es vor zwei Jahren genauso ergangen. Sie war massiv telefonisch belästigt worden. Nach kurzer Zeit hatte sie einen konkreten Verdacht. Aber wie konnte sie ihn beweisen? Die Anrufe kamen immer auf ihrer Festnetznummer. Sie programmierte also ihr Handy mit der Nummer des vermuteten Anrufers. Bei seinem nächsten Anruf legte sie nicht sofort auf, sondern wählte ihn parallel mit dem Handy an und siehe da, sein Telefon war belegt. Als zwei weitere Versuche ihren Verdacht erhärteten, sprach sie ihn daraufhin mit Namen an und drohte ihm mit einer Fangschaltung und einer Anzeige. Danach hatte sie Ruhe. Es kamen keine obszönen Anrufe mehr.

Rose beschloss, diese Technik auch demnächst anzuwenden. Damit könnte sie vielleicht den Verdacht von Hagen ablenken, der weit oben auf Doras Tatverdächtigen-Liste stand. Rose konnte und wollte diesen Verdacht nicht teilen.

»Das könnte ich Klara doch nie antun«, jammerte sie entsetzt. »Wenn er es am Ende wirklich wäre, ich könnte doch nichts gegen ihn unternehmen.« Rose stockte. »Wenn es stimmt und Klara das erfährt, bringt sie sich um.«

Dora sagte empört: »Wer tut denn hier wem etwas an? Und überleg doch mal! Von seinem Haus aus kann er auf euer seitliches Wohnzimmerfenster hinuntersehen. Selbst wenn ihr den Rollladen heruntergelassen habt, dringt durch irgendeinen Spalt etwas Licht nach draußen. Er kann also kontrollieren, wann bei euch am Abend das Licht ausgeht. Und Reichs haben ihre Telefonnummer, wie du aus Anrufen von Klara weißt, immer unterdrückt. Ich frage dich: warum eigentlich? Warum sollst du nicht erkennen, dass sie dich gerade anruft?«

»Alle unsere Überlegungen ändern im Moment nichts

und mir frieren gleich die Füße ab. Komm, ich helfe dir, die Teppiche zu reinigen«, sagte Rose resigniert.

Sie stakste durch das kalte Wasser und versuchte, einen der drei Teppiche an Land zu ziehen. Er war so schwer und er hatte sich so mit Wasser voll gesogen, dass es den zwei Frauen nur mit vereinten Kräften gelang. Sie schleppten die triefende Rolle auf die kleine Wiese unter dem Maronibaum und begannen, sie zu schrubben.

Hagen Reich flog für zwei Wochen nach Ägypten. Ein ehemaliger Arbeitskollege hatte mit seiner Frau bei Sonnenklar TV eine Schnäppchenreise gebucht. Zwei Wochen für den Preis von einer. Bei einer Wanderung ein paar Tage vor dem Abflug hatte sich die Frau ein Bein gebrochen und konnte nun nicht mitreisen. Der Kollege hatte keine Reiserücktrittversicherung abgeschlossen und deshalb Hagen den Platz seiner Frau billig angeboten. Das Cleverle war dadurch an ein Superschnäppchen gekommen, bei dem er einfach nicht hatte Nein sagen können. Hagen jammerte nun überall herum, dass er seine »zwei alten Weiber« unbemannt zurücklassen musste.

Dora schätzte Klaras Mann so ein, dass ihm aus Ägypten ein Anruf nach Deutschland vom Hotel oder von seinem Handy aus zu teuer sein dürfte. Er war für seinen Geiz bekannt. Sollte es in den nächsten zwei Wochen keine belästigenden Anrufe bei Zieglers geben, konnte Rose sicher sein, dass Hagen der Täter war. Die Fangschaltung wurde auf später verschoben. Sie war ja auch nicht ganz billig und zeitlich auf zwei Wochen beschränkt.

In der nächsten Nacht packte Hortense wieder mehrere Male ihren Koffer ein und aus. Sie suchte wiederum verzweifelt nach etwas. Dora stellte sich vor, dass sie vielleicht Erinnerungen suchte, und um ihnen einen Namen zu geben, sagte sie »Haarbürste«. Dora unterbrach ab und zu ihren oberflächlichen Schlaf und schaute nach ihr. Einmal traf sie Hortense völlig verloren vor ihrem Bett an. Sie fragte schüchtern und zaghaft:
»Bin ich hier zu Hause?«
Dora sagte ihr, dass sie nur zu Besuch hier wäre und sie sonst in München lebe.
Hortense fragte vorsichtig weiter:
»Und du weißt, wie ich heiße?«
»Du bist Hortense Meier. Du bist meine Tante. Du bist in Meersburg geboren, lebst aber seit mehr als 40 Jahren in München.«
Sie schien sichtlich erleichtert. Es war ihr die eigene Identität abhandengekommen. Sie hatte sich selbst verloren. Dora fühlte unendliches Mitleid mit ihr. Es musste schrecklich sein, wenn man plötzlich in der Nacht in einem unbekannten und zeitlosen Raum stand und nichts mehr von sich wusste, weder wer man war, noch wohin man gehörte und warum man sich gerade in diesem Zimmer befand. Mit nichts als einer unbegreiflichen Leere im Kopf. Das eigene Leben lag wie ein Buch mit unbeschriebenen Seiten vor einem. Man konnte sich noch so bemühen, etwas zu erkennen, das Papier blieb weiß.
Dora war sicher, dass ihre Tante sich in diesem Moment bewusst war, dass ihr Gedächtnis sie im Stich gelassen hatte. Fühlte sie sich nur hilflos oder war ihr auch bewusst, dass sie dement war? Dora erinnerte sich an eine Nacht auf einer Reise, in der sie aufgewacht war und sich nicht zurechtgefunden hatte. Es war stockdunkel. Sie wusste nicht, wo sie war. Sie fand kein Licht und fühlte sich hilflos, verlassen und etwas Unbekanntem ausgeliefert. Nach und

nach kam dann ihre Erinnerung zurück. Sie wusste wieder, wo sie sich befand. Nur, wo und wie ihr Bett in diesem Hotelzimmer stand, blieb noch eine ganze Weile für sie im Dunkeln. Sie hatte jede Orientierung verloren. Es war eine erschreckende und beängstigende Erfahrung gewesen und Hortense durchlebte vermutlich jeden Tag solche Situationen.

Am nächsten Morgen, als Dora nach wieder einmal nur kurzem und unruhigem Schlaf aufwachte, standen die Berge mit übergestülpten kleinen Schneemützen vor ihrem Fenster. Es war so, als hätten sie sich über Nacht auf stählernen Tausendfüßlerbeinen oder unsichtbaren Rollen von irgendwoher direkt ans Schweizer Bodenseeufer herangeschlichen. Für Dora waren die Berge seit ihrer Kindheit ein Mysterium. Sie kamen und gingen trotz ihrer riesigen Masse. Sie entfernten sich ein Stück oder sie verschwanden ganz. Und doch waren sie angeblich immer an derselben Stelle.

»Es ist eben nicht alles so, wie es scheint«, sagte sie zu sich auf dem Weg zum Badezimmer.

Dabei lief ihr Hortense ausgehfertig gestylt, mit frisch gewaschenem Haar und scheinbar klar im Kopf über den Weg. Sie hatte keine Probleme mehr mit ihrer Identität. Sie erklärte beim Frühstück, dass sie einen Ausflug zur Insel Mainau machen möchte und dann möglichst bald wieder zurück nach München. Dora war nur zu gern dazu bereit, ihr diesen Wunsch zu erfüllen. Sie beschloss, ihre wöchentliche Herzsportgruppe in der Birkleklinik in Überlingen ausfallen zu lassen. Sie hätte sich sowieso nicht getraut, ihre Tante zwei Stunden allein im Haus zu lassen. Dora nahm sich fest vor, stattdessen ihr abendliches Programm von 40 Minuten auf dem Heimtrainerfahrrad zu absolvieren. Vorausgesetzt sie war nicht zu müde dazu.

Jede normale Reaktion und Handlung von Hortense

nährte in ihr die Hoffnung, dass es doch noch nicht so schlimm um sie stand, dass es noch einen kleinen Zeitaufschub gab und eines Tages irgendeine Lösung auftauchen würde, so wie sich manchmal ein Fischerboot aus dem Nebel, der am frühen Morgen über dem See lag, herausschälte.

Die Mainau schien an diesem Tag nur aus Farben zu bestehen. Es war wie ein fröhlicher Rausch. Die Sonne glitzerte auf einem spiegelglatten See, sodass das Licht in den Augen schmerzte. Überall blühten bunte Frühlingsblumen um die Wette. Hortense schien die pralle Lebensfreude nicht zu bemerken. Sie waren von Uhldingen mit dem Boot über den See gefahren und hatten den Landesteg kaum hinter sich gelassen, als sie bereits ohne sichtliches Interesse, mit leerem Blick hinter ihrer Nichte hertrottete. Nach einer Stunde wusste Dora nicht mehr, über was sie sprechen sollte und was sie Hortense zeigen konnte. Schweigend beendeten sie den Rundgang. Nicht mal im Schmetterlingshaus taute Hortense auf.

»Was soll das hier?«, fragte sie ungehalten. »Es ist doch viel zu warm hier drin!«

Weil sie wusste, wie gern ihre Tante zum Essen ausging, lud Dora sie aus purer Verzweiflung zu einem verfrühten Abendessen in die Schwedenschenke ein. Sie waren die ersten Gäste. Eine junge, freundliche Bedienung brachte ihnen die Speisekarte und stellte sich danach aufmerksam wartend an die Theke. Es waren ja sonst noch keine anderen Gäste anwesend. Hortense wurde plötzlich ohne ersichtlichen Grund wütend und begann, laut über die faule junge Frau zu schimpfen. Dora hätte sich vor Scham gerne unsichtbar gemacht. Je mehr sie aber versuchte, ihre Tante zu beruhigen, desto wütender und lauter wurde sie. Sie war eindeutig auf Streit aus und das auf eine sehr aggressive, peinliche Weise.

Erst als Dora sich drastisch ans Herz griff und sagte:

»Mir geht es nicht gut!«, hielt Hortense erschrocken inne, aber nicht ohne noch einen giftigen Blick in Richtung Theke zu werfen. Dora wusste, dass sie nicht in der Lage war, ihre Tante noch viel länger zu ertragen. Sie wusste, dass Hortense krank war, aber auch, dass sie keine Möglichkeit sah und auch im Moment keine rechtliche Handhabe hatte, an deren Lebenssituation etwas zu ändern. Hortense schwankte von einer Minute auf die andere aus ihrem realen Bewusstsein ins Vergessen. Sie glaubte, dass Geschehnisse aus ihrer Vergangenheit oder Dinge, die nur in ihrem Kopf stattfanden, Realität waren. Dora konnte ihr dorthin nicht folgen und fragte sich: Muss ich das eigentlich? Sie dachte mit viel Respekt und Hochachtung an die Menschen, die jahrelang demente Angehörige pflegten. Sie, die sich selbst als robust und sozial bezeichnen würde, war nach einer Woche bereits erschöpft. Wie würde ihr Leben nach einem Jahr mit ihrer Tante aussehen?

Dabei hatte sie noch das Glück, dass Hortense keine Verwandte ersten Grades war. Sie konnte Hortense in ein Heim »abschieben«. Wenn das Vermögen ihrer Tante für Heimkosten aufgebraucht war, musste sie nicht um ihre eigenen Ersparnisse fürchten. Eine Familie mit Häuschen und Durchschnittseinkommen konnte es sich gar nicht leisten, den Vater oder die Mutter in ein Heim zu geben. Bei einem angenommenen Heimkostenzuschussanteil von »nur« 1000 Euro monatlich konnte sich jeder ausrechnen, wie lange ein dementer oder sonst pflegebedürftiger Angehöriger ersten Grades noch leben durfte, um seine Kinder nicht um ihre Ersparnisse zu bringen. Von der Seite des Kranken aus betrachtet wäre dann sicher die Demenz, das nicht mehr Mitbekommen des Elendes, ein Segen.

Am nächsten Tag bestand Hortense auf einem längeren Spaziergang – alleine. Sie warf Dora vor, dass sie ja nichts mit ihr unternehme. Sie kleidete sich sorgfältig an und schminkte sich. Sie sagte: »Bis später«, und verließ das Haus. Dora sah sie in Richtung Fähre laufen. Besorgt griff auch sie nach ihrer Jacke, um ihr zu folgen. Genau in diesem Moment klingelte das Telefon. Dora zögerte noch, nahm dann aber doch den Hörer ab. Am anderen Ende war ihre Freundin Anita, die auf Mallorca ein schickes Modegeschäft betrieb. Sie bemerkte Doras Eile und wollte auch nur schnell fragen, ob sie in der nächsten Woche zu ihrem jährlichen, bereits traditionellen Frühjahrsbesuch kommen könnte.

Dora war in diesem Moment nicht nach Plaudern und nicht nach Anita zumute. Ihre Freundin konnte sehr beanspruchend sein. Dora bedauerte, jetzt und in absehbarer Zeit keine Zeit zu haben, da sie sich um ihre Tante kümmern müsse. Anita schien etwas beleidigt zu sein. Dora hatte keine Zeit, sich um die momentane Befindlichkeit ihrer Freundin zu kümmern. Sie wollte möglichst schnell hinter Hortense herlaufen. Dora konnte das Risiko nicht eingehen, ihre Tante als vermisst melden zu müssen. Bei ihrem derzeitigen Wahrnehmungszustand war bei Hortense alles möglich.

Hortense war noch nicht sehr weit gekommen. Dora entdeckte sie, wie sie gerade beim Wilden Mann auf die Uferpromenade einbog. Ihre schwarze gesteppte Handtasche, auf der groß das Chanel-Emblem in Gold prangte, hatte sie lässig über die rechte Schulter gehängt. Dora machte sich Sorgen. Sie befürchtete, dass die alte Frau verloren gehen könnte, und folgte ihr in gebührendem Abstand. Als gebürtige Meersburgerin und durch ihren Beruf kannte Dora viele Leute. Es blieb nicht aus, dass sie bei einem Gang durch den Ort Bekannte traf und auch angesprochen wurde. Eine Freundin aus ihrer Herzsportgruppe, die ihr entgegenkam, wollte wissen, warum sie am Tag zuvor gefehlt hatte. Dora winkte an diesem Nachmittag nur freundlich und rief entschuldigend: »Hab's leider eilig«, ohne ihre Schritte zu verlangsamen.

Hortense ging zügig direkt am See entlang. Die Platanen waren frisch geschnitten und streckten ihre noch kahlen, knorrigen Äste wie gichtige, knotige Finger in den Himmel. Hortense blieb an keinem der wenigen Schaufenster stehen, sondern lief zielstrebig in Richtung Schwimmbad und Therme. Auf halbem Weg kam Dora eine junge Frau mit Kinderwagen entgegen. Sie konnte es nicht lassen, wenigstens einen kurzen Blick auf das Baby zu werfen. Als sie daran dachte, dass sie bei der Geburt der jungen Mutter dabei gewesen war, wurde ihr schmerzhaft bewusst, wie alt sie bereits war. Sie bedauerte, keine Zeit zu haben, und verabschiedete sich überstürzt.

Hortense war aus ihrem Blickfeld verschwunden. Dora befürchtete, dass sie einfach immer geradeaus bis Hagnau und vielleicht noch weiter gehen könnte und irgendwann nicht mehr wüsste, wo sie nun war. Als sie ihre Tante wiederentdeckte, bog sie gerade völlig sicher in die Töbelestraße ein und ging mit ihrem der Steigung angepassten vorgebeugten Oberkörper auf dem Gehweg den Berg hinauf. Es waren kaum Leute auf diesem Weg unterwegs. Dora hoffte, dass Hortense sich nicht umsah und sie entdeckte. Es war eine anstrengende Verfolgung. Nach der Aufholjagd brannte Doras Lunge. Die zarte alte Frau dagegen wirkte fit. Sie legte ein gutes Tempo vor und sie ging zielsicher. Ihr Gang wirkte nicht unsicher. Sie machte nicht eine Minute lang einen verwirrten oder gar hilflosen Eindruck. Sie machte keine Pause. Als ein junger Mann sie auf einem Elektro-Skate-Bord überholte, blieb sie einen Augenblick stehen. Sie sah ihm einen Moment nach und blickte dann verblüfft um sich. Dora konnte sich gerade noch hinter einen Busch neben dem Weg retten.

Nachdem Hortense wieder in Richtung Altstadt unterwegs war, nahm Dora an, dass sie auf dem Rückweg war. Im Andenken-Laden vor der Burg kaufte sie sich zielstrebig eine Karte für das Burg-Café. Mit dem jungen Mann, der die Eintrittskarten kontrollierte, plauderte sie lächelnd eine Weile. Als sie dann die alte Zugbrücke über den Burggraben in die Meersburg überquert hatte, nahm Dora an, dass sie sich dort nach dem doch langen Marsch ihrer Lieblingsbeschäftigung hingeben und eine Kaffeepause gönnen würde. Hortense war die ganze Strecke wie eine völlig normale, gesunde, nur eben alte Frau gegangen. Dora eilte abgekämpft und müde nach Hause und hoffte, dass Hortense auch den Rest des Weges zu ihr in die Uhldingerstraße zurückfand und in dieser Nacht richtig müde sein würde. Etwas mehr als eine Stunde später stand die Spaziergängerin gut gelaunt vor der Tür. Dora fiel ein Stein vom Herzen.

Am Abend, bevor Dora ihre Tante nach München zurückbringen sollte, lud sie ihren Sohn zum Abendessen ein. Sie kochte sein Lieblingsessen Flädlesuppe und danach Rinderrouladen mit selbst gemachten Spätzle und Blaukraut. Dora hatte mit Andreas abgemacht, dass er während des Essens ganz beiläufig das Gespräch auf ein Seniorenheim am See bringen sollte. Der Abend begann locker und entspannt. Hortense genoss ihren Campari als Aperitif. Sie lobte die Flädlesuppe und hing dabei an den Lippen ihres Großneffen, der sehr plastisch Unsinn aus seiner Studienzeit in Tübingen zum Besten gab. Er achtete darauf, dass Hortense ihr Wasserglas und das Rotweinglas immer gut gefüllt hatte. Beim Hauptgang stieß er mit ihr an und dann schwärmte Andreas vom Wein, von Meersburg, dem See und der Schönheit der Landschaft.

Als er aber seiner Großtante die Frage stellte, ob sie sich nicht vorstellen könnte, wieder an den See zu ziehen, schien sie kurz ernsthaft nachzudenken. Dora hoffte schon! Hortense legte ruhig Messer und Gabel zur Seite, nahm noch einen kräftigen Schluck von dem roten Hagnauer, ihrem Lieblingstropfen, lehnte sich auf ihrem Stuhl zurück und sagte dann und dabei lächelnd:

»Hier, wo Fuchs und Hase sich Gute Nacht sagen, möchte ich nicht begraben sein. Ihr lebt doch in einer kulturellen Diaspora. Ich verstehe nicht, dass du dich hier niedergelassen hast. In München hättest du ganz andere Möglichkeiten.«

Danach griff sie wieder zu Messer und Gabel, widmete sich ihrem Teller und bat Dora um einen kleinen Nachschlag. Dora riss ihre Augen auf und selbst Andreas warf ihr mit offenem Mund einen erstaunten, sprachlosen Blick zu. Außer dem Klappern der Bestecke auf den Tellern war in den nächsten Minuten nichts zu hören. Zum Nachtisch gab es die ersten deutschen Erdbeeren mit Schlagsahne. Hortense griff auch dabei reichlich zu und Dora stellte sich mit Entsetzen vor, ihre Tante könnte auch in dieser Nacht das Badezimmer nicht finden. Andreas wollte gleich nach dem Essen in seine Wohnung gehen. So entschieden, wie Hortense auf seine Frage geantwortet hatte, war sicher, dass er an diesem Abend nichts mehr erreichen würde. Aber Hortense wollte noch nicht ins Bett. Sie verlangte einen Verdauungsobstler und akzeptierte das Nein dazu von Andreas nicht. Dora wollte am letzten Abend keinen Streit und schenkte ihr und ihrem Sohn einen kleinen Schluck ein. Die Tante strahlte zufrieden und Dora dachte bedrückt einmal mehr daran, wie es weitergehen würde.

In der Nacht wanderte Hortense durch die Wohnung und packte ihren Koffer ein und aus. Dora schlief ihrer Meinung nach nur mit einem Auge und war erstaunt, als sie am Morgen ihre Tante friedlich schlafend neben einem frisch verbundenen Koffer vorfand. Den Tisch für das Frühstück deckte Dora wie jeden Morgen im Esszimmer mit Blick auf den See. Nachdem kleine grüne Blätter auf Hortenses Teller und eines sogar in ihre Kaffeetasse gesegelt waren, wollte sie an diesem Tag doch nicht im Garten essen. Doras Antwort, dass sie doch in der Wohnung sitzen würden, bestritt Hortense nachdrücklich. Sie erklärte Dora für verrückt, weil sie drinnen und draußen nicht mehr unterscheiden könne. Vermutlich lag es an der wild wuchernden Grünpflanze, dass Hortense sich im Garten wähnte. Dora zog mit ihr in die Küche um und bis zur Abfahrt gab es keine weiteren Beanstandungen mehr.

Auf der Fahrt nach München war Dora bedrückt und hatte ein schlechtes Gewissen, weil sie ihre Tante ohne eine Lösung des Problems für die Mitbewohner nun wieder in ihre Wohnung zurückbrachte. Außerdem musste sie sich auch noch einige Zurechtweisungen von Hortense gefallen lassen.

Die vorwurfsvolle Frage: »Ich möcht nur wissen, wo du wieder umherfährst, und wie lange dauert es denn noch, bis wir da sind?«, machte Dora einmal mehr sprachlos. Und dann behauptete Hortense völlig ernst:

»Ich bin ja mit meinem Radl schneller!«

Dora hätte gerne gelacht, wenn es nicht so traurig gewesen wäre. Sie fürchtete sich, in dem Haus in München Mitbewohnern zu begegnen. Sie hatte keine Antwort auf die Frage, die sie ihr vermutlich stellen würden und die sie sich selbst pausenlos stellte:

»Wie wird es mit Frau Meier weitergehen?«

Als sie aus dem Aufzug traten, kam ihnen auch bereits die Flurnachbarin Frau Brill entgegen. Hortense grüßte freundlich. Sie redete sie mit dem Namen an und begann sofort, von den schönen Tagen am Bodensee zu schwärmen, die sie mit ihrer Nichte und deren Sohn, einem Doktor, verbracht hatte. Es war kein Zeichen von Verwirrtheit oder Aggressivität in ihren Worten. Hortense war nichts als eine freundliche, charmante alte Dame.

In ihrer Wohnung bewegte und verhielt sie sich so normal, wie Dora es aus den guten Zeiten gewohnt war. Sie beschlossen, zusammen in die Stadt zu fahren. Hortense wollte ein paar Einkäufe tätigen und sie meinte, dass Dora nicht ohne die Sendlingerstraße entlanggebummelt zu sein und den Rathausplatz einmal umrundet zu haben nach Hause fahren dürfe. Unterwegs ließ Dora immer Hortense den Vortritt, wobei sie sie kritisch aus den Augenwinkeln beobachtete. Sie zeigte keine Anzeichen von Unsicherheit. Sie wählte die richtige U-Bahn und sie stieg an den richtigen Stellen ein und aus. Bei ihrer Bank hinter der Marienkirche hob sie zielsicher am Kassenschalter Geld ab.

»Mit dem Automaten habe ich nichts am Hut«, sagte sie entschuldigend.

Bei Rischart im Café aßen sie eine Kleinigkeit und Hortense bestand darauf, Dora einzuladen. Sie führte ihre Nichte in eine Stehcaféecke im hinteren Bereich des Erdgeschosses. Sie holte ihren Kuchen und die Getränke gleich an der Theke daneben selbst ab.

»Darum kostet hier alles weniger als oben im Café«, erklärte sie Dora. »Auf dem Viktualienmarkt gibt es einen Platz, an dem der Kaffee noch billiger ist. Da geh ich im Sommer fast jeden Tag hin. Dort treff ich auch manchmal andere Rentner.«

Auf dem Rückweg erledigten sie kleinere Einkäufe. Dora war trotz der scheinbaren Normalität ihrer Tante nicht in Shoppinglaune. Ihre sonst ganz guten Nerven erwarteten jede Minute eine unangenehme Überraschung. Sie zog es vor, demnächst einmal wieder mit ihrer Freundin Rose in Konstanz oder Zürich entspannt bummeln zu gehen.

Gegen Abend fuhr sie dann mit gemischten Gefühlen auf den Mittleren Ring und aus München hinaus. Dora wusste genau, dass es nichts als ein trügerischer Wunsch war, ihre Tante scheinbar normal zurückzulassen. Anscheinend kam Hortense in ihrer gewohnten Umgebung doch noch ganz gut zurecht. Aber wie lange würde der momentane Zustand anhalten? Das Problem, wie und wo Hortense Meier in Zukunft leben könnte, war nicht gelöst. Es war nur aufgeschoben.

Der clevere Hagen Reich war in Ägypten. Bei Rose rief kein lästiger Stalker an. Sie wurde von niemandem bedroht. Dora sagte zu ihrer Freundin:
»Es ist bestimmt er. Oder hast du schon mal einen Anruf bekommen, während er bei seinem wöchentlichen Übungsschießen in seinem Verein in Bermatingen ist? Anschließend geht er doch immer einkehren und es ist doch bekannt, dass er danach nur schwer seinen Weg heimwärts findet. Vielleicht schleicht er dann noch um euer Haus?«
Rose holte tief Luft und sagte:
»Mal den Teufel nicht an die Wand. Ich bin so froh, dass wir jetzt Ruhe haben. Aber ich kann's immer noch nicht glauben, dass er es ist. Und wenn es sich wirklich bestätigt, dass er es ist, was soll ich denn dann machen? Ich kann dann doch nicht mal etwas gegen ihn unternehmen. Das bring ich schon wegen Klara nicht fertig.«
»Dann solltest du dir im Klaren sein, dass er dich so einschätzt und du in Zukunft mit seinen Tyranneien leben musst. Und wer weiß, was seinem kranken Hirn noch so alles entspringt, wenn er begreift, dass er dich in der Hand hat.«

Andreas de Boer benötigte einmal wieder die Unterstützung seiner Mutter in der Praxis. Jenny, eine seiner Arzthelferinnen, hatte Urlaub. Jenny Ziegler war die Nichte von Peter Ziegler, Roses Mann. Jenny war in diesem Jahr zur Bodensee-Weinprinzessin gewählt worden. Ein überlebensgroßes Plakat mit der lächelnden jungen Frau, die ein Glas Wein in der Hand hielt, prangte an jeder Zufahrtsstraße nach Meersburg. Dora vermutete, dass ihr Sohn sie auch wegen ihrer optischen Ausstrahlung eingestellt hatte. Sie war blond mit langem lockigem Haar, hatte strahlende, intensiv-blaue Augen, Modelmaße und sie war die Tochter eines Winzers. Die schöne Arzthelferin war zu einer Bodenseewein-Werbereise nach Moskau eingeladen worden und Jenny wollte sich diese Gelegenheit nicht entgehen lassen. Dora konnte einmal mehr nicht Nein sagen und sprang ein. Eigentlich hatte sie ihren Beruf aufgegeben, weil sie ruhiger leben und weil sie Zeit für sich haben wollte. Im Moment schien das aber alles in weite Ferne gerückt zu sein. Wenigstens aus der großen Villa in München rief kein Mitbewohner an. Seit ihrem letzten Besuch hatte sich ihre Tante bis jetzt nur einmal gemeldet. Sie wollte wissen, wo sie überall zusammen gewesen waren und was sie dort gemacht hatten.

»Ich will es meinen Bekannten erzählen«, sagte sie erklärend und fast entschuldigend.

Dora gab ihr einen kurzen Bericht durch und Hortense schien sich Notizen zu machen.

Dora hatte in der Praxis die Anmeldung der Patienten übernommen. Roses Tochter Iris kam mit Samantha in die Sprechstunde. Das Kind hatte eine Warze am Zeigefinger. Dora schickte sie wieder weg und bat sie, in der Mittagszeit zu ihr nach Hause zu kommen.

»Für eine Warze an einem Kinderfinger braucht man keine Chemie und keinen Arzt. Das erledigt die Natur seit Generationen auch so. Ich hab ein Kraut in meinem Garten, mit dem bekommen wir sie weg. Alter Tipp von meiner Großmutter, die auch Hebamme war.«

Während sie das sagte, zwinkerte sie mit einem Auge und blickte dabei vielsagend in Richtung Behandlungszimmer ihres Sohnes.

Doras erster Weg in der Mittagspause führte sie in ihren Garten hinter dem Haus. Sie grub dort zwischen den Iris und Brennnesseln eine wild wachsende Schöllkrautpflanze aus und setzte sie in einen Blumentopf. Als Iris und Samantha eintrafen, zeigte sie ihnen, wie sie an den gelben Saft der Pflanze kamen und wie sie ihn auf die Warze streichen mussten. Das Kind war sehr interessiert und Dora schärfte ihm ein, auf gar keinen Fall daran zu lecken und, dass nur die Mama die Warze behandeln dürfe.
Iris lachte: »Du machst wohl deinem Sohn Konkurrenz!«
Dora sagte: »Lach nicht! Besser wäre es, wenn jetzt auch noch abnehmender Mond wäre.«
Iris schluckte und lachte nicht mehr.
Samantha fragte: »Warum?«

Dora besuchte Klara und Frau Kohler. Sie fühlte sich verpflichtet, in der Zeit, in der Hagen verreist war, ihre Hilfe anzubieten. Die zwei Frauen waren für zwei Wochen auf sich gestellt. Rose und ihr Mann hatten ebenfalls ihre Hilfe angeboten und außerdem wohnten ja noch Kerstin Fischer und ihre Tochter Annika unter demselben Dach. Klara versicherte glaubhaft, dass ihre Mutter zwar schlecht laufen konnte, sie aber nicht völlig hilflos war oder gar gehoben werden musste. Ihre rechte Hand war kraftlos, aber sie hatte Zeit und versuchte, sich so weit wie möglich noch selbst zu behelfen. Der Mann in der Familie schien nicht vermisst zu werden.
Klara begleitete Dora zu ihrer Mutter in die Einliegerwohnung hinunter. Am Fuß der Treppe in einem kleinen Vorraum war Hagens Waffenschrank, außerdem stand dort

eine riesige Gefriertruhe, die mit einem dicken Vorhängeschloss versehen war. Der Waffenschrank hatte eine Glastüre, die nur mit einem kleinen Schloss gesichert war.

Versteckt da dein Hagen seine selbst geschossenen Leichen? Beim Anblick der gesicherten Truhe lagen Dora die boshaften, ironischen Worte bereits auf der Zunge. Sie konnte sich noch rechtzeitig beherrschen. Klara nahm immer alles so ernst. Es lag Dora fern, sie zu verunsichern oder gar lächerlich zu machen. Aber eine Gefriertruhe mit diesen Ausmaßen und mit einem Extraschloss in einem Dreipersonenhaushalt, das mutete sie doch seltsam an. Vielleicht teilte Hagen ja seiner Frau die täglich benötigte Ration an gefrorenen Lebensmitteln persönlich zu. Wie kam sie jetzt daran, wenn er nicht da war? Hatte Klara einen eigenen Schlüssel? Vor der alten Frau Kohler brauchten sie ja wohl nichts wegzuschließen. Was immer in der Gefriertruhe frisch gehalten wurde, Dora hätte zu gern einen Blick auf den Inhalt geworfen. Und sie hätte auch gern am Schloss gerüttelt und sich versichert, dass die Truhe wirklich verschlossen war. Für Hagens Geheimniskrämerei hatte sie nur ein unmissverständliches Kopfschütteln übrig.

Klara brachte Dora und ihrer Mutter ein Glas Johannisbeersaft von Früchten aus dem eigenen Garten und entschuldigte sich dann. Dora konnte sich nicht mehr daran erinnern, jemals in den letzten Jahren mit Frau Kohler allein gelassen worden zu sein. Es war das, was sie eigentlich immer wollte. Sie hatte so viele Fragen an die alte Frau. Aber es war nicht einfach, sich mit jemandem zu unterhalten, dem man zwar Fragen stellen konnte, der aber keine Antworten gab, und wenn auch sonst niemand anwesend war, an den man das Wort richten konnte.

Aus Viktoria Kohlers Blick und Mimik schloss Dora, dass sie hellwach war und alles verstand. Eine plötzliche seltsame Scheu hinderte Dora jedoch daran, das auszusprechen, was ihr auf der Zunge und dem Herzen lag. Sie fragte sich, ob Viktoria Kohler wirklich nicht sprechen konnte oder ob sie sich schlichtweg weigerte. Andere Schlaganfallpatienten, die Dora kannte, sprachen zwar wenig und auch nicht sehr deutlich, aber es war bei allen Sprache vorhanden. Nicht so bei Frau Kohler. Sie machte ihren Mund, der immer kräftig rosa geschminkt war, wie es früher einmal der Mode entsprochen hatte, nie auf. Ihr rechter Mundwinkel hing als Folge des Schlaganfalls leicht nach unten und gab dem Gesicht einen höhnischen Ausdruck. Ihr braun gefärbtes, gewelltes Haar war am Haaransatz grau nachgewachsen. Die letzte Färbung dürfte danach länger als vier Wochen zurückliegen. Dora nahm an, dass Klara ihrer Mutter die Haare färbte.

Frau Kohler machte, egal wann immer Dora sie besuchte, einen gepflegten Eindruck. Sie war schlank, ohne dünn zu sein, und trug auf ihrer cremefarbenen Seidenbluse eine goldene Anstecknadel mit einer Perle. Wie immer, wenn Dora in diesem Haus war, sah sie den hübschen, freundlichen Jungen vor sich. Es war so, als ob er anwesend wäre. Sie fragte sich: Was wusste die alte Frau über die Gründe, die zum Tod ihres Enkels geführt hatten? Ahnte sie oder wusste sie sogar, wie verzweifelt er damals gewesen sein musste, um diese schreckliche Tat zu begehen? Konnte sie der alten Frau zumuten, ihr Fragen zu stellen? Frau Kohler konnte Interesse zeigen. Sie konnte zeigen, was sie wollte und was nicht. Aber Dora wusste ja selbst nicht, nach was sie fragen sollte.

Jetzt, da der Schwiegersohn verreist war, wäre es möglich gewesen. Sie war sicher, dass er, sobald er zurück war, niemanden mehr mit ihr allein lassen würde. Immer saß jemand mit dabei und fast immer er selbst. Beinahe so, als ob aufgepasst würde. So, als ob etwas unter einer Decke gehalten werden musste. Aber warum und was? Die alte Frau konnte doch nicht reden! Und was war mit Jan, dem zweiten Sohn? Von ihm wurde nie gesprochen. Es war fast so, als wäre auch er tot. Hatte er ein Drogenproblem? Das Schweigen war so auffällig, dass Dora ebenso Hemmung hatte, nach Jan zu fragen.

Als sie wieder zu Hause war, rief sie sofort Rose an. Es dauerte eine Weile, bis sie ans Telefon kam. Der Anrufbeantworter war eingeschaltet, und erst nachdem Dora sich gemeldet hatte, nahm Rose ab. Sie war im Garten beim Unkrautjäten gewesen und Peter mähte den Rasen. Schuldbewusst dachte Dora an ihr eigenes kleines Stück Wiese. Rasen konnte man es nicht nennen. Dazu war er zu ungepflegt, aber er war grün und sie fand es schön. Zurzeit sah er mit den vielen Gänseblümchen wie ein flauschiger weißer Teppich aus. Sobald sie wieder mehr Zeit hatte, würde sie auch ihren Rasen pflegen. Auf die Hilfe ihres Sohnes konnte sie nicht zählen. Andreas hatte, was den Garten anbetraf, zwei linke Hände. Das war vielleicht auch ihre eigene Schuld. Früher konnte ihr niemand etwas recht machen. Wie sollte er heute Spaß an der Gartenarbeit haben, wenn sie ihn damals immer nur kritisiert hatte?
Doras erste Frage an Rose war:
»Und, hat er wieder angerufen?«
Sie sah Rose förmlich mit dem Kopf schütteln, als sie die Frage verneinte. Sie berichtete ihrer Freundin von dem Nachmittag bei der alten Frau Kohler und fragte dann:
»Was ist eigentlich mit Jan? Warum wird er totgeschwiegen? Er lebt doch anscheinend noch. Weißt du, wo er wohnt? Ist er drogenabhängig? Das würde mich schon interessieren!«
Der letzte Stand von Roses Wissen über Jan war, dass er nach dem Studium der Psychologie an der Uni in Zürich geblieben war.
»Wo er wohnt? Keine Ahnung!«, sagte Rose. »Ich kann mit Klara nicht darüber sprechen. Sie regt sich nur auf und bricht sofort in Tränen aus, wenn ich nur etwas andeute,

das sie an Rainer und Jan erinnert. Sie hat es nicht leicht. Ich muss nicht auch noch Salz in ihre Wunden streuen.«
»Jan müsste 31 sein«, rechnete Dora. »Er ist drei Jahre jünger als Andreas.«
»Warum willst du unbedingt alte Geschichten aufwärmen? Es ändert doch nichts. Rainer wird nicht wieder lebendig.«
Rose sagte es vorwurfsvoll und ungehalten.
»Ich will's halt wissen«, antwortete Dora stur.

Zwei Portionen Spaghetti mit viel Knoblauch, in Olivenöl frittierte Salbeiblätter und Parmesan leistete sich Dora zum Abendessen. Immer wenn sie etwas bedrückte, aß sie zu viel und verspürte danach ein quälendes Völlegefühl. Sie hatte ein schlechtes Gewissen, weil sie so unbeherrscht war und nicht aufgehört hatte, die Nudeln in sich hineinzuschlingen, nachdem sie bereits satt war. Bulimiekranke würden sich jetzt vermutlich den Finger in den Hals stecken und alles ausbrechen. Sie fragte sich, ob Annika darunter litt. Als sie jung war, hatte diese Krankheit noch keinen Namen. Sie kannte sie gar nicht. Dora verordnete sich selbst einen kräftigen Schluck eines edlen Kirschwassers. Obwohl es laut ihrem Sohn wissenschaftlich erwiesen ist, dass ein Schnaps bei Völlegefühl oder genauer gesagt bei Überfressung keinerlei Wirkung hat. Dora glaubte, dass es ihr half. Es war schließlich ein altes Hausmittel. Der Kirsch roch verführerisch, war alt und mild. Er rann wie Öl den Hals hinunter. Sie rang trotzdem einen Moment nach Luft.
»Ich bin nichts gewöhnt«, sagte sie und schüttelte sich.
Als sie sich setzte, drückte ihr Magen über den Bund ihrer Jeans. Sie öffnete den obersten Knopf und machte sich im Stehen daran, ihr Grünzeug, das sich wieder ein weiteres Stück Decke und Wand erobert hatte, in die Schranken zu weisen. »Meine Schöne« hatte sie damals die zarte und filigrane Pflanze ohne Namen genannt. Das war allerdings,

bevor sie sich zügellos auszubreiten begonnen hatte. Woher nahm dieses Ungeheuer, so nannte sie das Gewächs in der Zwischenzeit, eigentlich seine Kraft? Sie düngte es nie. Selbst lange Trockenzeiten überstand die Pflanze fast unbeschadet. Sie warf nur einen Teil ihrer Blättchen ab, um danach umso kräftiger wieder auszutreiben. Sie ganz ohne Wasser zu lassen, brachte Dora bis jetzt noch nicht fertig. Sie hoffte immer noch, dass sich das Wachstum irgendwann von allein regeln würde. Sie beschäftigte sich oft mit diesem Thema, hatte sich aber gleichzeitig angewöhnt, es nur oberflächlich anzugehen. Wenn sie ehrlich war, musste Dora sich eingestehen, dass sie dabei war, sich zu einer Verdrängungskünstlerin zu entwickeln. Irgendwann würde sich das Problem schon lösen.

Dora hörte nicht auf, an den Ausläufern zu zupfen. Erst als ihre Fingerspitzen wund waren und schmerzten, ließ sie davon ab. Ihre Fingernägel hatte sie an der rauen Wand bereits kurz und brüchig abgearbeitet. Sie sahen aus wie die einer Nägelkauerin. Dabei wusste sie, dass, egal wie viele neue Triebspitzen sie entfernte, aus jedem der abgerissenen Pflanzenenden wie aus der Hydra in der griechischen Mythologie weitere neue Krakenarme wachsen würden.

Während sie zupfte, versuchte Dora, einen Dokumentarfilm über eine ayurvedische Klinik in Kerala in Indien zu verfolgen. Sie war schon lange von diesen Heilmethoden fasziniert und fest entschlossen, mehr darüber zu erfahren. Drei Monate wollte sie sich aus ihrem deutschen Trott ausklinken. Das hatte sie beschlossen. Nur der Zeitpunkt stand noch nicht fest. Sie fragte sich, ob sie eines Tages so frei wäre und soviel Zeit hätte, dass sie ohne schlechtes Gewissen auf Reisen gehen könnte.

Und dann dachte sie an ihr ungelöstes Problem mit Tante Hortense. Ganz schnell schob sie diesen Gedanken aus ihrem Kopf. Im Gegensatz dazu machten sich in letzter Zeit immer wieder Wörter, hauptsächlich Namen von

Menschen, aber auch von Ländern und Städten, selbst von solchen, in denen sie einmal Zeit verbracht hatte, gegen ihren Willen aus ihrem Gedächtnis davon. Es tat sich plötzlich eine Leere in ihrem Kopf auf und in ihrem Sprachschatz existierten diese Worte in diesem Moment nicht mehr. Gab es auch bei ihr bereits eine Fernbedienung, die in unbekannten Händen lag? Vermutlich ging es Klara mit ihren Erinnerungen an ihre Kinder ebenfalls so. Nur waren Klaras Gedanken, die sie verdrängen musste, sicher bedrückender und schmerzhafter. Und Dora fragte sich:

»Bin ich im Moment nur überlastet oder fängt ›es‹ so an?«

Frau Brill, die zusammen mit Tante Hortense den vierten Stock des Hauses in München bewohnte, rief wieder an. Frau Meier war auf einem nächtlichen Streifzug, bei dem sie in der Straße vor den Häusern abgestellten Fahrrädern die Luft herausgelassen hatte, von Jugendlichen beobachtet worden. Als diese die alte Frau zur Rede stellten, wurde sie laut und ausfällig. »Sauhunde« soll sie geschrien haben und, dass sie bedaure, dass Hitler nicht mehr an der Macht wäre. Daraufhin wurde sie von den jungen südländisch aussehenden Männern zu Boden gestoßen und, bevor größeres Unheil geschehen konnte, von einem vorbeikommenden Taxifahrer gerettet. Hortense erzählte später jedem, der es hören wollte, dass sie von Ausländern überfallen worden sei. Sie wollte allerdings keine Anzeige erstatten und auch keinen Arzt sehen. Daraus schloss Dora, dass ihre Tante sich bewusst gewesen sein musste, etwas Ungehöriges getan zu haben.

»Du musst dir das mal vorstellen«, sagte sie zu ihrem Sohn. »Da zieht eine 80-jährige Frau nachts durch die

Straßen und lässt an allen Fahrrädern, die, wie sie glaubt, in einen Fahrradkeller oder hinter die Häuser gehören, die Luft raus. Und dann legt sie sich auch noch mit einer Gruppe Jugendlicher an.«

»So was kann auch mal dumm ausgehen.« Andreas konnte sich allerdings dabei ein Grinsen nicht verkneifen. »Ich glaube, du musst dich noch auf so einiges gefasst machen.«

Dora war nicht nach Lachen zumute.

Weinprinzessin Jenny war zurück und wieder im Einsatz in der Praxis. Somit hatte Dora wieder mehr Zeit, sich um ihre eigenen Belange zu kümmern. Sie beschloss schweren Herzens, ihren von Tausenden Gänseblümchen wie mit weißem Schaum gesprenkelten Rasen zu mähen. Sie war gerade dabei, den Mäher aus der Garage zu zerren, als das Telefon klingelte. Es war ihre Tante Hortense. Ohne Vorwarnung begann sie lautstark, Dora als Diebin zu beschimpfen:

»Du hast meine Wohnung in der Nacht, als ich bei dir in Meersburg war und die Toilette nicht gefunden habe, ausgeräumt. Ich verlange, dass du mir sofort meine Möbel zurückbringst.«

Dora war für einen Moment sprachlos. Sie registrierte aber, dass Hortense noch genau wusste, was sie in dieser Nacht angerichtet hatte. Mit ihrem wiederholten Vorwurf machte sie ihre Nichte dafür verantwortlich und enthob sich selbst einer Schuld. Dora versuchte zu ergründen, was wirklich passiert war, und fragte, was denn fehle.

»Das weißt du doch am Besten! Alles ist weg!«, schrie Hortense hysterisch.

Dora zählte ihrer Tante im Uhrzeigersinn alle Möbel auf, die in der Wohnung waren, und bekam bestätigt, dass diese auch noch vorhanden waren. Mit geduldigem Nachfragen stellte sich dann heraus, dass sie Möbel vermisste, die sie vor über 40 Jahren in einer anderen Zeit und in einem anderen Haus in einer anderen Stadt einmal besessen hatte. Dora blieb freundlich. Ihre Tante dagegen wurde immer lauter und aggressiver. Sie bezeichnete Dora als bösartige und hinterhältige Diebin. Dora verlor die Geduld und sagte drohend:

»Wenn du wieder in der Lage bist, klar zu denken, kannst du mich anrufen und dich entschuldigen. Solange du das nicht tust, wirst du nichts mehr von mir hören!«

Und dann legte sie auf. Sie hatte noch nie so unfreundlich mit Hortense gesprochen. Im selben Moment wusste sie auch, dass es unsinnig und dumm war, von der kranken Frau eine normale Reaktion zu erwarten. Aber es widerstrebte ihr, sich als Diebin beschimpfen zu lassen.

Dora warf immer noch zornig, nun auch auf sich selbst, ihren Rasenmäher an und überlegte, ob Hagens Spezialdrahthaken auch für sie eine Erleichterung bringen könnte. Sie kam zu dem Schluss, dass es überhaupt keinen Sinn machte, und ließ ihren Frust an den armen Gänseblümchen aus. Wenn sie gekonnt hätte, wäre sie auch über ihre Wohnzimmerdecke und Wände gefahren und hätte dem Grün dort den Garaus gemacht. Anschließend watete sie nach der Pfarrer-Kneipp-Methode wie ein Storch, wobei sie ihre Knie abwechselnd fast bis zum Kinn hochhob, durch den kalten See. Spitze Steine drückten schmerzhaft in ihre Fußsohlen.

»Ich möcht nur wissen, warum ich mit zunehmendem Alter immer empfindlicher werde und das nicht nur an den Fußsohlen.«

Dora sprach mal wieder mit sich selbst. Als sie auf einem veralgten, glitschigen, dicken Kiesel ausrutschte und sich ein nasses Hinterteil holte, schien ihr Kopf wieder klar zu funktionieren und die Welt war halbwegs in Ordnung.

Um sich auf andere Gedanken zu bringen, googelte Dora auf gut Glück den Namen von Klara und Hagen Reichs

Sohn Jan in Verbindung mit der Uni Zürich. Der Versuch war ein Treffer. Er hatte vor einem Jahr seine Promotion abgeschlossen und schien an der Uni zu arbeiten. Außerdem entdeckte sie seinen Namen in Verbindung mit Judosportveranstaltungen. Sie fand auch eine Telefonnummer, über die sie hoffte, ihn erreichen zu können. Aber ihn wirklich anzurufen, dazu fühlte sie sich noch nicht in der Lage.

Sie musste zuerst überlegen, wie sie ein Gespräch beginnen sollte und was sie ihn eigentlich fragen wollte. Dora hatte ihn in dem Jahr nach dem Tod seines Bruders noch einige Male gesehen. Sie achtete in dieser Zeit nicht so auf ihn. Sie selbst war damals Ende 40 und Jan musste um die 20 gewesen sein. Es gab, außer dass sie beide in der Uhldingerstraße wohnten, kaum Gemeinsamkeiten. So hatte Dora auch seine Nichtmehranwesenheit lange nicht bewusst registriert. Andreas, ihr Sohn, war nur drei Jahre älter als Jan, aber sie waren völlig verschieden. Sie betrieben unterschiedliche Sportarten und hatten nicht viele Berührungspunkte.

Von den Rosenfreunden Sektion Bodensee war eine Mail in ihrem elektronischen Briefkasten. Sie luden zu einer vom NABU geführten Wanderung aus Anlass der anstehenden Iris-Blüte durch das Eriskircher Ried ein. Dora freute sich auf diesen Ausflug. Sie konnte sich noch daran erinnern, wie sie ihn das erste Mal in ihrem Leben auf den Schultern ihres Großvaters gemacht hatte, und meldete sich an.

Hortense rief einen Tag später an. Als sie sagte: »Du musst schon entschuldigen, aber ich bin so durcheinander gewesen«, klang sie klar und in der Realität.

Doras aufkeimende Hoffnung platzte wie eine Seifenblase bei ihrem nächsten Satz:

»Der Arzt war letzte Nacht wieder da und ich bin sicher, dass er meine Möbel mitgenommen hat und nicht du.«

Dora war mal wieder sprachlos. Außer »ist schon gut« fiel ihr nichts ein.

Dora suchte die Telefonnummer der für Hortenses Wohnbezirk zuständigen Sozialstation heraus. Sie hatte bereits vor einigen Monaten einmal Kontakt aufgenommen. Es hatte auch damals jemand Hortense besucht. Sie war zu keinem Gespräch bereit gewesen und hatte niemand in die Wohnung gelassen. Auch Essen auf Rädern lehnte sie konsequent ab. Frau Meier bestehe darauf, ihr Leben selbstständig zu regeln. Jetzt bat Dora um einen weiteren Besuch bei ihrer Tante und hoffte, dass sie zugänglicher sein würde. Die Leiterin der Sozialstation hatte Verständnis für Dora. Sie versicherte ihr, dass ihre Tante kein Einzelfall war. Sie besuchte Frau Meier noch am selben Tag ein weiteres Mal. Sie konnte wieder nur durch die einen Spaltbreit geöffnete Tür mit Frau Meier sprechen. Die Sicherheitskette war dabei vorgelegt.

»Ich möcht nur wissen, was Sie immer von mir wollen. Ich brauch keine Hilfe. Ich kann für mich selbst sorgen.«

Das sagte Hortense nicht unfreundlich, aber bestimmt und dann schloss sie die Tür wieder. Dora wurde vom Ergebnis des Besuches unterrichtet. Sie dankte für die Mühe und die Auskunft und blieb wieder einmal ratlos und sprachlos zurück. Sie hatte keinen wirklichen Zugang zu Hortenses Welt. Sie konnte im Moment nur abwarten und die Dinge auf sich zukommen lassen.

Lange brauchte sie nicht zu warten. Eine Woche später meldete sich Hortenses Hausarzt. Sie hatte mitten in München wildfremde Passanten unter anderem mit ihrem derzeitigen Lieblingsschimpfwort »Sauhunde« angepöbelt und sie des Diebstahls bezichtigt. Sie musste sich mit ihren 152 Zentimetern so aggressiv aufgeführt haben, dass sich einer von ihnen nicht mehr anders zu helfen wusste, als die Polizei zu rufen. Zwei junge freundliche Männer in Uniform, die die Situation schnell richtig einschätzten, machten ein Späßchen mit der alten verwirrten Frau. Worauf Hortense freundlich strahlte und ihnen die Adresse ihres

Hausarztes verriet. Sie fuhren sie mit dem Polizeiauto in die Praxis und nach einem Gespräch mit dem Arzt konnten die jungen, feschen Polizeibeamten die alte Dame überreden, noch eine weitere Fahrt mit ihnen in ein Krankenhaus zu unternehmen. Ob es an der Freundlichkeit der Beamten oder der Fahrt im Polizeiauto mit männlicher Begleitung lag, würde wohl immer Hortenses Geheimnis bleiben.

Auf jeden Fall war Frau Meier bereit, sich selbst in ein Krankenhaus einzuweisen. Da Dora eine Generalvollmacht hatte, musste auch sie sich mit einer Untersuchung und dem Klinikaufenthalt einverstanden erklären. Ein vorläufiges Untersuchungsergebnis wurde von der Psychiatrie im Eilverfahren an das Vormundschaftsgericht weitergeleitet. Ohne Generalvollmacht, die Hortense Meier in weiser Voraussicht vor Jahren auf ihre Nichte ausgestellt hatte, würde in dieser Situation nun das Vormundschaftsgericht einen amtlichen Betreuer bestellen, der dann alle notwendigen Entscheidungen für Hortenses weiteres Leben treffen müsste. Es wäre dann auch seine Aufgabe, den zukünftigen Aufenthaltsort von Doras Tante zu bestimmen.

Dora wurde vom Stationsarzt um ein persönliches Gespräch gebeten, zudem benötigte Hortense dringend Wäsche und Toilettenartikel. Frau Brill, Hortenses Nachbarin, erklärte sich, ohne zu zögern, bereit, das Notwendigste zusammenzupacken und es im Krankenhaus abzugeben. So schlecht die Nachrichten aus München auch waren, Dora war erleichtert. Ihre Tante würde in nächster Zeit kein Haus und keine Straße mehr unsicher machen. Und sich selbst würde sie auch nicht mehr in Gefahr bringen können. Dora gab sich der Illusion hin, dass nun alles leichter würde. Hortense Meier war vorerst aus dem Verkehr gezogen.

Vor ihrer Fahrt nach München beschloss Dora, die Zeit zu nutzen und, solange das Cleverle noch in Ägypten war, zur alten Frau Kohler hinaufzulaufen und ihr nochmals einen Besuch abzustatten. Aus ihrem Garten band sie mit späten roten Tulpen, gelber Gemswurz und blauen Vergissmeinnicht einen dicken, bunten Strauß. Dora ging den Weg entlang der düsteren Hecke zum Haus hinauf. Dabei bemühte sie sich, nicht mit dem nach Friedhof riechenden Grün in Berührung zu kommen. Sie klingelte. Klara, das Gesicht von ihrem Haarvorhang halb verdeckt, machte die Tür auf und sagte:

»Mutter wird sich ... , dich zu sehen.« Sie vollendete mal wieder ihren Satz nicht.

Aus dem Hintergrund klang die ungeduldige Stimme von ihrem Mann:

»Wer ist denn da?«

Dora flüsterte:

»Ich dachte, er ist noch in Ägypten.«

Hagen, frisch gebräunt und mit scheinbar allen eingesammelten arabischen Düften behaftet, ließ es sich nicht nehmen, Dora selbst zu seiner Schwiegermutter in die Einliegerwohnung hinunter zu begleiten. Er war aufgekratzt und redete pausenlos über die tolle Zeit, die Ausflüge, den Badespaß, die furchtbaren russischen Touristen und die lästigen Ägypter. Seinem Geruch nach konnte der Badespaß nicht allzu umfangreich gewesen sein. Dora kam nicht dazu, auch nur einen vollständigen Satz zu sagen, und sie verstand nun, warum Klara so abgehackt sprach.

Plötzlich wechselte Hagen Reich das Thema und ließ sich ohne Hemmungen über die Windeln seiner Schwiegermutter aus.

»Eigentlich braucht sie noch nicht immer eine.«

Das sagte er so, als ob die alte Frau nicht anwesend wäre.

»Aber ich will, dass sie welche trägt. Es könnte doch mal was daneben gehen und da ist es schon besser, sie trägt sie.«

Dora griff sanft nach der Hand von Viktoria Kohler. Obwohl sie doch über 76 Jahre alt sein musste, hatte sie immer noch schöne gepflegte Hände und Fingernägel. Ihre braunen Haare waren frisch gefärbt. Es gab keinen grauen Haaransatz mehr. Dora versuchte, in ihren Augen zu lesen, aber sie wirkten leer. Sie drehte den Kopf gegen die Wand, so als ob sie nicht anwesend sein wollte. Ihre pink bemalten Lippen waren ein schmaler Strich mit nach unten gebogenen Enden. Das Rouge auf ihren Wangen wirkte plötzlich scharf abgegrenzt wie bei einem Clown. Dora fragte sich: Kann sie sich wirklich nicht mehr äußern oder will sie einfach nicht mehr? Und wenn, warum?

Hagen erzählte stolz, er habe erreicht, dass die Krankenkasse, obwohl sie sich zuerst geweigert hatte, die Kosten für die »Oma-Pampers« zu übernehmen, die Rechnungen nun doch erstatte. Dora sah Hagen mitleidig an und stellte sich dabei entsetzt vor, wie er seine Schwiegermutter zwangswickelte. Sie sagte:

»Mein Gott, was ist bei dir nur falsch gelaufen?«

Der Satz war ihr herausgerutscht. Er aber bezog diese Bemerkung auf seine Auseinandersetzung mit der Institution Krankenkasse und lächelte selbstgefällig. Diese Begegnung bestärkte Dora noch mehr in ihrem Vorsatz, nach den Gründen für den Selbstmord von Rainer Reich zu forschen. Während des Gesprächs berührte er Dora vertraulich am Ellbogen. Sie schüttelte sich und ihre Kopfhaut zog sich zusammen.

Mit dem Feierabendverkehr quälte sich Dora nach München hinein. Stau auf dem Mittleren Ring und das in beide Richtungen. Sie ärgerte sich über ihre eigene Gedankenlosigkeit. Wenn sie nachgedacht hätte, wäre sie entweder früher oder später losgefahren, um eine solche Situation zu vermeiden. Sie beruhigte und überzeugte sich selbst, dass Zeit an diesem Abend sowieso keine Rolle mehr spielte. Einen Haus- und Wohnungsschlüssel hatte ihre Tante ihr bereits vor Jahren einmal gegeben, aber sie war noch nie allein in der Wohnung gewesen. Es war ein eigenartiges Gefühl, sie zu betreten. Vor allem weil ihr der Gedanke durch den Kopf schoss, dass es nun auch an ihr liegen würde, ob ihre Tante noch einmal hierher zurückkommen durfte oder nicht. Und sie hatte vor, wenn auch mit schlechtem Gewissen, das auf alle Fälle zu verhindern.

Alle Fenster waren geschlossen. Es war eigenartig still und es roch dezent nach dem Parfum von Jil Sander, das Hortense seit mehr als zehn Jahren ausschließlich benutzte. Zuerst goss Dora die vielen Blumenkübel auf der Terrasse. Die Geranien sahen bereits vertrocknet aus. Mit Schrecken dachte sie: Wo soll ich die jemals unterbringen, wenn die Wohnung geräumt werden muss? Sie wollte diese Verantwortung nicht übernehmen. Sie wusste, dass jeder Pflanzkübel, jedes Möbelstück und Dekorationsteil etwas war, an dem ihre Tante hing. Dora kochte sich eine Kanne Kräutertee. Es war eine besondere Mischung, die sich Hortense dreimal im Jahr auf der Dult bei ihrem ganz speziellen Lieferanten kaufte. Wenn sie von »ihren Lieferanten« sprach, konnte man sich des Eindrucks nicht erwehren, Hortense habe ihre eigenen Hoflieferanten und nirgends auf der Welt gebe es so hochqualitative Ware wie auf der »Auerdult«. Auf einem Tablett trug Dora ihren Tee in einer großen Tasse von Feinkost-Käfer auf die Terrasse und setzte sich zwischen die leidenden Pflanzen.

Sie beschloss, am nächsten Tag in die Klinik zu fahren und den Rest des Abends damit zu verbringen, in den Karton mit den wichtigen Papieren, wie Hortense ihn genannt hatte, hineinzuschauen. Dora war sicher, dass ihre Tante nicht mehr in diese Wohnung zurückkehren würde. Sie war entschlossen, auch wenn sie wusste, dass es derzeit nicht der Wunsch ihrer Tante war, dafür zu sorgen, dass sie in ein Heim kam. Es wäre unverantwortlich, die alte Frau noch einmal ihrem Schicksal zu überlassen. Ihre Tante hatte nicht umsonst, als sie noch im Vollbesitz ihrer geistigen Kräfte war, mit einer Vorsorgevollmacht sie dazu bestimmt, sich um sie zu kümmern.

In dem Karton befanden sich Papiere und ein Ordner mit ordentlich abgehefteten Unterlagen. Dora war nicht wohl bei dem Gedanken, im Leben ihrer Tante zu stöbern. Sie verschaffte sich nur einen kurzen Überblick über die sorgfältig geordneten Dokumente. Sie kam sich dabei vor wie damals, als sie noch ein Kind war und vor Weihnachten heimliche Blicke durch das Schlüsselloch der Wohnzimmertür, hinter der Weihnachtsvorbereitungen getroffen wurden, riskiert hatte.

Auf dem Karton war ein Zettel mit dem Vermerk »Inhalt heute kontrolliert« mit Tesafilm angeklebt. Hortense hatte ihn mit ihrem vollen Namen unterschrieben. Datum war keines darauf vermerkt. Die Schrift wirkte sehr krakelig und unsicher wie die eines Schulanfängers.

Dora bezog sich das Bett mit ihrer mitgebrachten Bettwäsche. Auf dem Nachttisch fand sie einen weiteren Zettel. Er war ebenfalls festgeklebt. Darauf standen die sieben Wochentage wie von einem Kalender abgeschrieben. Hortense musste sich ihrer »Zeit-Ver-rücktheit« bewusst gewesen sein – um nicht herauszufallen, hatte sie sich, wie sie vermutlich glaubte, in halbwegs klaren Momenten Gedächtnisstützen überall in der Wohnung angeheftet. Dora stellte sich seelisch darauf ein, dass diese in über 30 Jahren liebevoll eingerichtete Wohnung nun ihr Problem sein würde.

Um sich auf andere Gedanken zu bringen, legte sie sich mit dem Telefon aufs Bett und rief ihre Freundin Rose an. Der Stalker war wieder aktiv gewesen. Es bestanden kaum noch Zweifel, dass Hagen, der Mann von Klara, ins Telefon stöhnte, sie mit verzerrter Stimme wüst beschimpfte und ihr drohte, dass eines Tages etwas Furchtbares geschehen würde, sollte sie den Hörer auflegen. Solange Hagen verreist war, hatte es am Telefon keine Belästigung für Rose gegeben. Am Tag nach seiner Ankunft ging der Terror bereits wieder los.

Wie dumm war er eigentlich? Glaubte er, weil er seine Stimme verstellen konnte, dass er unerkannt bleiben würde? War es ihm egal, entlarvt zu werden? Oder hielt er einfach nur Rose und ihren Mann für dumm? Vielleicht bildete er sich ja auch ein, dass Rose sich geschmeichelt fühlte und es als Ehre empfand, von ihm gedemütigt zu werden. Was ging in seinem Kopf bloß vor? Zieglers hatten beschlossen, ihn in der kommenden Nacht zu überführen. Rose würde ans Telefon gehen und Peter gleichzeitig mit dem Handy die Festnetznummer von Reichs anrufen.

»Ist er so dumm oder hält er euch für so blöd, dass er das Spiel so dreist fortsetzt?«, fragte Dora entrüstet.

»Was tu ich denn, wenn sich herausstellt, dass es wirklich Hagen ist?« Rose klang verzweifelt. »Ich kann mich doch nicht wehren, ohne Klara zu verletzen. Ich kann das einfach nicht. Das würde aber dann doch heißen, dass ich mir für den Rest meines Lebens, solange es ihm gefällt, seine Belästigungen und Erniedrigungen gefallen lassen muss. Wer weiß, was er sich noch alles ausdenkt!«

Die Freundinnen trösteten sich gegenseitig und Dora versprach, sich gleich am nächsten Tag nach dem Gespräch mit dem Arzt in der Klinik zu melden. Sie war neugierig, wie bei Rose die Nacht verlaufen würde.

Am späten Vormittag suchte sie nach Nacht- und Unterwäsche in Hortenses Schrank. Jede Menge teure Designerkleidung hing fein säuberlich nach Farben sortiert da, aber nur fadenscheinige ausgeleierte Unterwäsche lag in den Schubkästen. Dora begriff, dass ihre Tante sich die teure Markenkleidung nur noch leisten konnte, weil sie an vielen andern Dingen sparte. Dora dachte, mit dieser alten Unterwäsche kann ich sie nicht in einem Heim abliefern. Nächste Woche werde ich ihr einen Stapel neue Unterwäsche kaufen. Sie packte die noch am besten erhaltenen Teile in eine von Hortenses Lieblingstaschen. Die Tasche war aus einem silbern schimmernden Gewebe mit dem Aufdruck »Metropolitan Opera«.

Dora erinnerte sich, wie sie die Tasche vor einer Ewigkeit im Museumsshop in New York gekauft hatten. Auf dem Weg zum Central Park waren sie an der Oper vorbeigekommen. Sie waren spontan hineinspaziert und hatten Karten für einen Ballettabend bekommen. Die Plätze waren unbeschreiblich weit oben über der Bühne gewesen. Sie hatten aus der Vogelperspektive die Aufführung verfolgt. Dieser Umstand hatte allerdings ihrer Begeisterung keinen Abbruch getan.

Dora war, nachdem ihr Mann nach Basel gezogen war, von Hortense zu dieser Reise eingeladen worden. Wenn Dora an New York und ihre Tante dachte, fielen ihr nicht nur die Oper, Musicals und Museen ein, sondern auch ein hellblau-weißes Kunststoffdöschen der Firma Schwarzkopf mit Trockenshampoo. Es hatte sie auf der ganzen Reise verfolgt und war somit unauslöschlich mit der Erinnerung an New York verbunden. Ihre Tante konnte es nicht fassen, dass etwas, das es damals in Deutschland in jedem Drogerie- und jedem Supermarkt zu kaufen gab, in der Weltstadt New York nicht zu bekommen war. Sie scheuchte ihre Nichte an jedem Tag, den sie dort verbrachten, nicht nur die 5th Avenue rauf und runter, sondern auch in fast jedes erreichbare Kaufhaus und in die umliegenden Supermärkte auf der verzweifelten Suche nach diesem Produkt. Dora musste von Macy's bis Bloomingdale die Verkäuferinnen in den Parfümerieabteilungen nach Trockenshampoo fragen. Die Produktbezeichnung war bereits ein Widerspruch an sich. Sie erntete daher immer nur verständnislose Blicke. Hortense vermutete hinter jeder Absage Doras fehlenden Willen oder ungenügende Sprachkenntnisse ihrer Nichte.

Am Ende dieser Woche flog Hortense mit fettigen Haaren zurück. Zum Friseur konnte sie in New York nicht gehen, weil an ihr sensibles Haar damals nur ihr Starfriseur Hand anlegen durfte. Dora hatte kein Problem damit gehabt, ihre Haare unter der Dusche selbst zu waschen. Aber alles in allem war der New York-Trip trotz nicht gefundenem Trockenshampoo aufregend schön, wenn auch anstrengend gewesen. Ob sich ihre Tante beim Anblick der Tasche daran erinnern würde? Vor Kurzem hatte Dora im Fernsehen einen Werbespot für ein Trockenshampoo entdeckt. Es gab es also wieder und sie fragte sich, ob sich so ein Produkt in der heutigen Zeit überhaupt noch verkaufen ließ und ob Hortense davon wusste.

Als Dora am nächsten Tag endlich vor der richtigen Abteilungstür in der Klinik stand, sah sie durch das Glas Hortense mit ihrer unter den Arm geklemmten Chanel-Handtasche am Ende des Flurs auf einem rosa Designersofa sitzen. Es wirkte so, als ob sie dort auf sie wartete. Um eintreten zu können, musste Dora klingeln und nur Pflegepersonal war in der Lage, die Tür zu öffnen. Hortense schien es normal zu finden, an diesem Ort zu sein. Dora gab ihr die New York-Tasche und fragte Hortense:

»Erinnerst du dich noch, wie wir sie zusammen gekauft haben?«

Der Blick von Hortense schien irgendwie schuldbewusst. Sie drehte sich zur Seite und antwortete:

»Mit den Chefs komme ich gut zurecht, nur mit dem Personal habe ich Probleme.«

Sie sagte es mit einem schüchternen Lächeln. Dora fand heraus, dass mit Personal andere Kranke gemeint waren.

»Sie stehlen wie die Raben«, empörte Hortense sich.

Wochen später entdeckte Dora eine fremde Armbanduhr im Nachttisch ihrer Tante. Im Heim vermisste sie niemand. Sie musste aus dieser Zeit in der Psychiatrie stammen.

Das Gespräch mit dem Arzt dauerte nicht lang. Es war nicht sehr informativ. Der behandelnde Arzt schien keine Zeit zu haben. Sein ganzes Auftreten irritierte Dora. Sie hatte eine Menge offener Fragen, die sie dann zu stellen vergaß. Sie musste sich beherrschen, um nicht zu auffällig auf die ausgefallene Frisur des Arztes zu starren. Für einen Mann war er etwas klein geraten. Das versuchte er, mit wie zu einem flaumigen Hahnenkamm in der Mitte des Kopfes hochgebürsteten, glanzlosen braunen Haaren und durch Schuhe mit dicken Sohlen auszugleichen. Dora hatte ihrem Sohn, als er noch ein Baby war, nach dem Baden seine zarten Härchen zu einer solchen Frisur gestylt. Bei modischen Jugendlichen hatte sie diesen Trend auch beobachtet. Nur hatten diese ihre Haare viel kürzer geschnitten und stark gegelt.

Laut Bericht des Arztes war Hortenses geistiger Verfall so weit fortgeschritten, dass es nicht zu verantworten war, sie weiter alleine leben zu lassen. Ein vorläufiges ärztliches Gutachten war bereits beim Vormundschaftsgericht. Dora nahm es mit Erleichterung zur Kenntnis. Der Richter hatte eine Rechtsanwältin bestellt, die auch schon mit ihrer Tante gesprochen hatte, um sich ein unabhängiges Bild von ihr und ihren noch vorhandenen geistigen Fähigkeiten zu machen. Sie war ebenfalls zu der Meinung gekommen, dass Frau Meier betreut werden musste. Da auf Dora eine Generalvollmacht von einem Notar bereits vor Jahren ausgestellt worden war, lag Hortenses Leben nun offiziell in Händen von Dora de Boer und einem Richter des Vormundschaftsgerichtes.

Zu den anstehenden Untersuchungen und eventuellen Behandlungen und Operationen mussten er und Dora ihr Einverständnis erklären. Zuerst sollte Hortenses Kopf in die Röhre. Anschließend war eine Magenspiegelung notwendig. Dora unterschrieb das Formular. Es schien so, als ob die alte Frau in guten Händen war. Alles, was möglich war, wurde für sie getan. Das glaubte Dora zu diesem Zeitpunkt wenigstens. Wochen später fragte sie sich, warum sie so naiv und gutgläubig gewesen war. Über die Ergebnisse der Untersuchungen sollte sie regelmäßig telefonisch unterrichtet werden. Alle notwendigen Untersuchungen und die daraus zu folgernden medikamentösen Einstellungen würden in drei Wochen abgeschlossen sein. Das bedeutete, dass Dora bis dahin einen Heimplatz für ihre Tante finden musste.

Hortense bekam die Erlaubnis, zusammen mit Dora das Café im Eingangsbereich der Klinik zu besuchen. Sie setzten sich in den Garten und bestellten Kaffee und Kuchen. Hortense hatte noch schnell vorher in der Toilette frische Papierhandtücher besorgt und damit ihren dicken Schlüsselbund umständlich, aber sorgfältig wie ein Baby neu gewickelt. Sie hatte das Bündel vor sich auf den Tisch gelegt und ließ es keinen Augenblick aus den Augen. Sie fragte Dora:

»Und sonst, ist alles in Ordnung?«

Dora bestätigte, dass alles in Ordnung sei und dass sie die Blumen gegossen habe. Ohne es auszusprechen, stand Hortenses Angst um ihr Heim und die Befürchtung, nicht mehr dorthin zurückzukehren, zwischen ihnen. Um sie abzulenken und um irgendetwas zu reden, erzählte Dora von ihrem eigenen Garten und dem Wetter am See, wohl wissend, dass ihre Tante etwas anderes hören wollte und dass sie nie mehr in ihrer geliebten Wohnung leben würde. Ahnte sie es? Beim Abschied am Abend versuchte sie, sich hinter Dora aus der Abteilung hinauszumogeln. Sie musste von einer Krankenschwester zurückgeholt werden.

Dora telefonierte mit Rose. Sie wollte wissen, wie der Telefontest in der vergangenen Nacht ausgegangen war. Er war nicht ganz so abgelaufen, wie Zieglers geplant hatten. Kurz nachdem Rose und ihr Mann zu Bett gegangen waren, klingelte das Telefon. Rose nahm ab und ließ sich von der krächzenden, verstellten, drohenden Stimme des vermutlich nun bekannten Unbekannten beschimpfen. Peter stand währenddessen neben ihr und wählte mit dem Handy Reichs Festnetznummer.

Gerade als die Stimme keuchte: »Du Hure, wenn ich mit dir fertig bin, wirst du um Gnade winseln!«, rief Peter Rose zu: »Gleich haben wir ihn.«

Hagen musste Peter gehört und verstanden haben. Er legte abrupt auf, noch bevor die Verbindung vom Handy hergestellt worden war. Doch die Verbindung funktionierte genau eine Sekunde später. Da musste es dann bei Reichs geklingelt haben. Peter ärgerte sich, dass er nicht den Mund gehalten hatte, und legte ebenfalls auf. Aber Hagen Reich konnte sich nun denken, dass Rose und Peter ihm auf der Spur waren.

»Jetzt bin ich wirklich gespannt, wie er reagieren wird und wie es weitergeht«, sagte Dora zufrieden und Rose bedrückt: »Ich auch.«

Dora beschloss, noch einen Tag länger in München zu bleiben. Sie ging durch Hortenses Heim. Die Verantwortung dafür legte sich wie eine körperlich spürbare Last auf ihre Schultern. Sie betrachtete die Wohnung das erste Mal mit ganz anderen Augen. Die Wände waren mit teuren, barocken, zum Teil goldbedruckten Tapeten tapeziert und zusätzlich mit schönen Bildern, aber auch mit kitschigen Reiseandenken und kindlichen Geschenken von Andreas dekoriert. Hortense schien alle Bilder, die er ihr als Kind einmal gemalt hatte, aufgehoben zu haben. Dora nahm eine Plastikeinkaufstüte und begann, mit schlechtem Gewissen Dinge, die ihrer Meinung nach nur oberflächlichen Erinnerungswert für Hortense besaßen, zaghaft einzusammeln und im großen Müllcontainer im Hof zu entsorgen. Sie kam sich sehr vermessen vor, weil sie ein Werturteil über etwas fällte, das ihr nicht gehörte. Aber irgendwo würde sie anfangen müssen. Es gab so Vieles und die Schränke waren so voll.

In der Nacht träumte sie, dass ihre Tante wieder gesund geworden war und in die Wohnung zurückkehrte, die Dora bereits ausgeräumt hatte. Schweißgebadet wachte sie auf. Ich will das nicht, dachte sie und hätte dabei gerne wie ein zorniges Kind aufgestampft. Dora beschloss, aus der Situation etwas zu lernen. Vielleicht sollte sie die Erkenntnis mitnehmen, sich selbst leichter von Dingen zu trennen und keine neuen unwichtigen Gegenstände in ihrer Wohnung ansammeln. Sie sollte sich darüber im Klaren sein, dass ihre jetzigen, für sie wertvollen Besitztümer eines Tages von ihrem Sohn entsorgt werden mussten. Loslassen war das Codewort.

Sie packte ihren Mini bis unters Dach mit Gegenständen voll, die im ersten Moment scheinbar nirgends fehlten und keine auffallende Lücke hinterließen. Was sie zu Hause damit machen würde, wusste sie in diesem Moment noch nicht. Sie würde wohl irgendwann Sperrmüll anmelden müssen. Es war vermutlich eine Übersprunghandlung, aber sie hatte die Aufgabe, ja die Pflicht, etwas zu tun, und sie tat etwas.

Das grüne Monster, das einmal ein zartes exotisches Pflänzchen gewesen war, rächte sich für die drei Tage Vernachlässigung. Es schien wenigstens so, denn bei Doras Rückkehr war der Fußboden ihres Wohnbereiches wie ein gesprenkelter Teppich übersät mit zierlichen, trockenen Blättchen. Bei jedem Schritt wirbelten sie auf wie Federn im Wind. Aber die Wände waren noch genauso dicht überwuchert wie vorher.

Dora suchte eine Liste mit Adressen und Telefonnummern von Altersheimen und Seniorenresidenzen heraus, nur um sie danach bleischwer auf ihrem Schreibtisch liegen zu lassen. Das Abarbeiten verschob sie auf später. Direkt daneben entdeckte sie den Zettel mit der Büro-Telefonnummer von Jan Reich an der Uni in Zürich. Daraufhin rief sie dann doch bei dem am nächsten gelegenen Heim an. Man könne sie auf eine Warteliste setzen, war das Ergebnis des Gesprächs. Bei der zweiten Adresse sagte man ihr gleich und nicht sehr freundlich, dass keine Demenzkranken aufgenommen würden. In Heim Nummer drei gab es ebenfalls eine längere Warteliste.

Warteliste für was, fragte sie sich. Für das Wartezimmer zum Friedhof, dachte sie unwillkürlich. Bei Friedhof fiel ihr ein, dass sie unbedingt das Familiengrab neu bepflanzen sollte. Dora konnte sich ausrechnen, wie viele Heimbewohner sterben mussten, bis für Hortense ein Platz zur Verfügung stehen würde. Sie sah sich bereits mit Hortense als Dauergast ans Haus gefesselt. Bei dieser Vorstellung war sie nicht weit davon entfernt, in Panik auszubrechen, und sie bemerkte, wie ihr Blutdruck in die Höhe schoss. Sie würde bei der Suche nach einem Heim ihren Sohn um Hilfe bitten.

Zur Ablenkung zwang sie sich, Jan Reichs Nummer zu wählen. Er war gerade nicht in seinem Büro. Dora hinterließ ihren Namen und ihre Telefonnummer und bat um einen Rückruf. Eine Stunde später meldete er sich. Er wusste, wer Dora war und sein erster Satz lautete:

»Ist was mit meiner Mutter?«

Es klang besorgt und er schien erleichtert, als Dora das verneinte. Dora sagte ihm, dass sie am Samstag in Zürich sei, und fragte, ob er nicht Zeit für einen Kaffee mit ihr bei Lindt und Sprüngli in der Bahnhofstraße hätte.

»Ist machbar«, sagte er und: »Ist 14 Uhr in Ordnung? Wir werden uns doch sicher noch kennen.«

»Hoff ich doch.« Dora fiel nichts anderes ein. Sie sagte noch: »Also bis Samstag«, und legte auf.

Dass es so einfach gehen würde, hatte sie sich nicht vorgestellt. Aber über was sollte sie mit ihm sprechen, wenn sie ihm gegenübersaß? Sie konnte ihn wohl kaum mit ihren vagen Fragen, die sie ja selbst nicht genau definieren konnte, überfallen. Eine Einführung wie: »Ich glaube, dass hinter dem Tod deines Bruders ein dunkles Familiengeheimnis verborgen ist, das ich nun ans Licht bringen will«, wäre wohl auch nicht der Hit. Dora sagte sich, dass es das Wichtigste war, erst einmal Kontakt zu bekommen. Sie mussten sich näherkommen und dann würden sich Fragen und Antworten von selbst ergeben.

Zufrieden, dass sie wenigstens mit einem Anruf erfolgreich gewesen war, zog sie sich ein altes kariertes Männerhemd und zerrissene Jeans an, um endlich durch ihr Rosenbeet zu kriechen und der Vogelmiere, die sich explosionsartig ausgebreitet hatte, zu Leibe zu rücken und ihren Lieblingspflanzen, den Ringelblumen und dem Lavendel, Platz und Luft zu verschaffen. Die Sonne schien. Am Vortag hatte es etwas geregnet. Es herrschten ideale Bedingungen für meditative Gartenarbeit. Bevor sie mit Lederhandschuhen und einem zweizinkigen Bodenlockerer bewaffnet um die Hausecke kam, wehte ihr bereits ein fremder, blumigexotischer Hauch entgegen. Auf einem der alten Holzliegestühle entdeckte sie die sich sonnende Annika bedeckt mit einem Nichts, das ein Bikini mit Leopardenmuster sein sollte. Sie hatte ihr halblanges Haar wie Pumuckl knallrot gefärbt und zu einer Löwenmähne auftoupiert.

Dora erschrak. Der fast nackte Körper schien nur aus Haut und Knochen zu bestehen. Sie musste unwillkürlich an einen kleinen Stieglitz denken, der kurz vor dem Verhungern war. Sie versuchte, ihr Erschrecken zu verbergen. Sie legte ihr Arbeitsgerät zur Seite und zog sich einen Stuhl heran.

»Ich wollte eigentlich gerade eine Pause machen«, sagte sie so lässig, wie sie konnte. »Hast du was dagegen, wenn ich mich eine Weile zu dir setze?«

Annika setzte sich schnell auf.

»Nein, nein, natürlich nicht. Ist doch Ihr Garten.«

Sie legte etwas verlegen ihre Jeans über ihre dünnen Oberschenkel. Dora lief ins Haus und kam gleich darauf mit Cola und Schokokeksen zurück. Annika griff, ohne zu zögern, und mit sichtlichem Appetit zu und kippte zwei Gläser der kalorienhaltigen Limonade in sich hinein. Krankhaft magersüchtig scheint sie nicht zu sein, dachte Dora, aber es musste einen Grund geben, warum sie so verhungert aussah.

»Dir fehlen wohl deine alten Freunde? Und im Gegensatz zu deiner Mutter scheinst du nicht so gerne hier am See zu sein!«

Es war eine von Doras unverbesserlichen Charaktereigenschaften, direkt zu fragen.

»Es geht schon«, war Annikas etwas kurze Antwort. »Hier ist es ja wirklich cool, aber es ist halt nicht mein Zuhause.«

Und dabei machte sie eine ausladende Kopfbewegung, die das ganze Seepanorama von Bregenz bis Überlingen einschloss.

»Ich bin am Samstag in Zürich. Hast du Lust mitzukommen?«

Bereits als Dora das unüberlegte Angebot aussprach,

wusste sie, dass es keine gute Idee war. Sie wollte sich mit Jan Reich treffen, um etwas über die Vorgeschichte des Selbstmordes seines Bruders Rainer zu erfahren und dabei war eine vielleicht magersüchtige 15-Jährige nicht unbedingt die richtige Begleitperson.

»Oh, cool!« Annika sagte es, ohne zu zögern. »Hammer, ich war noch nie in Zürich!«

»Dann wird's Zeit.«

Dora lachte etwas gezwungen und dachte, ich muss mir was einfallen lassen. Sie griff nach ihren Handschuhen und den Gartengeräten und verschwand um die Ecke. Sie kroch unter den englischen Strauchrosen umher und päppelte die sich selbst ausgesäten kleinen Ringelblumenpflanzen. Sie waren nicht nur wegen ihres Farbenspiels, sondern auch wegen ihrer Heilkraft zusammen mit Lavendel ihre Lieblingsblumen. Dabei entdeckte sie eine ganze Reihe wilder Erdbeerpflänzchen. Sie hatten sich ohne ihr Zutun angesiedelt. Ebenso wie die Vogelmiere mit ihrem angenehmen nussigen Geschmack. Leider vermehrte sie sich schneller als die in Meersburg täglich neu einfallende Touristenschar. Dora erntete eine Handvoll für ihre Salatmischung und stellte sich dabei unwillkürlich als grasende Kuh vor. Wenigstens kannte sie diese Gewächse. Im Gegensatz zu ihrem Wohnungsungeheuer konnte sie sicher sein, dass sie keine unliebsame Überraschung, was ihre Größe anbetraf, für sie bereithielten. Bald würde es hübsch aussehen, wenn der Boden mit frischem Grün, kräftig gelb-orangefarbenen und blauen Blüten unter den englischen, duftenden, gelben Strauchrosen bedeckt sein würde.

Annika stand am Samstag pünktlich um neun Uhr vor dem Haus. Ihre Mutter hatte ihr 30 Schweizer Franken spendiert, damit sie sich etwas kaufen konnte. Mit ihr stieg ein frischer, exotischer Duft in den Mini, der an Kokos und exotische Blüten erinnerte. Auf der Fahrt nach Zürich sprach sie nicht viel. Dora musste ihr jedes Wort aus der Nase ziehen. Das kann ja heiter werden, dachte sie und war gespannt, wann und ob Annika überhaupt an diesem Tag noch auftauen würde.

In Zürich fuhr Dora wie üblich das Parkhaus am Bahnhof an. Ihr erster Gang führte sie normalerweise an der Limmat entlang zum Fraumünster. Diesmal steuerte sie entgegen ihren Prinzipien noch vorher einen McDonald's an. Sie wollte Annika nicht fragen, ob sie gefrühstückt hatte. »Ein Burger passt immer noch rein« galt wohl als Grundsatz bei fast allen Kids, obwohl Annika an diesem Tag den verzweifelten Versuch machte, nicht wie ein Kind auszusehen. Sie bedankte sich höflich und dann verschwanden der Doppelburger und die Cola in gerade mal fünf Minuten. Anschließend sah sie sich nach der Toilette um. Dora ging mit. Während Annika auf dem stillen Örtchen war, spitzte Dora nahe der Tür ihre Ohren. Die Geräusche, die sie vernahm, waren alle im grünen Bereich. Annika kam auch ziemlich schnell wieder heraus.

Zur Feier des Tages hatte sich das Mädchen von Kopf bis Fuß in Schwarz gehüllt, einschließlich Lippenstift und Nagellack. Zusammen mit den feuerroten Haaren, den blauen, klaren Augen und ihrer Blässe wirkte sie so zerbrechlich wie ein Kolibri. Dora, die nicht dick und auch kein Riese war, kam sich daneben wie ein Elefant vor. Vor allem, wenn sie auf ihrer beider Füße hinunterschaute. Annika schwebte vermutlich mit höchstens Größe 36 in schwarzen All Stars über den Bürgersteig die Bahnhofstraße entlang. Dora dagegen, die zu ihrem Leidwesen mit Schuhgröße 42 gestraft war, trampelte in ihren dunkelblauen Ecco-Schuhen mit

Klettverschluss daneben. Die Schuhe, die sie der Einlagen wegen trug, verstärkten noch den Eindruck von Solidität und Erdverbundenheit. So würde es ihre Tante Hortense sicher ausdrücken.

Egal wie oft sie jedes Jahr nach Zürich kam, sie besuchte grundsätzlich das Fraumünster und sie hatte beschlossen, auch Annika diesen magischen Ort zu zeigen. Sie hatte das Mädchen nicht auf die Chagall-Fenster in der Kirche vorbereitet. Sie war gespannt, wie sie reagieren würde. Dora betrat das Seitenschiff des Münsters. Annika war ihr, ohne zu zögern, neugierig in die Kirche gefolgt. Dora drehte sich um und beobachtete das ungläubige Staunen, das sich unübersehbar zuerst in den Augen und dann auf dem schmalen Gesicht ausbreitete, während Annika von einem der durchscheinenden, bunt leuchtenden Fenstern wie magisch angezogen zum nächsten schritt. Dora setzte sich in eine Bank und war froh über ihren unüberlegten Entschluss, das Mädchen mitgenommen zu haben. Und dann erinnerte sie sich an das Gesicht von Hortense, als diese das erste Mal die durch Sonneneinfall wie nicht von dieser Welt leuchtenden Fenster gesehen hatte. Mit ihrer Tante würde sie nie mehr hierherkommen. Das war eine Tatsache und der Gedanke daran war mit Traurigkeit und dem Gedanken an Tod verbunden.

Bis zur Verabredung mit Jan Reich bummelten sie die Bahnhofstraße entlang. In den Seitengassen entdeckte Annika Geschäfte, die ihren Geschmack trafen und zum Inhalt ihres Geldbeutels passten. Sie kaufte sich ein schwarzes Spitzen-T-Shirt, das wie bereits getragen aussah. Ihre restlichen Franken reichten danach noch für zwei Waffelhörnchen Eis, wozu sie Dora einlud.

Im Café von Lindt und Sprüngli fanden sie einen Tisch in Sichtweite der Eingangstür. Sobald man diese hinter sich gelassen hatte, war man in einer anderen, ganz eigenen Welt. Die Luft war vom Duft von Schokolade, Kaffee,

Karamell, Frucht, Zitrone und Sahne geschwängert. Sie waren optisch wie geruchlich genauso Bestandteile des Raumes wie Besteck- und Porzellangeklapper, gedämpftes Stimmengewirr und Stühlerücken. Annika verbrachte fast zehn Minuten an der Kuchentheke, um sich dann für ein Hefestückchen zu entscheiden, so als ob sie sich an all die exklusiven, farbigen und exotischen, köstlichen Kunstwerke nicht heranwagte.

In der Zwischenzeit war Jan Reich gekommen. Dora hatte ihn nicht sofort wiedererkannt. Sie hatte ihn wohl einen Moment zweifelnd angestarrt. Seine Gesichtszüge hatten Ähnlichkeit mit denen seines Vaters und trotzdem waren sie völlig verschieden. Jan war kahlköpfig. Seine Glatze glänzte wie poliert. Er wirkte weich und trotzdem athletisch. Ob seine Kahlheit gewollt oder natürlich war, fragte sie sich. Er war kurz stehen geblieben, hatte sich umgesehen und fragend in Doras Richtung geschaut. Sie hatte ihm zugewunken. Nach der Begrüßung zeigte sie auf Annika, die immer noch an der Kuchentheke stand und sagte:

»Sie begleitet mich heute. Sie war noch nie in Zürich. Ihre Mutter ist meine Nachfolgerin und sie wohnen bei deinen Eltern im Haus im Dachgeschoss.«

Dora schien es, als ob Jan kurz etwas erstaunt oder erschrocken geblickt hätte. Ein kurzes »Oh« rutschte ihm dabei heraus.

Dann kam Annika auch schon an den Tisch. Dora machte sie miteinander bekannt. Jan stellte unverfängliche Fragen über die Schule und über Lehrer, die auch schon ihn unterrichtet hatten. Es stellte sich ebenfalls heraus, dass Annika das Zimmer bewohnte, das früher einmal seines gewesen war. Die Idee, Annika mitzunehmen, stellte sich plötzlich als gute Idee heraus. Sie befreite Dora davon, Fragen zu stellen, die sie sich zwar ausgedacht und vorgenommen hatte, die sie aber dann doch entweder als nichtssagend oder als zu direkt und plump empfand.

Das Gespräch entwickelte sich fast ohne ihr Zutun. Jan und das Mädchen unterhielten sich nicht ganz unbefangen, aber es entwickelte sich. Er erzählte von seinem Fachgebiet in der Psychologie. Er forschte über Zeitwahrnehmung und Zeitempfinden.

»Krass«, sagte Annika, »interessant«, sagte Dora und dachte an ihre Tante, die anscheinend immer mehr eine unbekannte Zeitwahrnehmung entwickelte.

Jan wollte von Annika wissen, wo und wie sie vorher gelebt hatte. Wie sie Meersburg, das Leben am Bodensee, seine Mutter und Großmutter fand. Aber als er sie fragte, wie sie mit seinem Vater zurechtkam, stockte Annika. Sie wurde rot und sichtlich verlegen, was weder Dora noch Jan entging.

Nach einer knappen Stunde verabschiedete er sich. So als ob diese Verabredung das Selbstverständlichste von der Welt gewesen wäre, meinte er noch, dass er sich gefreut hatte, etwas von zu Hause zu hören. Er bedankte sich bei Dora für die Idee, sich auf einen Kaffee mit ihm zu treffen.

»Wenn Sie mal wieder in Zürich sind, rufen Sie mich doch vorher an. Wenn ich Zeit habe«, er machte eine Pause, lächelte und Dora sah seine Mutter vor sich, »können wir ja wieder einen Kaffee oder eine Cola«, das sagte er in Richtung Annika, »zusammen trinken.«

Auf der Heimfahrt musste Dora gestehen, dass sie ihrem gesteckten Ziel, etwas über die Hintergründe des Selbstmordes von Rainer Reich zu erfahren, keinen Schritt nähergekommen war. Sie hatte nicht eine ihrer brennenden Fragen angebracht. Aber es war trotzdem ein guter erster Schritt gewesen. Sie hatte nun Kontakt zu Jan Reich. Sie brauchte nur noch darauf zu achten, dass die Verbindung bestehen blieb und ausgebaut wurde. Vermutlich wegen

Annikas Anwesenheit hatte Jan keine Verwunderung für ihr plötzliches Interesse an ihm geäußert. Vielleicht war er selbst auch froh, nun eine Verbindung in die Nähe seiner Familie zu haben. Aus welchen Gründen er auch immer sich dort nicht mehr sehen ließ, bei einem Vater wie Hagen Reich war das nicht verwunderlich. Der Gedanke, dass Jan Reich ein Drogenproblem haben könnte, kam Dora nach dieser Begegnung absurd vor.

Dora versuchte, Annika die Situation von Jan und seiner Familie zu erklären, und bat sie, nicht mit Jans Mutter und schon gar nicht mit seinem Vater über das Treffen in Zürich zu sprechen. Sie war sicher, dass Annika unter Heimweh litt, und nahm das zum Anlass, mit ihr über das nicht gerade glückliche Leben der Familie Reich zu reden.

»Jeder Mensch trägt eine Vergangenheit mit sich herum. An ihr zu leiden, nützt niemandem. Eine Vergangenheit ist das, was es heißt. Sie kann im Nachhinein nicht verändert werde. Mit ihr leben, aus ihr lernen und offen auf die Zukunft zugehen ist alles, was wir machen können. Egal ob man jung oder alt ist. Du wirst sehen, es warten noch viele interessante Dinge in deinem Leben auf dich.«

Dora sah zu Annika hinüber. Sie lächelte etwas zaghaft, aber sie lächelte.

»Stell dir vor, du gehst eine Treppe mit ungleichen Stufen hinauf und das ist das Leben symbolisch gesehen. Manche Stufen sind etwas höher und schwieriger zu erklimmen, andere sind so einfach, dass du sie fast hinauffällst. Was glaubst du, wo du mehr Erfahrung gewinnst?«

Dora bekam keine Antwort. Sie hielt danach auch ihren Mund. Nicht, dass sie noch als Besserschwätzerin dem Mädchen auf die Nerven ging.

Aus München kam ein Anruf. Diesmal nicht von einem von Hortenses Mitbewohnern, sondern aus der Klinik. Die Magenspiegelung hatte keinen positiven Befund ergeben. Bei der Kopf-CT wurde nur ein bekanntes Ergebnis bestätigt. Ein bereits seit einigen Jahren erkanntes kleines Keilbeinmeningeom hatte sich in den letzten Jahren nicht vergrößert.

»Es besteht kein Grund zur Sorge«, versicherte Dr. Maximilian Betha, der zurzeit behandelnde Arzt, der nicht der mit dem hochgebürsteten Haarkamm war. Aber es wäre für die Patientin doch noch gut, vorsorglich eine Lungenspiegelung vorzunehmen, und dazu sollte Dora möglichst schnell die gleich mit Fax geschickte Einverständniserklärung unterschreiben und zurückfaxen. Sie versuchte, sich ihren Gesprächspartner, den sie im Gegensatz zu seinem Kollegen nie gesehen hatte, vorzustellen. Bei der Nennung des Namens Maximilian tauchte ein Bild von Max und Moritz aus einem alten Wilhelm-Busch-Buch in ihrer Erinnerung auf. Waren es der Vorname und die Frisur seines Kollegen, die Dora schmunzeln ließen? Sie las die angehängte Aufklärung sorgfältig durch. Sie beschloss, sie aber am Abend noch mit ihrem Sohn zu besprechen. Wozu hatte sie einen Arzt im Haus. Auf einen Tag mehr oder weniger würde es sicher nicht ankommen.

Sie holte sich eine Bockleiter und begann, die Ausläufer ihrer Wucherpflanze, die wie Luftschlangen von der Decke hingen, abzuschneiden. An jeder Schnittstelle würden sich wenigstens zwei neue zartgrüne Triebe bilden und entweder an der Decke entlang kriechen oder von der Schwerkraft geleitet girlandenähnlich Richtung Fußboden wachsen. Dora fragte sich, ob die Ranken einmal am Boden angelangt ihre Saugnäpfe zum Ausbreiten benutzen oder ob sie Wurzeln schlagen würden. Wenn sie dabei nur zusah und nichts tat, müsste sie sich in gar nicht ferner Zeit durch einen undurchdringlichen Dschungel in ihrem

Wohnzimmer kämpfen. Und wenn sie nicht ständig abgeworfenes Grün auffegte oder absaugte, wäre ihr schönes altes Parkett bald der Untergrund für neue Komposterde.

Als Dora am Abend die Wohnung ihres Sohnes betrat, glänzte diese sauber und aufgeräumt. Aha, er erwartet Damenbesuch, dachte Dora, sagte aber nichts.

Sie unterschrieb die Einverständniserklärung für die Lungenspiegelung. Ihr Sohn sah keinen Grund, es nicht zu tun. Einige Tage später fuhr sie wieder nach München. Eigentlich wollte sie ihr Kräuterbeet, das sie im alten Sandkasten ihres Sohnes angelegt hatte, in Ordnung bringen. Der Salbei hatte sich so ausgebreitet, dass er einigen andern Kräutern, vor allem dem sonnenhungrigen Rosmarin das Licht nahm. »Ich werde es machen, wenn ich zurückkomme.« Dora sagte es wie entschuldigend mal wieder laut, kurz bevor sie aus dem Hof fuhr, so als ob die Pflanzen sie verstehen würden.

In Hortenses Wohnung sammelte sie einige Mülltüten mit ihrer Meinung nach nicht mehr brauchbaren Dingen ein und entsorgte sie im Müllcontainer. Die Nachbarin, Frau Brill, kam dazu. Sie blickte sich verwundert um und sagte:

»Ich dachte, ich hätte Sie gerade mit jemandem sprechen hören.«

Dora verneinte. Musste aber gestehen, dass sie sich in letzter Zeit immer öfter dabei ertappte, wie sie laut sagte, was sie gerade dachte. Fängt »es« so an? Ich muss mich in Zukunft besser kontrollieren, dachte sie erschrocken. Frau Brill schilderte Dora die Situation, in der sie die verwirrte Frau Meier eines Nachts genau an diesem Ort nach irgendwelchen Besitztümern suchend entdeckt hatte. Vielleicht waren es damals genau diese Dinge, die Dora gerade in diesem Moment entsorgte. Sie fragte sich: Was war eigentlich Zeit? Es schien ihr wie ein nicht fassbares Mysterium. Gab es noch eine andere Zeit? Was waren schon Zukunft und

Vergangenheit in Anbetracht der Ewigkeit? Hatte Hortense eine Möglichkeit entdeckt, zwischen verschiedenen Zeiten hin und her zu pendeln?

Dora besuchte Hortense in der Klinik und beschloss, mit ihr ein Café am Sendlinger Tor zu besuchen. Die Tante trug in ihrer Chanel-Handtasche ihr frisch gewickeltes Baby, ihren Schlüsselbund, mit sich. Dora überlegte, wie sie sich verhalten sollte, wenn der alten Dame plötzlich bewusst würde, wo sie gerade war, und sie den Heimweg einschlagen sollte. Aber diese Gefahr bestand nicht. Aus der Äußerung, als sie gerade an einer Mauer entlang liefen: »Hier in Österreich könnte ich gerade über den Zaun nach Deutschland spucken«, schloss Dora, dass Hortense sich im Urlaub in Österreich wähnte. Sie ging wie ein Kind mit erwartungsvollen Augen neben ihr die Straße entlang. Sie musste sich beherrschen, um sie nicht auch wie ein solches an der Hand zu führen.

Hortense erzählte begeistert von netten, jungen Männern, mit denen sie im Auto Ausflüge machte und die auch gelegentlich mit ihr einkehrten. Sie bat um etwas Geld, um auch mal einen Kaffee spendieren zu können. Dora glaubte zuerst, dass dies nur in der Fantasie der alten Frau geschehen war, und versuchte, dem Gespräch eine andere Wendung zu geben. Sie fragte, ob die verschiedenen Untersuchungen und Spiegelungen nicht schmerzhaft wären. Hortense verneinte es sofort. Im Gegenteil, es waren die Transporte mit dem Begleitpersonal zu den verschiedenen Kliniken, die sie als Ausflüge mit jungen Männern genoss. Dora registrierte es mit Erleichterung.

Am nächsten Tag ging Dora mit ihrer Generalvollmacht zur Hausbank ihrer Tante und sprach mit dem dortigen zuständigen persönlichen Berater. Ohne diese Vollmacht hätte Dora nicht das Recht gehabt, irgendetwas für ihre Tante zu regeln. Er ahnte seit einiger Zeit, dass Frau Meier dabei war, dement zu werden, und es bis zu einem gewissen Grad auch bereits war. Sie wandte sich nur noch an ihn, andere Angestellte lehnte sie ab. Er hatte auch bereits einmal die Polizei gebeten, die alte Dame nach Hause zu bringen. Obwohl Hortense Meier in einer nicht gerade kleinen Stadt lebte, staunte Dora über die große Hilfsbereitschaft, mit der eine ganze Reihe Menschen sich um Hortense gesorgt und gekümmert hatten.

Anschließend brachte Dora frische, bequeme und saubere Kleidung in die Klinik. Sie ging mit Hortense spazieren und, weil die Sonne schien, in einem Straßencafé »einkehren«, ihre Lieblingsbeschäftigung. Hortense stellte sich das Paradies vermutlich als himmlischen, bayrischen Biergarten vor, wo sie an einem Tisch mit lauter feschen, lustigen, jungen Männern saß, die als absolute Krönung möglichst alle einen Doktortiel hatten.

Dora hatte Hemmungen, ein Gespräch anzufangen. Sie redete über Belangloses, nur um das Thema Wohnung zu vermeiden. Einige Male stellte Hortense die Frage:

»Und, wie geht alles? Ist alles in Ordnung?«

Dora fragte sich, ob sich ihre Tante an ihr Zuhause erinnerte. So wie sie fragte, war nicht erkennbar, was sie genau wissen wollte. Vielleicht traute Hortense ihren eigenen Erinnerungen nicht. Wenn sie schon länger, womöglich bereits seit Jahren, mit ihrer wachsenden Vergesslichkeit zeitweilig sicher auch bewusst kämpfte, hatte sie sich vermutlich ein System von Allgemeinfragen antrainiert, mit denen sie meistens auch die von ihr gewünschten Antworten bekam. Hortense war nicht dumm, und wenn sie das Wort »alles« benutzte, konnte jeder Angesprochene es auslegen, wie er wollte. Für sie war es ein Synonym für den Begriff, der ihr im Moment abhandengekommen war und mit dem sie sich keine Blöße gab. Wenn sie Dora nach »alles« fragte, gab sie ihr nur allgemeine, nichtssagende Antworten. Sie hoffte, dass die Erinnerung an das geliebte

Zuhause, in dem sie nie mehr leben würde, immer mehr verblasste.

»Radl fahren werd ich als Erstes, wenn ich aus Österreich wieder zurück bin«, sagte sie unvermutet.

Dora erschrak bei dieser Vorstellung, schwieg aber.

Wenn sie sich an die Veränderung in Hortenses Verhalten in den letzten fünf Jahren zurückerinnerte, konnte sie den Verdacht nicht ausblenden, dass Hortense schon lange wusste, auf was sie zusteuerte. Alzheimer und Demenz kamen nicht wie eine Grippe über Nacht. Es war nicht so, dass man sich am Abend gesund und geistig fit ins Bett legte und am Morgen völlig verwirrt in einer anderen Welt aufwachte. Hortense hatte es vermutlich nicht wahrhaben wollen. Viele ihrer Reaktionen wurden im Nachhinein verständlicher. Wann war ihrer Tante das erste Mal bewusst geworden, dass sie sich auf Alzheimer zubewegte?

In Dora keimte mit Entsetzen die Befürchtung, dass ihre eigene, seit Kurzem immer öfter bemerkbare Vergesslichkeit und ihre unbewussten lauten Selbstgespräche auch beginnende Anzeichen für diese Krankheit sein könnten. Sie fragte sich das und das nicht zum ersten Mal. Schon allein diese Möglichkeit in Erwägung zu ziehen, ließ sie den Atem anhalten und schnürte ihr das Herz zusammen. Sie fühlte sich hilflos und schob den entsetzlichen Gedanken von sich. Wie viel durfte sie vergessen, um sich nicht ernsthaft Sorgen machen zu müssen?

Sie packte zum dritten Mal ihren Mini voll und bedauerte, dass er nicht mehr Ladefläche hatte. Gleichzeitig war sie froh darüber. Dieses Mal nahm sie sicher mehr als einen Meter Fotoalben aus der Schrankwand mit. Wenn Hortense erst im Heim war, konnten sie vielleicht einmal zusammen die Fotos aus ihrer Vergangenheit ansehen. Bei jedem Teil, das Dora aus der Wohnung schleppte, hatte sie wieder ein schlechtes Gewissen. Sie fuhr an den See zurück und lagerte die Gegenstände in der Garage ein.

Doras Sohn hatte ein Pflegeheim bei Überlingen direkt am See ausfindig gemacht, in dem gerade ein Platz frei geworden war. Das bedeutete, dass einer der bis jetzt dort lebenden Menschen gestorben war und deshalb Frau Meier sofort aufgenommen werden könnte. Es gab zwar eine Person, die noch vor ihr auf der Warteliste stand, aber in deren Fall war die Dringlichkeit nicht so groß wie bei Hortense Meier. Dora fiel ein Stein vom Herzen. Sie hatte für Hortense einen Sitzplatz in der Warteschlange im letzten Wartesaal ergattert. Es hörte sich makaber an, aber es war so. Alles, was Hortense noch blieb, war zu warten. Es gab für sie nur noch das Warten auf das Ende. Das war für die alte Frau die einzige Zukunft, die sie noch hatte. Eine andere Zukunft gab es für sie nicht mehr.

Es war ein behüteter Platz. Laut dem Arzt in der Psychiatrie und dem Richter vom Vormundschaftsgericht musste Hortense in einer behüteten Einrichtung untergebracht werden. Es war eine freundliche Umschreibung für eingesperrt sein. Weil die in der Zwischenzeit völlig orientierungslose alte Dame den Drang zum Weglaufen hatte und sie nicht mehr zurückfinden würde. Dora nahm an, dass ihre Tante, sollte sie die Möglichkeit haben, das Haus zu verlassen, sich sicher sofort auf die Suche nach ihrem Zuhause begeben würde. Nur, wusste Hortense noch, was und wo ihr Zuhause war? Dass der Ort, an dem sie gerade lebte, nicht ihr Heim war, das hatte sie noch nicht vergessen. Wie Dora aus den Gesprächen mit ihr herausgefunden hatte, mischte sie alle Erinnerungen und Bilder an die verschiedenen Wohnorte, auch die ihrer frühesten Kindheit, wie in einem Kaleidoskop zusammen.

Dora wollte sich an Hortenses zukünftigem Aufenthaltsort vorstellen und ihn gleichzeitig in Augenschein nehmen. Sie hoffte, dass das Heim einen akzeptablen Eindruck machen würde. Sollte es ihr nicht gefallen, sollte sie das Gefühl haben, ihre Tante wäre dort nicht gut untergebracht, ja was wollte sie dann tun? Ihr graute davor, weiter auf die Suche zu gehen.

Von Westen, vom Südschwarzwald her, zogen Wolken wie Blumenkohl nicht sehr hoch am Himmel über den See in Richtung Bregenz und Allgäu. Weil der Tag sonst schön war und sie Lust auf eine Fahrradtour hatte, ließ Dora den Mini im Hof stehen. Thomas Mildner, der diensthabende Wetterfrosch vom SWR, hatte zwar Gewitterneigung für den Süden des Landes angekündigt, aber das musste ja nicht unbedingt zwischen Meersburg und Überlingen stattfinden. Zwischen Unteruhldingen und Nussdorf schienen viele Touristen, die nicht gerade in einem Café am See saßen oder beim Baden waren, die gleiche Idee wie sie gehabt zu haben und fuhren mit ihren Fahrrädern am Seeufer entlang. Es herrschte reger Verkehr und es war nicht wirklich ein Vergnügen, sich zwischen gemächlich fortbewegenden Großfamilien mit Kindern und ehrgeizigen, werbeträchtig bedressten, verhinderten Radprofis zu bewegen.

Da Dora nicht unter Zeitdruck stand, bog sie in Maurach den Berg hinauf zur Birnau ab. Sie liebte es, auf dem Stern vor dem rosa Barockbau zu stehen und auf den See hinauszuschauen. Sie schob ihr Rad den letzten Rest des Weges hinauf. Kleine Schweißperlen hatten sich auf ihren braun gefleckten und von bläulichen Adern durchzogenen Handrücken gebildet. Es war schwülwarm. Vom gegenüberliegenden Seeufer wurde bereits Sturmwarnung herübergeblinkt. Dora beschloss, ein paar Minuten in der sicher kühlen Kirche zu verbringen. Sie öffnete die Türe und stand mitten in einer geführten Gruppe, die sich nicht vom Anblick der überbordenden barocken Pracht losreißen konnte und scheinbar nicht bereit war, sie eintreten zu lassen oder selbst das Gotteshaus zu verlassen.

Warum müssen die Menschen immer an den engsten Stellen stehen bleiben und sich unterhalten, so als ob es außer ihnen niemanden gibt? Dora registrierte ihre Ungeduld und beschwichtigte sich. Die Barockkirche stand schon so lange Zeit an diesem Ort, sie würde auch in fünf Minuten noch da sein. Die Birnau war eine der wenigen Kirchen, aus denen rauchende Wachskerzen verbannt worden waren. Es wäre auch ein Jammer gewesen, wenn nach der Renovierung die frisch erstrahlte, bunte und goldene Pracht gleich wieder von einem Rauchgrauschleier getrübt worden wäre. Aber es gab elektrischen Ersatz. Dora steckte ihre Münzen in den Schlitz der Kasse, wo sie mit dem überall auf der Welt gleich klingenden Geräusch irgendwo landeten. Sie stellte eine der Kerzen auf und dachte an ihre Tante, die diese Kirche liebte. Dora setzte sich in eine Bank auf der gegenüberliegenden Seite des Honigschleckers. Vor dem Engel drängten sich an manchen Tagen die Besucher in ganzen Trauben. Sie versuchte, ihren Geist ruhig zu stellen. Ihr schien, als ob es in ihrem Leben plötzlich nichts mehr Wichtigeres als ihre Tante gab. Alles wurde diesem Problem untergeordnet. Ob sie wollte oder nicht. Sie ertappte sich ständig dabei, wie ihre Gedanken um die alte Frau kreisten. Wo war sie mit ihren Bedürfnissen und ihren Wünschen geblieben? Dora versprach sich, sobald Hortense gut untergebracht war, sich selbst wieder mehr Aufmerksamkeit zu widmen.

Sie verließ die Kirche, nicht ohne sich vorher noch einmal umzudrehen, um wie ein Tourist die ganze Pracht zu würdigen. Sie war wohl länger in der Bank gesessen, als sie vorgehabt hatte. Die letzten Reste blauen Himmels waren verschwunden. Der See lag mehr grau als blau, mit kurzen, kleinen Schaumkrönchen vor ihr. Dora stellte sich in die Mitte des roten Kopfsteinpflaster-Sterns, genoss den aufgekommenen stürmischen Wind, der sie ruppig umwehte und ihre Haare von den Ohren blies. Sie spürte die Energie des Ortes und erkannte einmal mehr die Schönheit dieses Platzes. Dora war sich schon lange nicht mehr so bewusst gewesen, dass sie an einem der schönsten Flecken auf dieser Welt lebte.

Der Ort, an dem das zukünftige Heim ihrer Tante stand, konnte sich ebenfalls sehen lassen. Es war ein schönes, modernes, dreistöckiges Haus auf einem eingezäunten gepflegten Grundstück. Innen war es ebenso hell und freundlich wie außen. Die Leiterin zeigte ihr die Gemeinschaftsräume und die gut ausgerüsteten sanitären Anlagen. Über allem hing ein undefinierbarer Hauch von verschiedenen Blütendüften, Putzmittel und unverkennbar und durch nichts zu überdecken von Urin. Was Dora an ihre in letzter Zeit vernachlässigte Beckenbodengymnastik erinnerte.

Hortense würde in einer Wohngemeinschaft mit ungefähr zehn Personen beiderlei Geschlechts leben. Um einen großen Esstisch versammelt saßen einige der zukünftigen Mitbewohner, überwiegend Frauen. Sie sahen ihr teilweise interessiert entgegen. Es gab aber auch unbeteiligt vor sich hin starrende Augen.

Dora fragte eine sich ihr erwartungsvoll nähernde Frau: »Wie geht es Ihnen?«

Die Frau schien erfreut, angesprochen worden zu sein, und erzählte sofort ohne Punkt und Komma etwas Unzusammenhängendes, vermutlich aus ihrer Vergangenheit, von dem Leben auf einem Bauernhof, von der vielen Arbeit und den Sorgen. Dora nickte freundlich. Die alte Dame machte einen zufriedenen Eindruck. Die kurze Unterhaltung wurde von einem Mann, Dora schätzte ihn auf Mitte 40, aufmerksam verfolgt. Er kam ihr irgendwie bekannt vor. Es fiel ihr aber nicht ein, woher. Der Mann saß am großen Tisch. Er schien aber aufgrund seines Alters, seiner Kleidung, grauer Anzug mit Krawatte, kein Pfleger und auch kein Insasse zu sein. Insassen war eigentlich nicht die richtige Bezeichnung für die Patienten, aber wegen der verschlossenen Türen empfand Dora es so. Als sie den

Raum verließen, um ihre Besichtigungstour fortzusetzen, grüßte er freundlich.

»Das war der Sohn von Frau Becker«, klärte Schwester Marianne sie auf. »Er besucht seine Mutter jede Woche.«

Das hörte sich anerkennend an. Dora schloss daraus, es war nicht selbstverständlich, dass die Patienten jede Woche Besuch bekamen. Sie überlegte, ob sie diesen Mann nicht einmal anrufen sollte, um ihn über seine Erfahrungen mit dem Heim auszufragen. Zur Schwester sagte sie:

»Ist er aus Überlingen?«

»Nein, er wohnt in Immenstaad und ist, glaub ich, Wissenschaftler oder Schriftsteller.«

Und da wusste Dora wieder, wo sie dieses Gesicht bereits einmal gesehen hatte. Er war während eines Konzertes in der Kapelle St. Oswald und St. Otmar in Frenkenbach bei Hagnau zwischen Weihnachten und Neujahr neben ihr gesessen. Sie hatte sich noch gewundert, weil er als Mann ohne weibliche Begleitung zu einem Konzert mit Wiegenliedern gekommen war. An diesem Nachmittag sangen zwei Frauen wunderschöne, alte Wiegenlieder. Es war für Dora eine sehr zu Herzen gehende Stunde gewesen. In diesem Moment der Erkenntnis, wo sie diesem Mann bereits begegnet war, kam auch die Erinnerung an seinen angenehm frischen Duft wieder zurück. Sie dachte noch, dass er vermutlich denselben Duft benutzte wie früher ihr Mann Alexander.

Schwester Marianne führte sie in einen Büroraum, wo bereits einige Papiere für sie bereitlagen. Darunter ein Fragebogen nach den Vorlieben und Schwächen ihrer Tante. Die Atmosphäre in den Räumen des Heimes gab ihr das Gefühl, sich in einer freundlichen, größeren Durchschnittswohnung zu befinden. Es gab keinen Luxus, kein unnötiges Geschnörkel, aber auch keine kühle Nüchternheit. Es war, soweit es die Umstände zuließen, wohnlich.

»Wir versuchen, unsere Patienten mit eingeschränkter

Alltagskompetenz, so ist übrigens die offizielle Bezeichnung für Demenz, noch so viel wie möglich selbstständig machen zu lassen. Aber es ist kaum noch jemand in der Lage, sich ohne Hilfe an- und auszuziehen, sich zu waschen oder die Zähne zu putzen. Einfache Dinge, die sie alle ein Leben lang getan haben, geraten nun in Vergessenheit. Die Erinnerungen an die einfachsten Handgriffe verschwinden plötzlich irgendwo im Universum. Selbst das Gehen, das Setzen von einem Fuß vor den anderen, erfordert nun eine fast nicht zu meisternde Anstrengung. Trotz des Willens sich zu bewegen, bleibt der Fuß einfach da, wo er gerade ist.«

Mit diesen Worten öffnete Schwester Marianne die Tür. Dora verabschiedete sich und trat hinaus. Sie schnappte nach frischer Luft und schickte ein Stoßgebet über den tristen, grauen, aufgewühlten See. Sie schloss deprimiert die Augen:

»Oh Gott, lass diesen Kelch an mir vorübergehen.«

Sie hatte es laut ausgesprochen. Eine Stimme hinter ihr sagte:

»Ja, das können Sie laut sagen. Aber wie es uns einmal gehen wird, das weiß heute noch niemand.«

Der Sohn von Frau Becker stand hinter ihr. Sie machten sich bekannt. Dora starrte auf seine Krawatte, auf der sich winzige Teddybären auf dunkelrotem Grund tummelten. Er erinnerte sich ebenfalls an Dora und den Spätnachmittag in der kleinen, weihnachtlich geschmückten Kirche in Frenkenbach. Dora fragte ihn nach seinen Erfahrungen mit diesem Heim. Seine Mutter, die mehr als zehn Jahre jünger als Hortense war, lebte bereits seit einem Jahr da. Er war zufrieden und konnte nur Positives berichten. Es hatte zu regnen angefangen. Sie standen nahe beieinander unter dem nicht sehr breiten Vordach und unterhielten sich.

Der Wind trieb ihnen Regentropfen entgegen. Dora sagte, dass sie mit dem Fahrrad unterwegs war, und Marc

Becker bot ihr sofort an, sie nach Hause zu fahren. Es lag ja fast auf seinem Weg. Sie lehnte erst gar nicht ab. Er war ihr auf Anhieb sympathisch. Er rannte zu seinem Auto, einem großen Kombi, und lud ihr Fahrrad ein. Sie unterhielten sich auf dem Weg nach Meersburg über das Heim, und darüber, dass, egal wie gut die Unterbringung dort auch war, immer ein schlechtes Gewissen zurückblieb.

»Ideal wäre es, wenn man seine Angehörigen in ihrer gewohnten Umgebung lassen könnte.«

Er sagte es bedauernd und es klang ehrlich. Bei ihm war es genauso unmöglich wie bei Dora. Er sagte, dass er Historiker mit Schwerpunkt der Zeit der Ottonen sei und als Wissenschaftsjournalist und Schriftsteller arbeite. Er war viel unterwegs. Sie dachte: Keine Ahnung, wer die Ottonen waren und in welcher Zeit sie lebten. Sie wollte aber nicht nachfragen. Stattdessen nahm sie sich vor, ihn und die Ottonen zu googeln und vielleicht konnte sie sich ja eines seiner Werke besorgen. Er klang auf alle Fälle interessant. Als sie vor Doras Haus in Meersburg angekommen waren, blieben sie noch eine Weile im Auto sitzen. Der Regen war stärker geworden und prasselte auf das Autodach. Es blitzte und donnerte in kurzen Abständen.

»Wir sollten unsere E-Mail-Adressen austauschen«, sagte er und gab ihr seine Karte.

»Oh ja, so kann man sich doch mal schnell verständigen oder Sie können mir vielleicht mal einen Rat geben. Sie haben doch schon etwas länger Erfahrung«, sagte Dora.

Sie kritzelte ihre Adresse auf die Seite eines Notizblockes, den er ihr hinhielt. Sie bat ihn auf einen Kaffee ins Haus.

Er sagte: »Gerne, aber ein andermal, nicht heute.«

Er lud ihr Rad aus dem Auto und Dora rannte zur Haustür. Es regnete immer noch in Strömen. Er fuhr rückwärts auf die Straße. Sie winkte ihm kurz unter der offenen Haustür nach.

Bereits am nächsten Tag fand sie unter ihren E-Mails

eine von Marc Becker. Der Text begann freundlich und allgemein. Er schrieb, dass er sich glücklich schätze, sie kennengelernt zu haben. Danach kam so etwas wie, dass es manchmal zwischen Himmel und Erde Dinge gibt, die einfach geschehen und auf die man keinen Einfluss hat. Es klang außergewöhnlich. Dora war etwas verunsichert. Wie sollte sie die Botschaft auffassen? Verstand oder deutete sie etwas falsch? Er war doch wenigstens 15 Jahre jünger als sie. Wenn sie etwa gleichaltrig wären, würde sie sagen: »Guter Beginn einer Anmache!« Sie beschloss, nichts hinter den Worten zu suchen. Sie antwortete auch nicht. Sie musste sich aber eingestehen, dass sie gespannt war, ob dieser Mail eine weitere folgen würde.

Zwei Tage später kam ein Anruf aus der Klinik in München. Bei Frau Meier war ein Karzinom im linken oberen Lungenflügel entdeckt worden. Zur Sicherheit wollte der Arzt, es war immer noch Max und nicht Moritz mit dem Hahnenkamm, nochmals eine Lungenspiegelung vornehmen. Dora gab ihr Einverständnis. Dora war eine bodenständige, zupackende Frau. Es gab kaum etwas, das sie fürchtete, aber die ständigen Entscheidungen über das Leben eines anderen erwachsenen Menschen, bei denen sie nicht wusste, ob sie sie auch wirklich im Sinne von Hortense traf, zermürbten sie. Sie stand oftmals wie neben sich. Und dazu kam noch, dass sie sich irgendwo im Haus wiederfand und nicht mehr wusste, warum sie dorthin gegangen war. Wenn sie sich dann konzentrierte, fiel ihr fast immer wieder ein, was sie an diesem Ort eigentlich gewollt hatte. War das bereits das Anfangsstadium des eigenen geistigen Verfalls?

Dora erinnerte sich, dass ihr Großvater, der das Haus, in dem sie wohnte, bauen ließ und der vor seiner Pensionierung Richter war, in völliger Umnachtung starb. Er lebte vor seinem Tod noch drei Monate in einem, damals nannten sie es hinter vorgehaltener Hand, Irrenhaus. Vermutlich war er auch an Demenz oder Alzheimer erkrankt gewesen. Jetzt erlitt seine Tochter, ihre Tante, das gleiche Schicksal. Laut Doras Berechnung lag die Chance, dass es auch sie treffen würde, bei 25 Prozent. Vielleicht wäre ja auch ihre Mutter an Demenz erkrankt, wenn sie nicht vorher an einer Lungenentzündung, die sie sich nach einem Oberschenkelhalsbruch zugezogen hatte, gestorben wäre. Die Angst und das Ausschauhalten nach Anzeichen waren plötzlich Doras ständige Begleiter. Sie verfolgten sie wie der eigene Schatten, den man nicht abschütteln kann.

Das Lungenkarzinom ihrer Tante war auch nach der zweiten aufwendigen Untersuchung noch vorhanden. Es war noch nicht lebensbedrohlich. Eine Operation fassten die Ärzte im Moment nicht ins Auge. Aber eine Darmspiegelung sollte doch vorsichtshalber auch gemacht werden.
»Es ist nur eine Routineuntersuchung, um den Gesamtgesundheitszustand der Patientin zu dokumentieren«, sagte der Arzt.
Dora stimmte wieder zu. Sie wunderte sich, warum bei der alten Frau alle möglichen Untersuchungen, die gut und teuer waren, nicht nur einmal gemacht wurden, sondern fast alle zur Sicherheit auch noch wiederholt werden mussten. Sie fragte sich, ob das wirklich notwendig war und ob sie, wenn sie an Hortenses Stelle wäre, sich mit all diesen Untersuchungen einverstanden erklären würde. Dora wusste allerdings, dass ihre Tante früher immer sehr gerne zum Arzt gegangen war. Eine Untersuchung von einem Professor war für sie fast so wichtig und erwähnenswert wie eine Theatervorstellung oder Opernaufführung.

Beim nächsten Besuch sprach sie Hortense darauf an und stellte fest, dass es für sie immer noch interessante Ausflüge zu sein schienen. Die jungen Männer, die sie dabei begleiteten, hielt sie in der Zwischenzeit alle für zukünftige Doktoren und sie genoss ihre Gesellschaft. Sie kannte ihre Familiengeschichten und Lebensläufe. Sie waren so etwas wie ihre Familie geworden. Das Wissen darüber und die Kontakte waren zu ihrem Lebensinhalt geworden. In wieweit Hortense die verschiedenen Geschichten in ihrem Kopf mixte oder selbst ausdachte, war nicht erkennbar. Dora war froh. Es beruhigte ihr Gewissen, zu sehen, dass ihre Tante scheinbar nicht litt, sondern einen ganz zufriedenen Eindruck machte. Doras andere Baustellen, wie sie die Aufklärung der Hintergründe um Rainer Reichs Selbstmord, das ein bisschen mehr Kümmern um die behinderte Frau Kohler, die Probleme ihrer Freundin Rose und die erschreckende Magerkeit von Annika nannte, kamen in dieser Zeit viel zu kurz.

Erstaunlicherweise hatte Jan Reich sich bei ihr gemeldet und nach Annika gefragt. Und er sprach deutlich aus, dass er sein Elternhaus für ein so junges Mädchen für kein gutes Zuhause hielt. Als Dora wissen wollte, warum er das sagte, antwortete er:

»Wann sind sie mal wieder in Zürich? Ich glaube, wir sollten uns ausführlich, aber ohne das Mädchen, unterhalten.«

Das war genau das, was sie wollte. Und nun kam der Vorschlag dazu sogar von ihm. Dora ließ sich dieses Angebot nicht entgehen und sie verabredeten sich für den Donnerstag in der nächsten Woche. Sie rief Rose an, um ihr die Neuigkeit mitzuteilen. Und Rose machte sie zuerst mal darauf aufmerksam, dass sie am Tag zuvor für den Nachmittag verabredet gewesen waren und sie sich ohne Entschuldigung nicht hatte blicken lassen. Dora bat um Entschuldigung.

»Ich bin im Moment einfach überlastet.«

Sie hatte Rose Briefe zeigen wollen, die ihre Tante einmal von international bekannten Künstlerinnen erhalten hatte. Es waren Namen von wirklich großen internationalen Filmstars und Opernsängerinnen darunter. Hortense musste damals so etwas wie eine Stylistin in Kleiderfragen, wie man es heute nannte, gewesen sein. Dora hatte nie richtig gewusst, wie gut und erfolgreich Hortense in ihrem Beruf war. Beim Sichten ihrer Besitztümer und dem Ausräumen der Wohnung lernte Dora ihre Tante von einer ganz neuen, ihr unbekannten Seite kennen.

»So fängt es an!«, lästerte Rose.

»Was fängt so an? Das würde mich jetzt schon interessieren!«, wollte Dora etwas pikiert wissen.

»Na, sich verabreden und dann hinterher von nichts mehr etwas wissen. Da lässt doch Alzheimer grüßen! Aber jetzt sei doch nicht so empfindlich! Es sollte ein Scherz sein«, sagte Rose beschwichtigend.

Bei Dora traf er allerdings ins Schwarze.

»Bitte keine Späße zu diesem Thema. Ich mach mir auch schon so, ohne deine Sticheleien, genug Sorgen. Kannst du dir vorstellen, dass ich gestern mit meinem Autoschlüssel vor der Haustür stand und mich gewundert habe, weil sie nicht aufgegangen ist, wo ich doch ständig auf Öffnen gedrückt habe? Jetzt lach nicht. Mich erschrecken meine sonderbaren Handlungen.«

Rose musste trotzdem lachen bei der Vorstellung, wie Dora mit dem Autoschlüssel die Haustür öffnen wollte.

»Du hast einfach zu viel um die Ohren«, sagte sie tröstend.

Zu Doras Treffen mit Jan Reich in der nächsten Woche meinte sie nur:

»Ich versteh nicht, was du davon hast. Was kann es bringen? Hast du nicht genug Probleme mit deiner Tante?«

Wenn Dora bei der Deutung der ersten Mail von Marc Becker noch unsicher war und sie nicht einordnen konnte oder wollte, ließ die nächste Post keinen Zweifel aufkommen. Diese Nachricht war witzig, aber es war eine eindeutige Anmache, die mit versteckter Erotik gespickt war. Er schrieb ihr in Form einer unterhaltsamen Geschichte. Eine Parabel um die gegenseitige Anziehung der Geschlechter. Auf ihrem Höhepunkt brach die Geschichte ab und nur ein »Fortsetzung folgt« stand darunter. Dora war amüsiert und neugierig. Ganz schön frech dachte sie, aber es gefiel ihr.

Und sie wollte wissen, wie es mit der Geschichte weiterging. Sie gestand Marc Becker und seiner Technik einen gewissen Unterhaltungswert zu. Er hatte es geschafft, dass sie sich mit seiner Person beschäftigte. Wer war dieser Mann? Er sah unauffällig, aber sympathisch aus. Irgendwie war alles an ihm normal. Er war weder besonders groß noch klein. Er wirkte nicht dick und auch nicht mager. Seine Augen hatten etwas. Es fiel ihr kein anderes Wort als »wach-ironisch« ein. An ihre Farbe konnte sie sich nicht mehr erinnern, nur dass sie gleich einen Draht zu ihm hatte. Warum, konnte sie nicht sagen. Aber sie fragte sich: Wie soll ich mich bei unserer nächsten Begegnung verhalten? Die Mail beschäftigte sie mehr, als sie sich zugestand. Sie ertappte sich dabei, wie sie ihre Gedanken mitflüsterte.

»Na, wenigstens spreche ich nicht laut«, sagte sie leise, bevor sie sich erschrocken den Mund zuhielt.

Es regnete Bindfäden. Die Berge waren vermutlich mit dem beginnenden Sommer in den Süden geflohen. Sie hatten sich seit Tagen nicht mehr blicken lassen.

Dora war von einem unbekannten Dauergeräusch vor ihrem Schlafzimmerfenster aufgewacht. Auf der Suche nach der Ursache stellte sie erschrocken fest, dass die Dachrinne ein Loch hatte. Das Alter und der letzte Hagel hatten ihr vermutlich zugesetzt. Das Wasser plätscherte in einen Geranienkübel und spritzte die Erde gegen die Terrassentür.

»Sauerei, muss das sein?«, schimpfte sie und zerrte den vollen schweren Topf mühsam aus der Reichweite des von oben kommenden Rinnsals.

Im Garten schoss an allen Ecken und Enden das Unkraut in die Höhe. Der See schien ohne Sonne irgendwie bleiern und lustlos herumzuhängen. Genau wie der graue Himmel. Es gab kaum Aufheiterungen. Wenn die tief hängende Wolkendecke einmal aufriss, gab sie nur den Blick auf die darüberliegende Schicht frei, die zwar etwas heller grau, dafür aber undurchdringlich schien. Keine Sonne war in Sicht. Dora hatte Mitleid mit den Feriengästen und vor allem mit den Campern und ihren Kindern. Die Meersburger Uferpromenade unter den vor Nässe glänzenden und tropfenden Platanen gehörte den Regenschirmen.

Am Mittwoch kam der nächste Anruf aus der Klinik in München. Dr. Eins, Moritz mit dem Kamm, war wieder im Dienst. Bei der Darmspiegelung war bei Frau Meier eine dramatische Krebsgeschwulst entdeckt worden. Dora sollte am nächsten Tag zu einer Besprechung nach München kommen. Aber vorab bräuchten sie sofort eine weitere Genehmigung für eine zweite Darmspiegelung zur Bestätigung der Diagnose. Dora wollte auf keinen Fall die Verabredung mit Jan Reich in Zürich absagen und sagte, sie könne frühestens am Freitag nach München kommen, was dem Arzt nicht zu gefallen schien. Er brummte mürrisch und etwas ungehalten von wegen Verantwortung ihrer Tante gegenüber. Um ihn nicht noch mehr zu verärgern, gab Dora schon mal mündlich ihre Zustimmung und versprach, das bereits eingehende Fax zu unterschreiben und sofort zurückzuschicken. Außerdem versprach sie, am Freitagnachmittag um 15 Uhr in der Klinik zu sein. Dora kam sich nur noch gehetzt und gedrängt vor und fragte sich mal wieder:

»Ich möcht nur wissen, wann ich mal wieder zu mir komme.«

Es kam ihr vor, als hätte sie während der Berufstätigkeit mehr Zeit für sich selbst gehabt denn jetzt. Oder hatte sich nur ihr Gefühl für Zeit verändert? Vielleicht lag es auch an ihrem Alter und ihrem nicht mehr so starken Herzen. Es war eine Tatsache, dass sie nicht mehr so belastbar wie früher war. Ihre Einstellung zum Leben hatte sich verändert. Ich trödle einfach zu viel, ich muss mich besser organisieren, dachte sie und beschloss, einen Plan aufzustellen. Um darüber nachzudenken, wo sie am effektivsten ansetzen sollte, begann sie, frische Triebe ihres grünen Monsters, die sich bereits vorwitzig über die offen stehende Wohnzimmertür hinaus gewagt hatten, zu entfernen.

Am Donnerstag war die Fähre voller Autos mit fremden Kennzeichen. Es war Hochsaison am Bodensee. Das Wetter hatte sich gebessert. Es trieben zwar noch Wolken über den Himmel, aber sie waren weiß und luftig und die blauen Lücken dazwischen wurden zusehends größer. Die Sonne ließ sich immer länger blicken.

»Tabor« war der Name der Fähre, auf der Dora über den See fuhr. Tabor war die tschechische Partnerstadt von Konstanz. Aus Tabor stammte Johannes Hus, der Reformator, der während des Konstanzer Konzils 1415 auf dem Scheiterhaufen verbrannt worden war. »Lodi« war die andere neue Fähre getauft worden. Lodi war die italienische Partnerstadt von Konstanz. Die Verbindung zu dieser Stadt führte ebenfalls auf diese Zeit zurück. Aus Lodi kam die Bulle, mit der das Konzil 1414 von König Sigismund und dem Gegen-Papst Johannes XXIII einberufen worden war.

Konstanz war zu dieser Zeit Kaiserstadt gewesen. Was immer das bedeutete. Jedenfalls würde von 2014 bis 2018 die Erinnerung an 600 Jahre Konstanzer Konzil gefeiert werden.

Nach dem Ablegen setzte sich Dora auf dem Oberdeck der modernen, nur aus Glas und Stahl bestehenden Fähre in den Windschatten und schaute zu ihrem Haus hinüber. Es war ein Teil der dem See zugewandten Fassade zu sehen. Der Rest wurde von dem in den letzten Jahren mächtig gewachsenen Maronibaum, der gerade mit perligen Blütenfäden wie mit grünen Spaghetti voll gehängt war, verdeckt. Zum Glück, dachte Dora. Das Haus hatte von Weitem gesehen Charme. Aber es könnte dringend nicht nur einen neuen Anstrich vertragen. Bei dem bald 100-jährigen Haus war allerdings nur mit Farbe nicht mehr viel auszurichten. Der Zahn der Zeit nagte sichtbar an allen Ecken und Enden. Nur, für Renovierungsarbeiten müsste Dora sich mit ihrem Noch-Ehemann auseinandersetzen. Schließlich gehörte ihnen das Haus gemeinsam. Es war bei Problemen nicht leicht, mit ihm umzugehen, und Dora fürchtete sich vor den zeitaufwendigen Diskussionen mit ihm. Seine Gedankengänge waren für sie oft nicht nachvollziehbar.

Alexander spielte schon länger mit der Idee, den alten Kasten, wie er das Haus nannte, einer Kernsanierung zu unterziehen. Der Wert könnte ohne Weiteres mit einer zur Seeseite vorgezogenen vollständigen Glasfront verdoppelt werden. Und wenn dann das Dach auch noch angehoben und ausgebaut würde, ergäbe dies noch eine volle dritte Etage, die er dann sicher vermieten würde. Dora wollte ihr Haus nicht mehr teilen. Sie hatte zweimal schlechte Erfahrungen mit Mietern gemacht. Sie war froh darüber, wie es jetzt mit ihrem Sohn geregelt war. Sie befürchtete, falls sie auf die notwendigen Reparaturen drängte, dass Alexander wieder auf seinen Umbauplänen bestehen würde.

Wenn er, was zum Glück nur selten geschah, mit seinem

weißen Jaguar in Meersburg einfuhr, hatte sein Auftritt etwas Filmreifes an sich. Er trug, passend zu seinem gepflegten, weißen Fünftagebart und den fast kinnlangen grauen Haaren, nur weiße Hosen und weiße Hemden mit schmalen Stehkragen. Dora wurde den Verdacht nicht los, dass er sich selbst inszenierte und sich darin gefiel, optisch ein guruhaftes Image zu pflegen. Wenn er da war, sprach er viel, wirbelte alles durcheinander und verschwand dann wieder. Wenn sich die Haustür hinter im geschlossen hatte, fragte sie sich jedes Mal: Um was war es jetzt eigentlich gegangen? Was hatte er mit seinem Auftritt wieder mal bezweckt? Und sie war froh, ihr Leben wieder für sich zu haben. Sie konnte manchmal kaum glauben, dass der aufmerksame, unterhaltsame Mann, mit dem sie jedes Jahr interessante Ferien verbrachte, ein und dieselbe Person war. Typisch Sternzeichen Zwilling, dachte sie.

Die Bugwelle des Schiffes zog eine breite weiße Spur durch das ansonsten spiegelglatte, tiefblaue Wasser. Meersburg wurde immer kleiner, bis es fast nur noch Postkartengröße hatte. Die Konstanzer Seite dafür vergrößerte sich mit jedem Meter. Irgendwo fütterte jemand die Möwen. Sie umflogen und begleiteten das Schiff auf seiner Fahrt mit ihrem schrillen Geschrei. Zum See gehörte dies wie das Plätschern der auslaufenden Wellen am Ufer. Dora liebte es, zu verreisen, fremde Länder und Menschen kennenzulernen, aber leben wollte sie nur hier. Die Weite des Sees mit den aufgetupften weißen Flecken der Segelboote vor der Kulisse mächtiger Berge, wenn sie sich denn zeigten, machte sie glücklich und ruhig.

Ihre Ruhe verflog schnell wieder. Mit jedem Kilometer, mit dem sie sich Zürich näherte, wuchs ihre Unsicherheit.

»Ich möcht nur wissen, warum und auf was ich mich da eingelassen habe«, fragte sie sich.

Sie nahm sich vor, ihre Neugierde im Zaum zu halten und Jan Reich nicht mit indiskreten Fragen zu überrollen.

Auf der Brücke zwischen Bahnhof und Parkhaus waren sie verabredet. Er war schon da, als sie angefahren kam. Scheinbar entspannt lehnte er am Brückengeländer und schaute zur Limmat hinunter. Weil Zürich bilderbuchmäßig in der Sonne lag, schlug Dora vor, einen Spaziergang an der Uferpromenade entlang zu machen. Dora bot ihm an, sie ebenfalls zu duzen. Ansonsten hätte sie das Gefühl, ihn siezen zu müssen. Worauf Jan ihr erwiderte:

»Sie kennen mich, seit ich ein kleines Kind war. Ich komme mir komisch oder besser gesagt fremd vor, wenn Sie mich nun mit Sie anreden. Bei mir ist es etwas anderes. Für mich waren Sie immer Frau de Boer. Meine Mutter hat immer mit viel Achtung von Ihnen gesprochen. Für unser heutiges Gespräch fände ich es ganz gut, wenn wir diese Positionen beibehalten würden. Vielleicht kann ich mich ja später mal an ein Du gewöhnen.«

Dora nickte.

»Es ist mir nicht ganz leicht gefallen, Sie um dieses Gespräch zu bitten, aber Sie sind mir ja bereits entgegengekommen. Ich nehme an, dass Sie mich neulich nicht aus Langeweile, und weil Sie nicht allein Kaffee trinken wollten, angerufen haben.«

Dora dachte, das ist doch mal kein schlechter Anfang, und sagte, indem sie mit einer Handbewegung das ganze Panorama umfing:

»Es ist hier fast so schön wie bei uns. Ich kann verstehen, dass es dir hier gut gefällt und du keine Sehnsucht nach dem Bodensee hast. Aber vermisst du deine Mutter und deine Großmutter nicht? Dass dir dein Vater nicht fehlt, kann ich nachvollziehen. Ehrlich gesagt, ich habe keinen Draht zu ihm.«

Warum habe ich das jetzt nur gesagt, dachte Dora und

ärgerte sich. Er antwortete nicht. Sie gingen eine Weile, ohne zu sprechen, nebeneinander her. Dann sagte Jan:
»Ich denke oft an sie. Aber sie sind so eng mit ihm verbunden. Und solange er lebt, will ich nicht zurück.«
Das »will« sprach er lauter als die anderen Worte aus. Es hörte sich trotzig, fast zornig an. Dora verbot sich zu fragen, warum. Sie schlenderten weiter und Dora wartete darauf, dass er weitersprechen würde.
»Warum ich plötzlich das Bedürfnis habe, mit Ihnen zu reden, weiß ich selbst nicht. Das Mädchen, die Annika, ist vielleicht schuld daran. Ich denke auch, dass die Zeit dafür einfach reif ist. Ich bin mir meiner Probleme bewusst. Sie sind ein nicht wegzudenkender Teil meiner Entwicklung und Persönlichkeit. Auch wenn ich mir oft wünsche, ich könnte sie ausradieren. Ich habe mir verschiedene Lösungsansätze ausgearbeitet, aber den richtigen Zeitpunkt bis jetzt noch nicht erkannt oder auch nicht erkennen wollen. Vielleicht habe ich ja Psychologie und Zeitmanagement studiert, um es zu verstehen. Aber je mehr ich weiß, desto weniger glaube ich über mich selbst zu wissen. Mit dem Tod meines Bruders hat alles angefangen. Alles war plötzlich anders. Wenn ich damals mit einer Rakete auf den Mond befördert worden wäre, hätte mein Leben nicht fremder sein können. Ich fühlte mich schuldig. Selbst heute taucht dieses Gefühl noch manchmal auf. Es hat jetzt zwar eine andere Größe, aber es wird mich vermutlich bis an mein Lebensende begleiten. Ich kann mir schlecht Alzheimer wünschen, um diese Erinnerung loszuwerden. Ich lebe damit. Und wie sagt man doch? Je größer die Herausforderung, der man sich stellt, um so größer die persönliche Entwicklung. Rainer ist weggelaufen. Genau genommen bin ich es ja auch. Jetzt lebe ich hier mein Leben. Wenn ich damals an diesem Tag schnell und richtig reagiert hätte, würde Rainer heute ganz sicher noch leben. Ich habe im entscheidenden Augenblick das Falsche getan, nämlich nichts. Ich habe versagt.«

Was ist den passiert? Warum kannst du es nicht einfach sagen? Und du warst doch noch so jung, dachte Dora. Sie beherrschte sich aber und sagte nichts. Sie sah zu ihm hinüber. Er schaute mit zusammengekniffenen Augen geradeaus auf einen fernen Punkt. Der See war so hell, dass es in den Augen schmerzte. Die Sonne spiegelte sich funkelnd auf der Wasseroberfläche. Obwohl Jan fast einen Kopf größer als sie war, kam er ihr plötzlich schutzbedürftig vor. Es musste entsetzlich für einen Jugendlichen sein, sich für den Tod des eigenen Bruders verantwortlich zu fühlen. Dora stellte sich seine Trauer vor und hätte ihm gerne tröstend den Arm um die Schulter gelegt.

»Das Jahr nach seinem Tod war die bisher schlimmste Zeit in meinem Leben. Ich hatte nicht nur Schuldgefühle, ich glaubte auch, meine Mutter und Großmutter vor meinem Vater beschützen zu müssen. Dabei hatte ich keinen Beweis für das, was mein Bruder mir gesagt hat. Damals bat ich meine Mutter, ihn zu verlassen, aber wie schon vor Rainers Tod hatte sie nicht die Kraft dazu. Sie meinte immer wieder: ›Ich habe geschworen, in guten und in schlechten Zeiten zu ihm zu halten.‹«

Jan schüttelte in Anbetracht dieser Erinnerung verständnislos mit dem Kopf.

»Ich glaube, sie konnte sich nicht eingestehen, bei der Wahl ihres Ehemannes die falsche Entscheidung getroffen zu haben. Meine Großeltern waren von Anfang an gegen ihn gewesen. Vermutlich hat meine Mutter nur ein einziges Mal in ihrem Leben rebelliert und vor allem gegen den Wunsch ihrer übermächtigen Mutter gehandelt. Erst als ich unterwegs war, gaben auch meine Großeltern gezwungenermaßen ihren Segen zu dieser Verbindung. Meine Großmutter war vor ihrer Krankheit eine sehr dominante und bestimmende Frau. Mein Großvater war 15 Jahre älter als seine Frau und ist ja schon lange tot. Ihn habe ich, wenn er überhaupt im Haus war, nur als alten, stillen, freundlichen

Mann in Erinnerung. Ich glaube, dass meine Mutter sich den Rest ihres Lebens nie mehr getraut hat, eine eigene Entscheidung zu treffen. Sie hatte vermutlich immer Angst, sie könnte etwas Falsches tun. Sie ist, um zu überleben, zu einer Verdrängungskünstlerin geworden.«

Dora platzte mit der ihr so brennenden Frage heraus: »Aber warum hat sich dein Bruder auf so schreckliche Weise umgebracht? Was hat das mit deiner Mutter zu tun?«

Jan holte hörbar Luft und begann stockend weiterzusprechen:

»Er muss dazugekommen sein und gesehen haben, wie unser Erzeuger die hilflose Großmutter vergewaltigte oder missbraucht hat. Aber wo ist da der Unterschied? Wie Rainer mir heulend und abgehackt entgegengeschleudert hat, hatte der Alte zu seiner Rechtfertigung wohl nur gesagt, dass sie es ab und zu bräuchte. Da hat Rainer die Glassprudelflasche genommen, die neben dem Bett stand, und sie ihm über den Kopf gehauen. Er ist wohl sofort bewusstlos zusammengebrochen und eine Menge Blut ist aus seinen Haaren gelaufen. Rainer glaubte, ihn getötet zu haben. Er ist an diesem Nachmittag in mein Zimmer gestürzt gekommen. Ich bin auf meinem Bett gelegen, habe Musik gehört und gedöst. Er hat mir die Kopfhörer von den Ohren gerissen und völlig außer sich geschrien:

›Ich habe den Alten erschlagen, weil er die Oma vergewaltigt hat. Ich pack das nicht mehr!‹

Ich habe, glaub ich, ihn nur blöd angesehen und, ich glaube, ich hab zu ihm gesagt: Sag mal spinnst du? Jetzt sei mal ganz ruhig.

Bis ich mich von meinem Bett aufgerafft hatte, ist er bereits wie ein Hund jaulend aus dem Zimmer gerannt und die Treppe hinuntergepoltert. Ich habe ihm noch durch das Fenster hinterhergesehen, wie er mit seinem neuen Moped zur Straße runtergerast ist und beim Einbiegen in die Uhldingerstraße direkt vor ein Auto fuhr und gestürzt ist.

Der Wagen hat eine Vollbremsung gemacht und gerade noch anhalten können. Rainer ist am Boden gelegen, hinkend, aber schnell wieder aufgesprungen und weitergefahren, ohne sich um den schimpfenden Autofahrer zu kümmern. Ich dachte noch, hoffentlich baut er nicht noch einen schlimmeren Unfall.

Das, was Rainer mir gesagt hatte, war so ungeheuerlich, dass ich es nicht glauben konnte. Ich war wie gelähmt. Und dann fiel endlich die Starre von mir ab und ich bin die Treppe hinuntergerannt. Vor Großmutters Zimmer kam mir der Alte schwankend, aber lebend entgegen. Er hielt sich ein mit Blut beschmiertes Handtuch an den Kopf und er schrie mich an:

›Dein Bruder ist völlig übergeschnappt!‹

Die Tür zu Omas Zimmer stand offen. Sie saß auf ihrem Bett. Ich fragte sie: Ist alles in Ordnung? Sie sagte nur: ›Ja, ja!‹

Sie sagte zweimal Ja und das waren die letzten Worte, die ich sie habe sprechen hören. Ich höre sie heute noch und ich werde in meinem ganzen Leben nie mehr diese zwei Ja vergessen. Ich wusste in diesem Moment nicht, was ich von alldem halten sollte. Was stimmte? Was hatte ich wirklich gehört? Oder habe ich nur etwas falsch verstanden?

Mutter war an diesem Nachmittag beim Friseur zur Dauerwelle und Haare färben. Ich glaube, sie hat sich danach nie mehr eine Dauerwelle machen lassen und Haare hat sie auch nicht mehr gefärbt. Sie ging überhaupt nicht mehr zum Friseur. Sie ist dann ganz schnell grau geworden. Sie kam an dem Tag erst nach sechs zurück und hat beim Abendessen nach Rainer gefragt. Ich habe nichts gesagt. Er hat auch so getan, als ob er nichts gehört hätte.

So gegen acht hat es dann geklingelt. Er saß vor dem Fernseher und hat sich die Wettervorhersage angesehen. Ich bin gegangen und hab die Tür aufgemacht. Als ich die Polizisten zusammen mit dem Pfarrer vor der Tür hab stehen sehen, wusste ich, dass alles, was Rainer gesagt hat, stimmte und dass er tot war. Sie wissen ja, dass er hinter Mühlhofen in Richtung Überlingen vor einem Zug seinen Hals auf die Schienen gelegt hat und so seinem Leben ein Ende bereitet hat. Mutter ist zusammengebrochen. Da konnte auch der Pfarrer nicht helfen. Der Arzt hat sie dann für Wochen auf die Weißenau eingewiesen. Er hatte Angst, sie würde sich auch umbringen. Zu uns kam danach hauptsächlich wegen der Großmutter eine Frau, die den Haushalt gemacht hat. Es war in dieser Zeit ganz still im Haus. Wir haben so viel wie nichts mehr miteinander gesprochen. Aber ich habe ihn jeden Tag mehr gehasst. Ich war viel bei der Großmutter unten. Sie hat kein einziges Wort mehr mit mir geredet und auch sonst mit niemandem. Nicht mal mit der Frau, die sich um sie gekümmert hat.

Als Mutter dann wieder da war, bin ich fast immer, bevor er von der Arbeit nach Hause kam, ins Training gegangen. Ich habe damals bei Judo-Wettkämpfen in meiner Klasse einen Preis nach dem andern gewonnen. Ich habe mich im Training und bei den Wettkämpfen abreagiert. Ich wäre sonst sicher irgendwann allein bei seinem Anblick explodiert. Ich hab dann nach dem Abitur gesagt, dass ich Psychologie studieren werde. Wir sind damals zusammen am Tisch beim Abendessen gesessen. Da ist er ausgerastet und hat mir befohlen, etwas Richtiges zu studieren oder zu arbeiten. Als Mutter dann meinte: ›Lass ihn doch‹, hat er ausgeholt und ihr mit aller Kraft eine Ohrfeige gegeben. Ihr Kopf ist nach hinten gegen die Wand geknallt. Da bin ich ausgeflippt. Ich habe ihn gepackt und zu Boden geschlagen. Ich wollte ihn umbringen. Ich hatte nur noch den Wunsch, ihn zu töten. Ich hab in dem Moment gedacht, dass mein Bruder damals das Gleiche gefühlt haben musste. Als Mutter an meinem Arm zerrte und flehte: ›Mach dich nicht unglücklich‹, bin ich wieder zu mir gekommen.

Ich wusste, dass es für mich keine große Sache wäre, ihn wirklich umzubringen, und in dem Moment, als mir dieses so richtig bewusst wurde, hatte ich es auch nicht mehr nötig. Aber ich habe begriffen, dass ich nicht länger unter einem Dach mit ihm wohnen durfte. Der nächste Zusammenstoß würde früher oder später kommen und wer weiß, wie der dann enden würde. Ich schnappte ihn mir. Ich fasste ihn wie eine Katze im Genick und schüttelte ihn. Ich hatte plötzlich das Gefühl, vor Kraft zu platzen. Er hatte Angst. Ich habe ihn ausgelacht und ihm dann gedroht: Sollte er jemals meine Mutter oder Großmutter schlagen oder sonst irgendwie tyrannisieren, würde ich kommen und da weitermachen, wo ich gerade erst angefangen hatte, und ich würde ihn dazu noch anzeigen, für das, was er der Großmutter angetan hat. Er würde in der ganzen Stadt und vor allen Dingen bei seinen Kollegen in der Firma und im Schützenverein, wo er immer den großen Macker raushängte, keinen Fuß mehr auf den Boden bringen. Wenn alle wüssten, dass er seine schwerbehinderte Schwiegermutter missbraucht und seinen eigenen Sohn auf dem Gewissen hat, würde er doch nur noch verachtet werden.

Ich verließ noch an diesem Abend fluchtartig, nur mit einem Koffer und Rucksack das Haus und habe es nie wieder betreten. Von den Großeltern hatten mein Bruder und ich einen nicht unerheblichen Betrag auf einem Konto, über das wir mit 18 verfügen konnten. Mein Großvater hatte es noch in weiser Voraussicht eingerichtet, um uns ein Studium zu ermöglichen. Irgendwann war dann auch das Geld meines Bruders auf meinem Konto. Als Absender stand Großmutters Name auf der Überweisung, aber es war sicher meine Mutter, die das veranlasst hat. Großmutter hat ja nach Rainers Tod nicht mehr gesprochen.

Ich konnte also nach Zürich und dort mein Wunschstudium beginnen. Ich habe immer dafür gesorgt, dass meine Mutter wusste, wo ich zu erreichen bin. Sie hat mich aber nie besucht. Was ich irgendwie verstehe und auch wieder nicht.

Ob Sie«, damit meinte er nun Dora, »mein Verhalten verstehen oder nicht, ändert nichts an der Situation und ist für mich genau genommen auch nicht sehr wichtig. Nur«, Jan stockte und machte eine Pause, bevor er fortfuhr: »Um das junge Mädchen, um Annika, die jetzt im Haus wohnt, mache ich mir Gedanken. Hoffentlich unbegründet«, setzte er noch zögernd hinzu.

Doras Kopfhaut zog sich zusammen, um sich gleich darauf kribbelnd zu entspannen.

»Sie hat eine sehr selbstbewusste, energische Mutter«; sagte sie.

»Mir kam sie irgendwie zerbrechlich und trotz ihres Auftretens unsicher vor und ich hatte den Eindruck, als hätten Sie Einfluss auf sie. Es würde auf alle Fälle nichts schaden, wenn Sie etwas auf das Mädchen in Bezug auf meinen Vater achten könnten!«

Doras Helfersyndrom, das sowieso schon aktiviert worden war, stellte bereits Überlegungen an. Sie sagte:

»Ich lass mir was einfallen.«

Sie saßen noch eine Weile zusammen an der Uferpromenade in einem Café. Jan sprach von seiner Arbeit, der Neuropsychologie, und sie sprachen über den Begriff Zeit. Existierte Zeit wirklich oder war sie nur eine Wahrnehmung? Wie viele verschiedene, auch wechselnde Bedeutungen hatte Zeit für einzelne Menschen und für ganze Völker auf den verschiedenen Kontinenten? Wie hatte sich das Zeitempfinden über Jahrhunderte hinweg verändert? Ein unerschöpfliches Thema. Dora fühlte sich dabei zweigeteilt. Ihre Gedanken rutschen unwillkürlich mitten im Satz in die gerade gehörte Geschichte zurück. Sie hatte sich mit unauslöschbaren Bildern in ihrem Kopf eingenistet.

Auf der Fahrt zurück an den Bodensee liefen Dora die Tränen über das Gesicht. Sie konnte nicht aufhören, an den armen Rainer zu denken. Sie hätte nicht sagen können, ob sie aus Trauer um den Jungen oder vor Zorn auf Hagen Reich, seinen Vater, weinte. Dora merkte, wie eine Hass-Tsunamiwelle sich in ihr aufbaute. Es musste doch jemanden geben, der dieses Ungeheuer bestrafte. An dem Unglückstag hätte sich die Erde auftun müssen, um diesen abgrundtief bösartigen Mann zu verschlingen. Wenn Dora in diesem Moment eine Idee gehabt hätte, wie sie Hagen Reich ungestraft umbringen könnte, sie hätte es getan. Warum konnte damals niemand dem armen Rainer helfen? Wenn er nicht so schnell und unüberlegt gehandelt hätte, könnte er heute noch leben. Was für eine Rolle spielte an diesem so schicksalsträchtigen Nachmittag die Zeit? Wenn er eine halbe Stunde später das Zimmer seiner Großmutter betreten hätte, würde er heute sicher noch leben.

Dora musste an ihre Tante denken und sie hätte zu gern gewusst, was für ihren verwirrten Geist Zeit bedeutete. Und das Wort »ver-rückt« bekam plötzlich eine neue Bedeutung. Hortense war in der Zeit ver-rückt. Vergangenheit und Gegenwart waren nicht mehr getrennt. Sie ver-rückte sie nur. Anscheinend hatte sie eine Möglichkeit gefunden, die 80 Jahre ihres Lebens neu zu formatieren und in ihrer Erinnerung in ihnen unterwegs zu sein. Dora versuchte, sich in so eine Situation zu versetzen. Es fiel ihr schwer. Aber bei ihr war ja das Zeitgefühl noch nicht ver-rückt. Obwohl, manchmal rannte auch sie der Zeit hinterher oder die Zeit rannte ihr davon. Dann bemerkte sie, dass sie einmal mehr laut mit sich gesprochen hatte. Ich muss mich besser kontrollieren, nahm sie sich im Stillen vor.

»So kann es nicht weitergehen«, sagte sie wiederum laut. Sie sagte es so, als ob die Bedeutung und das Gewicht der Worte plötzlich schwerer wurden und sie sich ihr intensiver einprägten, wenn sie laut mit sich sprach.

Dora hatte vor, nach ihrer Rückkehr aus Zürich für die Fahrt am nächsten Tag nach München ein paar Dinge zusammenpacken. Sie wollte über das Wochenende bleiben und sich über Hortenses Leben, was verwaltungstechnische Dinge betraf, einen genauen Überblick verschaffen. Sie konnte sich jedoch auf nichts konzentrieren. Das Gespräch mit Jan Reich hatte sie zutiefst aufgewühlt und erschüttert. Sie fragte sich immer wieder: In was für einer Welt leben wir, in der ein solches Ungeheuer ungestraft seine Umwelt terrorisieren kann? Wenn es kein Gesetz gibt, dann werde ich mir was einfallen lassen. Dora schwor sich, den Jungen und seine Großmutter zu rächen. Sie musste die entsetzliche Wahrheit erst einmal verarbeiten und dann wollte sie überlegt Vergeltung üben.

Dora hatte das Bedürfnis, mit jemandem darüber zu sprechen. Sie ging zu Rose hinüber. Peter, der ihr die Tür öffnete, fragte, ob sie nicht Lust hätte, mit in die Besenwirtschaft zu kommen, um etwas zu vespern. Er hatte oben in Riedetsweiler im Vorbeifahren den Besen, der am Schild an der Straße steckte, bemerkt. Dora war nicht nach Wein und Geselligkeit zumute. Peter, der ihre Aufgelöstheit und verheulten Augen bemerkte, brachte ihr ein Glas Wasser und ließ sie dann mit Rose allein. Die Frauen setzten sich auf die Bank unten am See und dann sprudelte alles, was Dora an diesem Nachmittag von Jan Reich gehört hatte, aus ihr heraus. Rose hörte still zu, nur ihre Augen wurden immer größer und ihr Gesichtsausdruck immer entsetzter und ungläubiger.

»Unglaublich, unglaublich«, war das einzige Wort, das sie danach nur immer wieder sagen konnte.

Aus Dora, die mit geballten Fäusten dasaß, platzte es heraus:

»Es ist wirklich unglaublich, vor allem auch, weil man ihm nichts nachweisen kann. Ich verlange, ich brauch das, sonst werd ich verrückt, dass er zur Rechenschaft gezogen wird. Es muss doch jemand geben, der ihn dafür bestraft.«

Nachdem Dora mit ihrer Freundin geredet hatte, schien der Druck, der seit Stunden auf ihr lastete, etwas gemildert, aber ihr Zorn war nach wie vor riesengroß.

So wie sie Hagen Reich einschätzten, war er wegen der Ablehnung und nie erhaltenen Anerkennung durch seine Schwiegermutter so gekränkt, dass er ihre Hilflosigkeit auf bösartige Weise ausgenutzt hatte. Vielleicht tat er es ja immer noch? Demütigte er die alte Frau immer noch? War das auch ein Grund, warum sie nicht mehr sprach? Vermutlich hatte Hagen dazu noch eine übersteigerte Libido, die er nicht unter Kontrolle halten wollte oder konnte, was sein Verhalten Rose gegenüber bewies. Dora stellte einmal mehr fest, dass es zu jeder Geschichte eine Geschichte vor der Geschichte gab. Hagen Reichs verletztes Geltungsbedürfnis in Verbindung mit einem bösartigen Charakter war auch sicher der Grund, warum er das Haus an sich gerissen hatte.

Genau genommen könnte er heute seine Schwiegermutter auf die Straße setzen. Das Haus gehörte seit über zehn Jahren ihm. Er rieb es ihr auch gelegentlich unter die Nase und ließ sie auch noch so ihre Abhängigkeit spüren. Dora nahm an, dass, sollte er Viktoria Kohler in ein Heim abschieben, seine Frau unterhaltspflichtig wäre. Da sie allerdings kein eigenes Einkommen hatte, aber sicher Anspruch auf einen Teil seiner Rente, würde es ihn trotzdem etwas kosten. Dora kannte sich nicht so genau mit der Rechtslage aus. Aber wie sie Hagen einschätzte, würde er in einem solchen Fall sicher bis zum Tod seiner Schwiegermutter prozessieren. Er war einfach bis in sein Innerstes kaputt und bösartig.

»Man sollte ihn sich nicht zum Feind machen«, flüsterte sie.

Das Gehörte machte sie immer noch sprachlos. Der arme Junge. Wie verzweifelt musste er gewesen sein? In ihrem Kopf summte es wie in einem Bienenstock.

Zu Hause begann sie, zerstreut neue Ausläufer ihres grünen Monsters von der Wand zu reißen und spinnenbeinige Überreste, die sich mit winzigen Punkten im Putz der Wände festkrallten, abzuknibbeln. Dabei entdeckte sie einen alten Spiegel, der gänzlich zugewuchert war. Dora hatte ihn noch nicht vermisst. Sie riss ihn frei. Die Saugnäpfchen hinterließen dabei Spuren auf der Oberfläche und verdoppelten sich durch die Spiegelung. Die vielen kleinen Punkte ließen die Konturen ihres Gesichtes verschwimmen.

Trotzdem stellte sie fest, so als ob sie seit Wochen in keinen Spiegel mehr geblickt hätte, dass ihr Mund schmaler geworden war. Die Mundwinkel und ihrer Backen zeigten eine Tendenz nach unten. Die Schwerkraft verschonte auch sie und ihr Gesicht nicht. Es waren wieder ein paar neue Falten hinzugekommen und die Haut schien dünner, müder und empfindlicher geworden zu sein. Sie schien schubweise zu altern. Sie glaubte, immer gleich auszusehen, bis sie eines Morgens in den Spiegel sah und feststellte, dass sie scheinbar von einem Tag auf den andern plötzlich ein paar Jahre älter geworden war.

Und dann erinnerte sie sich an einen Satz, den Hortense vor fast 20 Jahren, als sie in Doras jetzigem Alter war, einmal zu ihr gesagt hatte, und sie musste lachen:

»An meinem Hintern wäre so viel Platz für Flecken und Falten. Ich möcht nur wissen, warum sie sich gerade in meinem Gesicht breitmachen müssen.«

Dora grinste ihr Spiegelbild an und dabei rutschten ihre Mundwinkel nach oben. Sie war mit ihrem Anblick wieder versöhnt. Ein Stück Wand war in der Zwischenzeit wieder zum Vorschein gekommen, dafür fühlten sich ihre Fingerspitzen wund an. Es war einfach frustrierend. Aus jedem Pflanzenende würden doch wieder hydramäßig viele neue, kleine, grüne Schlangen wachsen. Je mehr Dora zupfte, desto schneller schien das Ungeheuer sich auszubreiten.

Sie musste unbedingt googeln, welchen Trick Herkules angewandt hatte, um die Hydra zu bekämpfen. Sie hatte wie so vieles andere auch vergessen, wie dieser damals sein Problem gelöst hatte.

Am nächsten Tag auf der Fahrt nach München bemerkte Dora, dass ihre Schultern, je näher sie der Stadt kam, desto stärker sich wieder den Ohren näherten oder umgekehrt die Ohren den Schultern. Sie verspannte sich zusehends mit jedem Kilometer. Jede Bewegung ihres Kopfes schmerzte sie im Nacken. Ihre Daumen schliefen regelmäßig bereits nach einer halben Stunde Fahrt ein und kribbelten bei jeder Bewegung. Nach Ansicht ihres Sohnes hatte dies jedoch nichts mit ihrem überstandenen Herzinfarkt zu tun.

»Du bist nur zu verkrampft hinter dem Steuer. Sei lockerer!«, war alles, was Andreas dazu gesagt hatte.

Der Infarkt hatte sie damals wie ein Blitz aus heiterem Himmel getroffen. Sie konnte es nicht glauben, dass ihr, die so gesund lebte, so etwas passieren konnte. Nicht in diesem Alter. Sie hatte sich irgendwie vorgestellt, dass sie bis 65 arbeiten würde und dann die nächsten 15 Jahre genießen wollte. Was sie danach machen würde, lag noch in weiter Ferne und sie hatte ja noch viel Zeit darüber nachzudenken, dachte sie damals. Der Tod war etwas, mit dem sie natürlich rechnete. Dass sie ebenfalls sterblich war, war schließlich kein Geheimnis, aber so eilig hatte sie es dann doch noch nicht. Ihre eigene Vergänglichkeit wurde ihr einmal mehr bewusst. Jeder Tag konnte der letzte sein.

Dora machte einige Entspannungsübungen, soweit das hinter dem Steuer möglich war, und dachte dabei auch an ihren vernachlässigten Beckenboden. Beim Aussteigen konnte sie sich kaum aufrichten. Ihre Kniegelenke knarzten wie eine der schlecht eingestellten, ausgeleierten Schranktüren in ihrer in die Jahre gekommenen Einbauküche. Eine Krampfader schmerzte in der Leiste.

»Ich möcht nur wissen, warum das Altwerden auch noch weh tun muss«, stöhnte sie laut. Ein junger, gerade vorbeigehender Mann fragte:
»Haben Sie zu mir etwas gesagt?«
Dora richtete sich mühsam auf.
»Nein, nein, ich hab nur mit mir selbst laut gesprochen«, sagte sie schnell.
Der junge Mann grinste:
»Passiert mir auch manchmal.« Dann ging er weiter.

Dora wollte zu gern glauben, dass ihre Selbstgespräche nichts mit ihrem Alter oder gar einer beginnenden Demenz zu tun hatten, aber sie konnte sich selbst nicht so ganz überzeugen. Sie schluckte sofort nach der Ankunft in Hortenses Wohnung ein Aspirin. Aspirin, allerdings nur in kleinen Dosen, gehörte sowieso zu allen diesen Medikamenten, die sie seit dem Infarkt jeden Tag einnehmen sollte und die sie in letzter Zeit immer öfter vergaß, weil so viele Dinge ihre Zeit und den Inhalt ihres Kopfes in Anspruch nahmen.

»Ich sollte mich mal laut programmieren.«
Sie sagte es energisch und ihre laute Stimme war das einzige Geräusch in der Wohnung.

Zur Klinik fuhr sie mit der U-Bahn. Dora war pünktlich. Hortense saß anscheinend seit ihrem letzten Besuch zeitlos auf dem rosa Sofa und wartete auf sie. Eine Krankenschwester gab Dr. Eins Bescheid, dass sie im Besucherraum auf ihn wartete. Fast eine volle Stunde ließ er sie sitzen. In dieser Zeit wusste Dora kaum noch, über was sie mit ihrer Tante reden sollte. Meist führte Hortense einen Monolog.

Dora konnte ihr nur schwer folgen. In den Sätzen fehlten zu viele Wörter. Mit »du weißt schon« endete fast jede ihrer Aussagen. Dora nickte und bestätigte ihre Meinung, auch wenn sie nicht verstand, um was es gerade ging. Hortense hatte fettiges und strähniges Haar. Dora wagte nicht, sie darauf anzusprechen. So ein Döschen mit Trockenshampoo wäre jetzt nützlich. Sie dachte an die Frau, mit der sie zusammen durch New York gezogen war. Hortense roch auch nicht so frisch wie sonst. Dora dachte: Ich muss ihr morgen ihr Parfüm bringen.

Eine Stunde auf einem rosa Sofa neben einer dementen, alten Frau dauert wenigstens so lang wie drei normale Stunden. Als der Arzt endlich aus seinem Zimmer kam, dessen Tür sie die ganze Zeit im Blickfeld gehabt hatte, war er in Begleitung eines über einen Kopf größeren, gut aussehenden jungen Mannes. Er stellte ihn als einen Kollegen aus der Chirurgie vor. Sie begrüßten nur Dora und ignorierten Hortense, um die es ja eigentlich ging. Sie zogen zwei ebenfalls rosafarbene kleine Sessel zu dem zwischen den Sitzgelegenheiten stehenden niederen Tischchen heran. Eine Zeichnung, auf der Dünndarm, Dickdarm, Darmausgang und Bauchumriss gut zu erkennen waren, legten sie vor Dora. Dr. Eins beugte sich über die Zeichnung. Dora hatte seinen flaumigen Kamm direkt vor ihrer Nase und bemerkte, dass er unter Haarausfall litt. Sein Haupthaar lichtete sich vom Hinterkopf her. Dort war bereits eine kahle Stelle. Bald würde er eine Glatze haben. Dann würde er fünf Zentimeter kleiner sein, schoss es ihr durch den Kopf. Sie musste niesen und ging vorsorglich auf Distanz zu dem braunen Flaum.

Die Ärzte erklärten ihr, dass Hortense an bereits fortgeschrittenem Darmkrebs leide und die Gefahr eines Darmverschlusses drohe. Es war keine Zeit zu verlieren und möglichst schnell zu operieren. Hortense fing an, gebetsmühlenartig immer wieder »Ich will nicht operiert werden!« zu sagen. Keiner der Ärzte würdigte sie auch nur eines Blickes oder richtete das Wort an die Patientin. Auf Dora wirkten sie wie zwei übereifrige Vertreter, die sie zum Kauf von etwas überreden wollten, das sie nicht brauchte.

»Da die Krebsgeschwulst nahe am Darmausgang liegt, muss nach der Entfernung dieser ein künstlicher Darmausgang an den Bauch, unterhalb der Taille gelegt werden.«

Der größere Arzt, Dora hatte seinen Namen bereits wieder vergessen, zeichnete dabei auf der Skizze demonstrativ das geplante operative Vorgehen ein. Er machte einen überzeugenden Eindruck. Er schien von seiner Arbeit etwas zu verstehen. Was Dora störte, war, dass beide Ärzte sich verbal sehr um die Gesundheit einer Patientin, die Frau Meier hieß, besorgt gaben, die alte Frau, die ihnen gegenübersaß und ständig nur den einen Satz sagte, »Ich will nicht operiert werden!«, sie aber nicht interessierte.

Formulare, auf denen sie die Aufklärung über alle eventuellen Risiken bestätigen sollte, und die Einverständniserklärung zu dieser Operation legten sie ihr zur Unterschrift auch sofort vor.

»In der nächsten Woche am Mittwoch wäre gerade einer der wenigen sehr gefragten Operationstermine noch frei.«

Dr. Eins sagte es drängend.

Ist euch ein Patient vor der OP gestorben? Braucht ihr eine Lückenbüßerin, war Doras erster Gedanke. Sie konnte sich dieses Eindrucks nicht erwehren. Ihr gefiel es nicht, wie die Ärzte mit der alten Frau umgingen. Sie fragte sich, wie sind sie, wenn ich nicht anwesend bin? Und anscheinend halten sie mich auch für alt und blöd! Auf ihre Frage, wie lange Frau Meier danach im Krankenhaus bleiben müsste, sagte der Chirurg:

»So zwei bis drei Wochen und anschließend drei bis vier Wochen in einer Rehaklinik.«

Für Dora würde das bedeuten, dass der für Hortense reservierte Heimplatz in der Zwischenzeit anderweitig vergeben sein würde. Und dann stellte sie sich die alte Frau vor, die oft nicht ihr Bett fand, nicht wusste, wo sie war, und manchmal auch nicht, wer sie war. Wie sollte sie sich in einem Krankenhaus mit überlastetem Personal und in einer Rehaklinik zurechtfinden? Außerdem konnte und wollte Dora nicht alle paar Tage nach München oder sonst wer weiß wohin fahren. Dora fragte, ob diese notwendige Operation nicht auch in Friedrichshafen oder Überlingen gemacht werden könnte. Nach Auskunft beider Ärzte, die sofort wie aus der Pistole geschossen kam, wäre das dort nur eine Behandlung zweiter Klasse und nicht zu empfehlen, wenn ihr am Leben ihrer Tante etwas lag. Und dazwischen leierte Hortense: »Ich will nicht operiert werden!« Dora unterschrieb nicht. Sie bat sich bis morgen Vormittag Bedenkzeit aus. Das »Aber nicht länger« von Dr. Eins hörte sich wie eine Drohung an. Dora begleitete Hortense zum Abendessen, und als diese am großen Tisch ihr Tablett vor sich hatte, verschwand sie, ohne sich zu verabschieden.

Verstört, so als ob ihr jemand einen Schlag auf den Hinterkopf gegeben hätte, kam sich Dora vor. Sie verließ die richtige U-Bahn-Haltestelle durch einen falschen Ausgang und wusste plötzlich nicht, wo sie war. War Demenz so? Man befand sich irgendwo ohne Verbindung zu sich und seinem Leben? Irgendwann hatte etwas eine unerwartete Richtung genommen. Dora ging zurück und bemerkte, wo sie falsch abgebogen war.

Auf Hortenses Terrasse trockneten die Geranien vor sich hin. Obwohl sie ihnen Wasser gegeben hatte, wollten oder konnten sie nicht mehr. Ihre Zeit war abgelaufen. Dora brachte fünf Kästen, einen nach dem andern, hinunter in den Müllcontainer. Danach stellte sie sich unter die Dusche und ließ lange fast kaltes Wasser über sich laufen. Zuerst dachte sie, ihr Kopf sei so voll, dass absolut nichts mehr hineinpasste. Doch dann schien das prasselnde, immer kälter werdende Wasser für neuen Platz zu sorgen.

Ihr Immernoch-Ehemann fiel ihr ein. Er war schließlich auch Arzt und konnte ihr vielleicht einen Rat geben. Es war noch hell, als sie sich mit dem Telefon bewaffnet in Hortenses Bett legte und seine Nummer wählte. Alexander war selbst am Apparat. Sie musste nicht erst, wie schon so oft, über seine derzeitige Lebensabschnittsgefährtin, von der sie den Namen bereits wieder vergessen hatte, Kontakt aufnehmen. Den Namen hatte sie vermutlich vergessen, weil sie ihn auch vergessen wollte. Dora schilderte ihm ihre und Hortenses Situation und die Unterredung mit den zwei Ärzten. Alexander war auf dem Laufenden, was Hortenses Situation betraf. Er hatte zwar noch nicht selbst mit Dora darüber gesprochen, aber ihr beider Sohn hatte ihn informiert. Er hatte auch den Tipp mit dem Heim am See gegeben. Dora unterhielt sich lange mit ihrem Mann. Auf Distanz verstanden sie sich ganz gut. In der Zeit um ihren Geburtstag, Anfang Dezember, würden sie auch dieses Jahr wieder gemeinsam auf eine Reise gehen. In diesen zwei Wochen hatte es bis jetzt noch nie Probleme gegeben, vermutlich, weil sie Alltagsdinge ausgeklammert ließen. Diese zwei Wochen waren so mit interessanten Eindrücken gespickt, dass für Streit kein Platz war.

Nur ein alltägliches Zusammenleben funktionierte für beide Seiten schon lange nicht mehr. Aus ihrem gemeinsamen Leben hatte sich Alexander irgendwie herausgeschlichen. Und sie hatte ihn davonschleichen lassen. Es begann damit, dass er die Praxis in Meersburg aufgegeben und die Stelle in Basel angenommen hatte. Er mietete sich eine kleine Wohnung und kam anfangs jeden Freitagabend nach Hause und fuhr erst am Montagmorgen wieder weg. Dann war angeblich am Freitagabend und Montagmorgen immer so viel Verkehr auf den Straßen und darum dauerte dann das Wochenende nur noch von Samstagvormittag bis Sonntagabend. Dann musste er auch gelegentlich am Wochenende an laufenden Versuchen arbeiten und er tauschte seine kleine Zweizimmerwohnung gegen eine große, schicke Penthouse-Wohnung mit Blick über die Stadt und den Rhein. Seine Wochenendbesuche wurden immer seltener und Dora war nicht überrascht, als er ihr gestand, eine Freundin zu haben. Sie hatte es fast erwartet.

Weh hatte es ihr schon getan. Der Schmerz war dumpf und zäh gewesen. Er hatte nichts Schneidendes oder Spitzes an sich gehabt. Dazu war er zu langsam gekommen. Als sie sich dann eines Tages fragte, warum sie eigentlich litt, musste sie sich eingestehen, dass sie eher wegen Äußerlichkeiten und auch wegen ihres verletzten Stolzes ein Problem mit ihrer Situation hatte. Sie schämte sich, aber nur ein klein wenig, weil sie gescheitert war. Sie suchte lange bei sich die Schuld. Sie und ihr Mann waren mit der Zeit einfach auseinandergedriftet. Eigenartigerweise hatte sich mit ihrem Ehemann auch die Migräne, unter der sie fast ihr Leben lang gelitten hatte, davongeschlichen. Es geschah ebenso langsam und unmerklich. Dora wollte sich natürlich nicht eingestehen, dass das eine mit dem anderen etwas zu tun hatte. Gelegentlich fragte sie sich, ob ihre Migräne in das schicke Penthouse eingezogen war.

Alexander empfahl Dora, alles aufzuschreiben und sich danach bei der Entscheidung auf ihr Gefühl zu verlassen. Den Verstand ruhig einmal auszuschalten und sich auf keinen Fall von irgendeinem Arzt unter Druck setzen zu lassen. Dora dankte ihm und dachte: Was ist das doch für eine Welt, in der dich ein Arzt vor einem andern warnen muss? Dieser Rat eines wenn auch schon lange nicht mehr im herkömmlichen Sinn praktizierenden Arztes erstaunte sie dann doch. Sie machte sich auf die Suche nach Papier und Stift und begann zu schreiben. Irgendwann fragte sie sich, ob es für ihre Tante nicht vielleicht doch besser wäre, sie würde operiert werden und aus der Narkose einfach nicht mehr aufwachen. Dora konnte sich noch gut daran erinnern, wie Hortense früher immer sehr energisch und auch drohend gesagt hatte:

»Bevor ich in ein Heim gehe, bringe ich mich um.«

Vielleicht wäre die so dringende, lebensnotwendige OP so etwas wie ihr angedrohter Selbstmord? Nur, dass nun die Entscheidung und dadurch auch die Verantwortung bei Dora lag. Ihre Tante hing am Leben. Das zeigte sie immer noch ganz deutlich. Ob sie nun dement war oder nicht.

Lange nach Mitternacht schrieb Dora:

»Mein Bauch sagt mir, ich soll sie an den See zurückbringen. Es gibt dort auch gute Ärzte, und wenn einer geduldig mit ihr sprechen wird, ist sie vielleicht sogar mit einer Operation einverstanden.«

Dora beschloss, dass das die richtige Entscheidung war, und bestätigte es sich selbst, indem sie es sich laut vorsagte. Sie löschte das Licht und schlief kurz darauf ein.

Am nächsten Morgen war der Himmel grau und es regnete. Dora trug Jeans und zog über ihr dunkelblaues Poloshirt eine leichte graue Regenjacke. Sie sah nicht besonders schick darin aus, aber es stand ihr nun mal nicht der gesamte Inhalt ihres Meersburger Kleiderschrankes zur Auswahl zur Verfügung. Sie hatte ebenfalls keine Lust, sich zu schminken, und tuschte nur ihre Wimpern. Beim Blick in den Spiegel registrierte sie, dass ihr immer faltiger werdender Hals von der Schwerkraft nicht verschont blieb und je nachdem, wie sie sich bewegte, langsam einer Schildkröte immer ähnlicher wurde. Der Anblick ihres Halses erinnerte sie an ihre Großmutter Dorothea, die Hebamme aus Sigmaringen. Als Kind liebte sie es, auf deren Schoß zu sitzen und ihr Gesicht an genau so einen Hals mit weicher, faltiger Haut zu drücken, der zart nach Lavendel roch. Der Geruch kam aus einem grünen Fläschchen mit goldenem Verschluss. Mit goldener Schrift stand »Uralt Lavendel« darauf. Dieser Duft und dieser Hals und die Kuhle zwischen Kopf und Schulter waren für Dora als Kind so etwas wie ein schützender Hafen im Sturm. Wenn sie dort ankerte und dann dazu auch noch von zwei Armen gewiegt wurde, war die Welt in Ordnung und die Zeit stand still.

Unterwegs auf dem Weg zur Klinik leistete sich Dora in einem Stehcafé am Sendlinger Tor eine Butterbrezel und trank einen großen Milchkaffee. Um zehn Uhr betrat sie das Gebäude. Sie musste sich eingestehen, dass sie sich vor der Begegnung mit Dr. Eins fürchtete. Sie wusste, dass sie eine Entscheidung getroffen hatte, die nicht in seinem Sinne war. Der Arzt ließ sie diesmal nur eine halbe Stunde warten. Sie wurde in sein Zimmer gebeten. Sie wurde nicht begrüßt. Es wurde ihr kein Stuhl angeboten. Sie schloss die Tür und blieb daneben stehen. Die Situation war irgendwie eigenartig, sehr kalt und unfreundlich, genau wie das Wetter an diesem Tag. Der Arzt fragte halb abgewandt nur knapp, ohne sie dabei anzusehen:

»Und, wie haben Sie entschieden?«

Und Dora sagte bestimmt, laut und deutlich:

»Ich will, dass meine Tante in das Heim am Bodensee, in dem ich einen Platz für sie bekommen habe, kommt und sie dann dort in einem der Krankenhäuser operiert wird.«

Was danach kam, war so bizarr, dass Dora es sich nach einer Woche selbst nicht mehr geglaubt hätte, wenn sie es nicht sofort, als sie wieder in Hortenses Wohnung war, aufgeschrieben hätte.

Dr. Eins schrie, ja er brüllte, wobei er mit dem Fuß aufstampfte:

»Sie sind schuld, wenn die alte Frau elendiglich verreckt!«

Dora stand mit offenem Mund da. Seit sie ein Kind war, hatte sie niemand mehr so angeschrien. Und dann dachte sie: Rumpelstilzchen! Wenn du nicht aufhörst zu stampfen, wird sich gleich der Boden mit dem gelben Linoleumbelag auftun, und wenn du nicht aufpasst, wirst du verschlungen und dein flaumiger Hahnenkamm eingeklemmt, wenn sich der Spalt im gelben Linoleum-Boden zu schnell wieder schließt. Der Boden tat sich nicht auf. Dr. Eins schmiss sich dafür mit dem Rücken zu Dora, die immer noch einen Schritt neben der geschlossenen Tür stand, auf einen Bürostuhl. Der Stuhl quietschte gequält auf. Er riss einen Ordner vom Schreibtisch auf seine Knie und blätterte wild darin herum, wobei er wiederum drohend schrie:

»Sie sind unfähig! Ich werde dafür sorgen, dass das Vormundschaftsgericht Ihnen die Fürsorge entzieht!«

Und dann etwas ruhiger, aber noch drohender:

»Dafür werde ich sorgen, das können Sie mir glauben! Ihnen wird die Fürsorge entzogen!«

Und wenn noch ein winziger Rest Zweifel, ob sie die richtige Entscheidung getroffen hatte, an Dora nagte, in diesem Moment war sie ganz sicher, dass es die richtige Entscheidung war. Sie verließ ruhig und ohne Gruß den Raum. Der Arzt war für sie nichts weiter als eine nicht ernst zu nehmende Witzfigur aus einem Märchen. Von dem Moment an dachte sie nur noch als Rumpelstilzchen mit der Moritzfrisur an ihn und sie fragte sich: War er immer schon so oder war er erst in der Psychiatrie so geworden?

In der Verwaltung organisierte sie den Transport ihrer Tante für den Montagmorgen an den Bodensee. Hortense würde es hoffentlich als weiteren Ausflug in Begleitung freundlicher, um sie besorgter Männer genießen. Dora verließ die Klinik, ohne mit Hortense gesprochen zu haben. Sie war aufgewühlt und durcheinander. Auf der Fahrt in der vollbesetzten U-Bahn musterte sie die mitfahrenden Passagiere und versuchte, anhand deren Kleidung zu erraten, wo sie herkamen und was sie an diesem Tag vielleicht noch vorhatten. Und dann fragte sie sich, ob Dr. Eins genauso unhöflich mit ihr umgesprungen wäre, hätte sie ein schickes Kostüm, hochhackige Schuhe, eine Rolex und Make-up getragen. Und ob es eine Rolle gespielt hätte, wenn sie 20 Jahre jünger gewesen wäre.

Sie stopfte ein sehr kleines Schränkchen, einen kleinen schönen Teppich, einen in Einzelteile zerlegbaren auf Barock getrimmten, bronzefarbenen Garderobenständer und einen Koffer mit einfacher Kleidung in ihren Mini und fuhr mal wieder bepackt bis unter das Dach sofort zurück nach Hause. Dort bat sie ihren Sohn Andreas, im Heim anzurufen und Hortense Meiers Ankunft für Montag anzumelden.

»Kein Problem«, hieß es. »Wir erwarten sie.«

In ihrer elektronischen Post fand sie eine neue Nachricht von Marc Becker. Es war der angekündigte überraschende Schluss seiner letzten Geschichte, die bereits in eine neue überleitete. Seine Wortwahl und der Inhalt waren noch etwas gewagter geworden, ohne an Witz und Charme zu verlieren. Das Ende war wiederum offen und darunter stand wie beim letzten Mal: »Fortsetzung folgt«. Damit erreichte er, dass Dora auf seine nächste Botschaft bereits jetzt wieder neugierig war, sich aber auch etwas ärgerte, weil er sie in Spannung versetzte und dann hängen ließ. Er erinnerte sie an Scheherazade aus den Geschichten von Tausendundeiner Nacht. Seine Fantasie würde wohl kaum für tausend Erzählungen ausreichen. Aber es war eindeutig, er wollte sie neugierig machen, wie es weitergehen würde. Im Gegensatz zu der Figur aus dem orientalischen Märchenbuch hing allerdings kein Leben vom Unterhaltungswert seiner Geschichten ab.

Wie würden die Geschichten, nicht nur seine ausgedachten, sondern auch ihre gemeinsame weitergehen? Hatten sie überhaupt eine Geschichte? Bildete sie sich etwas ein? Würde es ein Weitergehen geben? Dora registrierte, dass sie »gemeinsame« gedacht hatte. Nicht nur das Leben ihrer Tante war ver-rückt, auch ihr Leben war aus seinen geregelten Bahnen und Gewohnheiten ver-rückt. Marc Becker schlich sich immer öfter zwischen ihre Gedanken und in ihr Leben.

Am Sonntagabend wurde sie durch einen Anruf ihrer Freundin Erika darauf aufmerksam gemacht, dass sie den Ausflug zur Iris-Blüte ins Eriskircher Ried verpasst hatte. Dora klatschte sich mit der flachen Hand mehrere Male gegen die Stirn, so als könnte sie damit ihre Gedanken zurechtrücken. Sie hatte es einfach vergessen. Erika zeigte Verständnis für Doras Situation, meinte dann aber:

»Vielleicht würde es dir guttun, wenn du wie vor der Zeit mit deiner Tante wenigstens einmal die Woche zu unserer Laufstunde auftauchen würdest? Nicht mal nach dem Markt lässt du dich im ›Zierart‹ oder bei Rose noch sehen! Ich soll dir auch von den andern sagen, dass du dich melden sollst, solltest du Hilfe brauchen. Wir sind für dich da.«

Dora entschuldigte sich und versprach, sobald Hortense untergebracht war, wieder an den Aktivitäten teilzunehmen.

Am Montagmorgen tauschte sie ihren Mini mit Roses Golf. Zu den zuletzt mitgebrachten Sachen packte sie noch einen kleinen Fernsehapparat und Hortenses Lieblingsbild, auf dem eine junge Frau in eleganter langer, blauer Abendrobe mit großzügigem Faltenwurf abgebildet war. Dora hoffte, dass ihre Tante sich nicht vor dieser Dame fürchten würde, da sie sich ja schon viele Jahre kannten. Das Bild und den Fernsehapparat hatte sie bereits von ihrer letzten München-Fahrt mitgebracht und in der Garage eingelagert. Ihre Tante sollte sich in ihrem neuen Zimmer nicht ganz so fremd fühlen. Laut einem Schreiben der Heimleitung war dies auch erwünscht.

Nur die Wirklichkeit sah dann etwas anders aus. Schwester Marianne machte ein etwas erstauntes Gesicht, sagte aber nichts, als Dora Hortenses Besitztümer anschleppte. Das Zimmer war bereits mit einfachen Resopalmöbeln ausgestattet. Es gab sogar einen Fernsehanschluss, nur, dass Hortense mit einem Fernsehapparat nichts mehr anfangen konnte, stellte sich erst später heraus. Sie war nicht mehr fähig, ihn einzuschalten, und konnte auch dem Geschehen auf dem Bildschirm nicht mehr folgen. Das Bett war ein praktisches Krankenhausbett mit einfacher Baumwollbettwäsche. Dora packte die mitgebrachten sonnengelben Seidendamastbezüge erst gar nicht aus. Vor dem Bett lag ein rutschfester, brauner, an einen Fußabstreifer erinnernder Teppich. Den schönen kleinen Perser durfte sie nicht auslegen. Er wäre nur eine Stolperfalle und Gefahrenquelle.

Als Hortense mit ihrer silbernen Metropolitan-Opera-Tasche auf dem Schoß in einem Rollstuhl von zwei nicht mehr ganz jungen Männern des Samariterbundes ins Zimmer gefahren wurde, tauchte vor Doras geistigem Auge das Bild eines Paketzustelldienstes auf, dessen immer freundlichen, aber gehetzten Angestellten braune Uniformen trugen. Nach einem kurzen Blick in das verärgerte Gesicht mit den zusammengepressten Lippen wusste Dora, dass es wirklich ein Transport für ihre Tante gewesen war und kein Ausflug mit zwei jungen, fröhlichen Ärzten. Ohne Begrüßung sagte sie sogleich bestimmt und energisch:

»In diesem Hotel bleibe ich nicht. Das ist nicht mein Stil.«

Schwester Marianne schob den Rollstuhl vor eine Terrassentür ohne Türgriff.

»Schauen Sie Frau Meier, haben Sie hier nicht eine wunderschöne Aussicht auf den Bodensee?«, fragte sie freundlich.

Hortense nickte zwar zustimmend, sah dabei aber zweifelnd auf den See hinaus. Glücklich und zufrieden sah anders aus.

Von der Heimleitung wurde Dora auf den Vortrag eines Professors der Geriatrie zum Thema Demenz und Sterben hingewiesen. Sie hatte in den letzten Wochen und Monaten alle Bücher, die in der Meersburger Bibliothek zum Thema Alzheimer vorrätig waren, ausgeliehen und gelesen. Sie war nicht unvorbereitet ins Wasser geworfen worden. Nur zwischen der Theorie und der Praxis lagen Welten, wie sie bereits feststellen musste. Auch wenn man viel über Schwimmtechniken gelesen hatte, war man im Wasser dann doch überrascht und vermutlich auch erst mal hilflos, wenn man keinen Boden mehr unter den Füssen spürte. Und genau so kam sich Dora im Moment vor. Sie sprach mit Rose über den Vortrag. Rose wollte sie begleiten.

»Es schadet sicher nicht, sich mit diesem Thema zu beschäftigen. Schließlich wird jeder, der nicht jung stirbt, mal alt«, meinte sie pragmatisch.

Der Vortrag war in einem Saal des neuen Schlosses und er war zu Doras Erstaunen sehr gut besucht. Auch Marc Becker war mit weiblicher Begleitung da. Er trug wie immer einen grauen Anzug, ein graues Hemd und diesmal eine dunkelgrüne Krawatte, auf der sich vereinzelt kleine Marienkäfer tummelten. Sie trafen direkt vor dem Eingang unvorbereitet aufeinander. Sie begrüßten sich. Er stellte seine Begleiterin mit Namen vor, ohne darüber aufzuklären, in welcher Beziehung sie zueinander standen. Sie sprachen ein paar belanglose Sätze. Und als sie sich trennten, um sich Plätze zu suchen, hatte Dora den Namen der Frau vor Aufregung bereits wieder vergessen.

Sie befürchtete, Rose könnte ihr Zittern bemerken, und verschränkte ihre Hände ineinander, um sich zu beruhigen. Gleichzeitig ärgerte sie sich, weil die Begegnung sie so völlig aus dem Gleichgewicht geworfen hatte. Ihrer Freundin Rose hatte Dora nichts von den erotischen E-Mails von Marc Becker erzählt. Sie hatte auch nicht vor, es zu tun. Vielleicht, wenn er in einem zu ihr passenden Alter wäre? Rose war tolerant, aber Dora wollte sich nicht lächerlich machen. Wenn sie ehrlich war, musste sie sich eingestehen, dass ihr der Boden unter ihren Füßen zeitweilig abhandengekommen war. Bei dieser Geschichte, wenn es denn eine werden sollte, hatte sie das Gefühl, gegen das Gesetz der Schwerkraft zu verstoßen. Manchmal schwebte sie einfach nur.

Der erste Satz im Vortrag war:

»Laut Statistik wird im Laufe seines Lebens jeder Dritte von der Demenz selbst oder als Angehöriger davon betroffen sein.«

Dora hoffte, dass es doch reichen sollte, wenn sie jetzt als Angehörige dazugehörte und betroffen war. Ich muss ja nicht auch noch selbst an Alzheimer erkranken, wünschte sie. Der Vortrag war brillant. Der Arzt schilderte sehr realistisch, gleichzeitig menschlich einfühlsam und verständlich die körperlichen Vorgänge vom Beginn der Krankheit bis zum Tod. Er widmete dem Beschreiben des Sterbens in seiner ruhigen, sachlichen Art ausreichend Zeit. Er nahm Dora sehr viel Angst und machte ihr Mut. Sie wünschte sich, dass jeder, den es irgendwie und irgendwann einmal betraf, von diesem Arzt an die Hand genommen würde und ein Stück Begleitung erfahren dürfte.

Doras Fachgebiet war der Beginn des Lebens, der oft genug schon mit Kampf begann. Das Sterben war das Ende der Lebenszeit. Sie war sich ihr Leben lang immer bewusst, dass jedes Lebewesen, das sie bei seiner Geburt in Empfang genommen hatte, eines Tages wieder würde gehen müssen. Nur, in diesem wichtigen Moment hatte sie meist keine Zeit daran zu denken. Es war auch nicht so, als ob sie noch nie mit dem Tod konfrontiert gewesen wäre, nur im Fall ihrer Tante hatte sie das Gefühl, dass der Zeitpunkt auch von ihren Entscheidungen abhängig sein könnte.

Im Anschluss an den Vortrag hatten Dora und Rose noch gemeinsame Bekannte getroffen und sich mit ihnen auf dem Schlossplatz eine Weile unterhalten. Sie sprachen darüber, dass es wie für die Hebamme bei der Geburt etwas wie eine Pflicht-Abschied-Hebamme für den Moment des Sterbens geben sollte.

Marc Becker sah sie nicht mehr, obwohl sie die Umgebung aus den Augenwinkeln heraus unauffällig zu beobachten versuchte. Es war bereits nach 22 Uhr, als sie sich auf den Heimweg machten. Sie genossen die abendliche Stimmung auf dem Weg die Steigstraße hinunter und den Blick auf das Schweizer Ufer, das wie eine aus Lichtern aufgezogene Perlenkette herüberstrahlte. Touristen bummelten nach dem Abendessen an den beleuchteten Schaufenstern entlang. Ein paar angetrunkene Jugendliche beschlossen lautstark, zum See hinunterzugehen, um zu schwimmen und Party zu machen. Nachdem die Freundinnen beim Fähreparkplatz auf die Straße nach Uhldingen eingebogen waren, wurde es ruhiger. Autos fuhren vorbei. Fußgänger waren kaum unterwegs, bis ihnen aus der Dunkelheit eine Gestalt entgegenkam. Es beschlich sie die Befürchtung, dass es Hagen Reich sein könnte. Rose stieß Dora wortlos mit dem Ellbogen in die Seite und griff nach ihrer Hand. Sie verstummten. Ruhig gingen sie weiter. Sie liefen in der Mitte des Weges, um ihm, je nachdem wo er gehen würde, ausweichen zu können.

Es war Hagen Reich. Er sagte keinen Ton. Er zeigte

genau wie die zwei Frauen, kein Zeichen des Erkennens. Er grüßte nicht. Auch Dora und Rose grüßten nicht. Sie sahen über ihn hinweg. Und dann trat er auf die Straße, obwohl der Fahrrad- und Gehweg breit genug war, um ungestört aneinander vorbeizukommen. Er machte Platz. Er ging ihnen aus dem Weg. Früher hätten sie sich gegrüßt und ein paar Worte gewechselt. Wenn er in Begleitung gewesen wäre, hätte er es sicher auch diesmal getan. Aber er war auf die Straße getreten. Die Selbstsicherheit der zwei Frauen hatte ihn dazu gezwungen. Oder war es sein schlechtes Gewissen? Er ahnte sicher auch, dass Dora über seinen primitiven, gewalttätigen Telefonterror gegen ihre Freundin Rose unterrichtet war. Es war eine eigentümliche Situation. Sie wussten etwas voneinander, das nie ausgesprochen worden war. Sie teilten ein Geheimnis. In diesem Moment explodierte fast spürbar der Hass zwischen ihnen. Eine wirkliche Bombe hätte nicht für größeren Abstand sorgen können. Rose zeigte ihrer Freundin, wie ihre Hand zitterte. Ihre Stimme klang gepresst, als sie sagte:

»Von diesem widerlichen Typen muss ich mich als geile Schlampe und Hure beschimpfen lassen. Ich bin so wütend auf ihn. Ich könnt ihn ohne Hemmung erschlagen.«

Überraschend stand Rose mit ihrer Enkelin Samantha vor Doras Haustür.

»Samantha, du darfst im Wohnzimmer Blättchen von der Wand knibbeln gehen«, sagte Rose und hielt Dora zurück, als diese dem Kind folgen wollte.

»Bei uns zu Hause ist dicke Luft. Iris hat sich mit ihrem Inder...« Sie hielt schuldbewusst eine Hand vor den Mund und verbesserte sich: »Ich weiß! Ich wollte es nicht mehr sagen. Also Iris hatte sich mit ihrem Mann in der Wolle und Peter hat sich eingemischt und natürlich die Partei seiner Tochter ergriffen. Und jetzt schreien sie sich zu dritt an. Ich weiß nicht, um was es geht. Das Kind braucht nicht alles mitzukriegen. Du bist also unsere Rettung.«

»Ich mach uns einen Ringelblumentee, der beruhigt«, sagte Dora und stellte den Wasserkocher an sowie Porzellanbecher, Honig und ein paar Kekse auf ein Tablett. Sie trug alles in den Garten hinaus. Samantha folgte ihnen.

»Sei ein Schatz und pflücke ein paar schöne Blüten für unseren Tee«, forderte Dora das Kind auf.

»Ich glaub, so ein Tee wäre für Mama, Papa und Opa auch gut«, antwortete ihr altklug Samantha und lächelte dabei zuckersüß, wobei ihre dunklen Kirschaugen funkelten.

Dora erzählte Rose, dass Hortense mit dem »neuen Hotel«, in dem sie zurzeit lebte, nicht ganz einverstanden war. Aber mit ihrem neuen Hausarzt, den Andreas ihr empfohlen hatte, war sie sehr zufrieden, ja sogar glücklich. Er hatte ruhig mit ihr gesprochen und ihr zugehört. Hortense vertraute ihm. Er konnte sie problemlos zu einer Untersuchung im Krankenhaus überreden. Er kümmerte sich auch darum, dass sie schnell einen Termin bekamen. Dora würde ihre Tante begleiten.

Rose hatte Samantha versprochen, am nächsten Tag mit ihr in den Freizeitbauernhof, der Reutemühle, zu gehen, um dort einmal wieder Tiere anzuschauen und zu streicheln.

»Wäre das nicht auch was für deine Tante?«, fragte Rose. Dora überlegte kurz und sagte dann:

»Ich glaube, das war gerade eine sehr gute Idee! Nehmt ihr uns mit?«

Das Kind nickte gnädig und Rose lachte:

»Natürlich!«

Dora verständigte das Heim und meldete bei Schwester

Marianne den Ausflug mit ihrer Tante für den nächsten Tag an.

Hortense erwartete sie mit duftig gewaschenem und frisch geschnittenem Haar erwartungsvoll im Aufenthaltsraum. Sie saß zusammen mit Frau Becker auf einem Sofa. Als Dora ihrer Tante ein Kompliment zu dem frischen Haarschnitt machte, nörgelte sie, ihr Starfriseur hätte sie nicht selbst bedient. Er hätte nur sein Personal geschickt und das auch noch in der Person einer Frau. Wo doch Männer, vor allem wenn sie schwul waren, die viel besseren, einfühlsameren Friseure seien. Dora versprach ihr, dafür zu sorgen, dass sie beim nächsten Mal wieder vom Meister persönlich bedient werden würde. Hortense gab sich damit zufrieden und Dora hoffte, dass sie es bis dahin vergessen haben würde. Hortense hatte weder ihre Handtasche noch ihr gewickeltes Schlüsselbundbaby dabei. Anscheinend waren beide aus ihrem Gedächtnis gerutscht. Dora wünschte ihr, dass auch die damit verbundenen Erinnerungen an ihr Zuhause mit den Seidengardinen und den italienischen Stilmöbelkopien denselben Weg gegangen waren.

Sie hatten das Heim gerade ein paar Schritte hinter sich gelassen, als Hortense den Besuch einer Toilette für notwendig fand. Sie kehrten um. Als sie das Haus wieder betraten, fragte Hortense schüchtern und vorsichtig:

»Dürfen wir denn einfach in dieses Haus hineingehen?«

Und Dora fragte sich wieder einmal: Wie lang waren fünf Minuten für die alte Frau? Konnte sie in dieser kurzen Zeit bereits vergessen haben, wo sie gerade hergekommen war? Dora wartete vor der Toilette darauf, dass ihre Tante wieder herauskäme. Nach einer Ewigkeit rief dann Hortense ungeduldig:

»Rosmarie, komm endlich und putz mir den Po.«

Dora ignorierte die Aufforderung. Sie war schließlich nicht Rosmarie. Aber Hortense ließ nicht locker. Mit einem triumphierenden Lächeln im Gesicht verließ sie die Toilette, aber erst nachdem Dora sie sauber gemacht hatte. 75, ja bis fast 80 Jahre konnte ihre Tante problemlos zurück in ihre Vergangenheit reisen, aber fünf Minuten zurück waren nicht möglich. Aber das war nicht jederzeit so. Sie waren gerade dabei, das Haus wieder zu verlassen, als Marc Becker ihnen begegnete. Sie grüßten sich. Er machte Hortense ein Kompliment über ihre schicke Frisur. Für Dora hatte er ein fröhliches Zwinkern in den Augen. Sie dagegen starrte auf seine Krawatte, auf der lauter kleine gelbe Enten auf blauem Grund schwammen. Sie befürchtete rot geworden zu sein. Hortense hatte ihn wie einen alten Bekannten begrüßt. Sie wusste, wer er war.

»Das war der Sohn einer Kundin. Ein sehr bekannter Mann. Er hat einen Doktortitel«, erklärte sie Dora stolz und etwas zu laut.

Dora staunte. Wenn Hortense sich an etwas aus der kürzeren Vergangenheit erinnerte, musste es sehr wichtig für sie sein. Und sie fragte sich, ob der Doktortitel der Anker war, der sich ihr nachhaltig eingeprägt hatte.

Dora hatte eigentlich noch vor Verlassen des Hauses ihre E-Mails checken wollen. Nur, Rose war mit Samantha bereits eine halbe Stunde früher vor der Tür gestanden. Nun hoffte sie, dass am Abend ein paar amüsante und vielleicht aufregende Minuten auf sie warteten.

Bereits auf dem Parkplatz der Reutemühle nahm Samantha die alte Frau, die kaum noch einen Kopf größer als das sechsjährige Kind war, an der Hand. Das Mädchen führte sie fürsorglich und erklärte ihr die einzelnen Tiere. Es zeigte ihr, welche man wie streicheln konnte und bei welchen sie besser Distanz hielt. Hortense trug ein rosafarbenes Poloshirt mit kurzen Ärmeln zu einer dunkelblauen Baumwollhose mit Gummizug im Bund, die Dora neu gekauft hatte. Ihre Tante hatte sie widerspruchslos genommen und angezogen. Die Designermarke hatte überhaupt keine Rolle gespielt. Dora beobachtete entspannt die alte Frau und das Kind, wie sie so völlig zufrieden, Hand in Hand vor ihr herliefen.

Über Hortenses nackten Ellbogen fiel schlaffe, bleiche Haut aus dem Ärmel des Poloshirts heraus und hing über den Knochen faltig herunter. Dora griff unwillkürlich an ihre eigenen Ellbogen. Die Haut war noch nicht darübergerutscht. Die Schwerkraft hatte bei ihr an dieser Stelle noch nicht genügend Macht. Aber so würde es wohl auch bei ihr eines Tages aussehen, vorausgesetzt, dass sie noch 20 Jahre lang leben würde. Im Gesicht hatte ihre Tante immer noch für eine 80-Jährige erstaunlich wenig tiefe Falten. Ich muss sie mal nach ihrer Geheimwaffe fragen, wie sie das geschafft hat, nahm sich Dora vor. Sogleich wurde ihr bewusst, dass sie mit dieser Frage Hortense vermutlich in große Verlegenheit bringen würde. Sie hätte das früher fragen müssen. Es war zu spät.

Als Samantha eine Runde reiten wollte, verzichtete Hortense glaubhaft auf dieses Vergnügen. Sie meinte, dass sie vielleicht doch zu alt dafür sei. In Wirklichkeit traute sie sich nicht. Aber auf eine große Schaukel setzte sie sich und war kaum mehr herunterzubekommen. Erst als sie ihr versprachen einzukehren, war sie bereit mitzukommen. Hähnchenschnitzel mit Pommes und Ketchup bestellten sich beide »Kinder«. Hortense hielt ohne Ermüdungserscheinungen bis zum Spätnachmittag durch. Sie machte alles andere als einen todkranken Eindruck. Über einen extrem hässlichen, großen, alten, dunkelbraunen Ziegenbock musste sie so lachen, dass ihr fast die Luft wegblieb.

»Der sieht genauso aus wie der von meinem Opa!«, prustete sie.

Der Bock war wirklich selten hässlich. Er war so hässlich, dass er alle Blicke auf sich zog. Wäre er schön gewesen, er hätte nicht so viel Aufmerksamkeit bekommen.

Rose hatte den ganzen Tag schon fotografiert und der Ziegenbock musste natürlich auch im Profil und frontal abgelichtet werden. Während Rose Bilder schoss, sagte Dora plötzlich:

»Du, der erinnert mich an jemand! Dich nicht auch?«

»Du hast recht. Den kantigen Schädel habe ich schon mal gesehen. Ich druck das Foto in DIN A4 aus und stecke es ihm in den Briefkasten. Er hat mich lang genug terrorisiert, da kann ich mir auch mal einen Spaß erlauben.«

Die zwei Freundinnen brachen in lautes Gelächter aus. Samantha sah Hortense kopfschüttelnd an und zeigte dann ihrer Großmutter den Vogel.

Es schien, dass alle an diesem Tag ihren ungetrübten Spaß hatten, und sie beschlossen, vor dem Herbst den Reutemühle-Besuch noch einmal zu wiederholen.

Erst am späten Abend öffnete Dora ihre elektronische Post von Marc Becker. Wie zuvor bekam sie einen überraschenden, unerwarteten Schluss für die angefangene letzte Geschichte geliefert und es begann gleichzeitig wiederum etwas Neues.

Macht er sich vielleicht über mich lustig, fragte sie sich. Hielt er sie für verklemmt, weil sie bis jetzt noch nie auf seine Mails reagiert hatte? Selbst wenn sie gewollt hätte, Dora hatte keine Idee wie. Gegenüber seinen fantasievollen erotischen Beschreibungen hätte von ihr jedes Wort stümperhaft, plump geklungen.

Mit blumigen Metaphern umschrieb er, was sie normalerweise als Soft-Pornographie bezeichnet hätte. Dora störte sich oft an dem, was als moderne Literatur galt und nichts anderes war, als derb bis in den letzten Winkel beschriebener primitiver Sex. Seine Texte dagegen knisterten. Wie die Realität funktionierte, musste sie nicht nachlesen. Dazu war sie zu alt und hatte schon zu viel erlebt und erfahren. Aber sie wollte auf keinen Fall, dass der Zauber der unausgesprochenen Beziehung zwischen ihnen sich wie die rosa Schlieren der Flugzeuge an einem Abendhimmel auflöste.

Hortense hatte von Dora Besitz genommen. Täglich, bewusst und unbewusst mit den Problemen ihrer Tante beschäftigt, fragte sich Dora: Zeit, Zeit, was ist Zeit? Je älter sie wurde, desto mehr schrumpfte ihre Restlebenszeit. Geschrumpft war ihr Kontingent auch schon früher, nur da war es ihr nicht so nahegegangen. Dabei hatte sie keine Ahnung, wie lange dieser Abschnitt noch für sie dauern würde. Sie nahm seit Kurzem bewusst das Recht in Anspruch, auch für unwichtige Dinge Zeit zu vertrödeln. Häufig begleitete sie jedoch ein schlechtes Gewissen dabei.

Zeit ist das, was ich nicht mehr habe. Wo geht meine Zeit hin, fragte sie sich fast täglich. Ihr Zeitempfinden schien sich mit zunehmendem Alter zu verändern. Lag es daran, dass sie sich einfach bewusst war, den größten Teil ihres Lebens bereits gelebt zu haben? Das war eine Tatsache, die ihr bei vielen Gelegenheiten ins Gedächtnis gerufen wurde. Mit diesem Gedanken im Hinterkopf wurde Zeit noch wertvoller. Ebenso wusste sie, dass ihr niemand die noch offenen Wünsche an das Leben erfüllen würde. Sie musste sich schon selbst darum kümmern. Fast täglich stellte sie an ihrem Körper neue, oft nur kleine Einschränkungen fest. Bei ihrer morgendlichen Gymnastik, die sie in den letzten Wochen auch immer öfter übersprungen hatte, knarrte es seit Neuestem in den Kniegelenken. Die Bewegungen verursachten ihr keine Schmerzen. Sie kam sich nur etwas steifer und schwerfälliger vor und diese Geräusche aus ihrem Innern waren ungewohnt. Sie würde sich daran gewöhnen.

Der nächste Abbau, der nächste Schwächeschub würde sicher nicht lange auf sich warten lassen und die scheinbare Wichtigkeit des alten Leidens überlagern.

Nun, da ihre Tante in der Nähe lebte, hoffte sie, bald wieder etwas mehr Zeit für sich zu haben. Vorerst schien dieser Wunsch allerdings noch in weiter Ferne zu liegen.

Ihr Sohn Andreas brauchte mal wieder Hilfe. Lucas, der fünfjährige Sohn seiner alleinerziehenden Sprechstundenhilfe Eva Bauer, war plötzlich ernsthaft erkrankt. Er hatte sehr hohes Fieber bekommen und musste zur Beobachtung ins Krankenhaus. Seine Mutter wollte ihn dort nicht allein lassen. Dora fragte sich, wo sind nur all die Väter der vielen Kinder, die von ihren Müttern allein versorgt werden. Man könnte manchmal meinen, das Wunder der unbefleckten Empfängnis hätte sich vermehrt und in die heutige Zeit hinübergemogelt.

Dr. Andreas de Boer brauchte schnelle Unterstützung in seiner Praxis, aber er hätte den Engpass lieber ohne seine Mutter überstanden. Er hatte sie notgedrungen angerufen und wie Dora war, hatte sie alles stehen und liegen lassen und war ihm zu Hilfe geeilt. Gleich nachdem sie die Praxis betreten hatte, bat er sie etwas förmlich in sein Sprechzimmer.

»Bitte schließ die Tür!«, sagte er.

Dabei schaute er sie nicht an. Dora blieb vor seinem Schreibtisch stehen, die Hände in den Taschen ihres weißen Kittels vergraben. Sie war gespannt, was nun kommen würde.

»Mutter, ich bin dir dankbar für deine Hilfe«, sagte er steif. »Aber es geht nicht, dass du meine Patienten, auch wenn es deine Freunde sind, zu dir nach Hause bestellst und sie dann mit irgendwelchen dubiosen Kräutern behandelst. Wie sieht das denn aus? Wie steh ich denn vor meinen anderen Patienten da? Ich komme mir dabei ganz schön dumm vor.«

Den letzten Satz sagte er etwas laut und er klang sehr vorwurfsvoll und auch beleidigt. Dora fühlte sich in keiner Weise schuldig. Sie wusste, was er von ihren Kräutern hielt. Aber sie wusste auch, dass eine Diskussion in diesem Moment sinnlos war. Sie hatten sich oft genug deswegen gestritten. Sie vermied zu lächeln und sagte stattdessen todernst und zerknirscht:

»Tut mir leid. Es wird nicht wieder vorkommen.«

Andreas schaute erstaunt. Der Satz nahm ihm den Wind aus den Segeln. Er hatte sich auf Widerspruch und Verteidigung ihrerseits eingerichtet.

»War's das dann? Können wir arbeiten? Deine Patienten warten!«

Dora strahlte ihren Sohn an. Er lächelte noch etwas gezwungen zurück, aber er lächelte.

Der kleine Lucas wurde nach vier Tagen aus dem Krankenhaus entlassen. Es gab keinen Befund außer Dreitagesfieber. Von einem Tag auf den andern sprang er wieder fieberfrei und munter herum, so als ob ihm nie etwas gefehlt hätte. Die Tagesmutter konnte den Jungen übernehmen und Eva Bauer ihren Dienst in der Praxis.

Dora hatte endlich wieder Zeit, um an ihrer nächsten Baustelle weiterzumachen. Die Wohnung in München musste geräumt werden. Im Moment waren aber andere administrative Dinge wichtiger. Hortense war bis jetzt noch in keine Pflegestufe aufgenommen worden. Das bedeutete, dass die Pflegeversicherung keinen Zuschuss zur Heimrechnung bezahlte. Beim Ausfüllen des Antrages, der an Hortenses Krankenkasse geschickt werden musste, war Dora eine Sozialarbeiterin aus dem Heim behilflich. Die Kasse würde danach einen Vertreter des Medizinischen Dienstes der Krankenkassen beauftragen, Hortense zu besuchen, und die Patientin anhand ihres Zustandes und ihrer momentan noch möglichen Fähigkeiten in eine Pflegegruppe einstufen.

Bis Hortense jedoch eingestuft sein würde, konnten ohne Weiteres Monate vergehen. Die monatlichen Heimkosten lagen bei über 3000 Euro. Die Rente ihrer Tante, die lange selbstständig gearbeitet und in dieser Zeit wie viele andere Selbstständige nur minimale Beiträge einbezahlt hatte, reichte dafür nicht aus. Dora musste schauen, wie sie den fehlenden Betrag ausgleichen konnte. Ab sofort war auch nicht mehr das Vormundschaftsgericht in München zuständig, sondern das Gericht in Überlingen. Dora führte ein langes Gespräch mit dem dortigen Richter. Er machte ihr klar, dass er nicht bereit war, Operationen ohne Überprüfung der Notwendigkeit zuzustimmen. Mit ihm würde es nur noch eine Palliativmedizin geben. Und ohne seine Zustimmung und Unterschrift würde gar nichts gehen.

Er bestellte eine unabhängige Rechtsanwältin, die Hortense besuchte und die versuchte, sich mit ihr zu unterhalten. Dieser Schritt wurde von allen Vormundschaftsgerichten veranlasst, damit nicht ungeduldige Erben einen lästigen Angehörigen gegen seinen Willen irgendwohin abschieben könnten. Bei dem Gespräch mit der Anwältin stellte sich heraus, dass Dora von ihr als ihre große Schwester Rosmarie bezeichnet wurde, über die sie sich beklagte, weil sie sich nicht ausreichend um sie kümmere. Bei der Frage nach ihrem Alter lächelte sie nur schüchtern und verlegen. Sie sagte außerdem, dass sie noch jeden Tag von morgens bis abends im Geschäft arbeite. Die Anordnung für den Aufenthalt in einer behüteten Einrichtung, wie sie vom Vormundschaftsgericht in München ausgesprochen worden war, blieb vorerst aufrechterhalten. In einem Jahr würde eine weitere Prüfung, was die Unterbringung von Frau Meier in einem Heim anbetraf, stattfinden.

Den von der Klinik in München mitgegebene Umschlag mit den ärztlichen Untersuchungsunterlagen reichte Dora, ohne hineinzuschauen, an den neuen Hausarzt weiter. Später ärgerte sie sich darüber. Sie fragte sich, ob in diesen

Berichten wirklich ein lebensbedrohlicher Darmkrebs diagnostiziert und bestätigt worden war.

Hortenses Krankenkasse änderte sich nicht, aber ein anderer Verwaltungsbezirk war nun zuständig und Dora meldete sie um. Und alles war mit viel Zeit verbunden, mit Doras Zeit.

Sie begleitete ihre Tante zur Untersuchung ins Krankenhaus. Es ging um den Darmkrebs, die gefährliche Geschwulst und die angeblich so dringend notwendige Operation und den künstlichen Darmausgang. Der Oberarzt nahm sich persönlich Zeit für die alte Dame. Hortense überschlug sich fast vor Begeisterung und Glück über den freundlichen Professor. Dora brauchte während der Untersuchung das Zimmer nicht zu verlassen. Sie setzte sich im Hintergrund auf einen Stuhl, während der Arzt an der auf einer Liege ausgestreckten Hortense die erste Untersuchung vornahm. Er tastete und tastete auf der Suche nach der großen, lebensgefährlichen Geschwulst, die sich angeblich nah am Darmausgang entwickelt hatte. Wie es schien, suchte der Arzt erfolglos. Dora konnte es an seinem etwas ungläubigen Gesichtsausdruck ablesen.

»Im Moment sieht es besser aus als erwartet. Ich hoffe, dass wir auf einen künstlichen Darmausgang verzichten können«, sagte er vorsichtig.

Dora glaubte, nicht richtig zu hören. Aber Hortense wollte jetzt operiert werden. Der Arzt hatte ihr vollstes Vertrauen. In zwei Tagen wäre ein Bett für sie frei. Nach einer genaueren Untersuchung würde dann entschieden, was für eine Behandlung oder ob überhaupt eine Operation notwendig sein würde.

Nach dieser positiven Nachricht überredete Dora die Tante zu einem Spaziergang in Überlingen an der Uferpromenade entlang. Sie sahen sich eine Ausstellung des Internationalen Bodenseeclubs in der Galerie im Faulen Pelz an. Hortense gab sich interessiert, meinte dann aber:

»Ich weiß nicht, was das alles soll.«

Anschließend gab es Kaffee und Kuchen im Café Walker, bevor Dora Hortense wieder im Heim ablieferte.

Jedes Mal, wenn Dora sich dem Heim näherte, registrierte sie eine ungewohnte Nervosität. Würde sie Marc B. begegnen? Wie würde die Begegnung verlaufen? Und unwillkürlich stellte sie sich ironisch lächelnd die Frage, was für eine Krawatte er tragen würde. Für diesen Tag war ihre Aufregung unbegründet. Es gab sicher noch andere Dinge in seinem Leben, als seine Mutter zu besuchen. Die Mails an sie musste er schließlich auch irgendwann schreiben. Ob er sie irgendwo abschrieb? Aber dafür waren sie zu sehr auf ihre Person bezogen. Waren sie wirklich auf seinem eigenen Mist gewachsen? Schrieb er unter einem Pseudonym erotische Literatur? Das Talent hatte er unbenommen dazu.

Zwei Tage später packte Dora mit Hortense zusammen die silberne New York-Tasche. Das erwies sich als keine gute Idee, weil ihre Tante sich, was die Kleidung betraf, auf ein Hotel und nicht auf ein Krankenhaus einstellen wollte. Sie machte dann aber keinerlei Probleme, als Dora sie im Krankenhaus ablieferte. Sie legte sich ohne Widerspruch in ihr Bett. Dora blieb noch eine Weile bei ihr und Hortense bot ihr großzügig das Nachbarbett für die Nacht an.

Einen Tag später wurde Dora zu einer Besprechung mit dem leitenden Stationsarzt gebeten. Sie und ebenfalls der zuständige Richter mussten über die notwendige Behandlung aufgeklärt werden. Der Richter hatte bereits im Voraus klar gesagt, dass er nur zu lebenserhaltenden Maßnahmen seine Zustimmung geben würde. Experimente würde es bei ihm nicht geben. Dora erschrak, als sich ihr ein Afrikaner aus Nigeria als der zuständige Arzt vorstellte. Sie dachte an ihre fremdenfeindliche Tante, die Ausländer in letzter Zeit großzügig mit dem Schimpfwort »Sauhund«

bedacht hatte. Sie betete, dass Hortense ihre Zunge im Zaum gehalten hatte. Sie musste den Arzt bereits gesehen haben. Er war sehr nett und freundlich. Dora schloss daraus, dass es keinen nennenswerten, peinlichen Vorfall gegeben hatte. Sie hoffte inständig, dass ihre Tante sich und damit auch nicht sie blamiert hatte.

Laut Aussage des Arztes war im Darm ihrer Tante nur eine kleine Zyste und keine bösartige Geschwulst entdeckt worden. Und diese Zyste könnte bereits am nächsten Tag ohne großen Aufwand entfernt werden. Diese Aussage ließ Dora innerlich einmal mehr vor Zorn kochen. Wenn in dem Bericht aus der Klinik in München auch kein Darmkrebs diagnostiziert worden war, dann stand sie jetzt bei diesem Arzt als Wichtigtuerin oder sogar als Lügnerin da. Sie musste sich beherrschen, um nicht etwas Unüberlegtes zu sagen. Sie biss die Zähne zusammen, bis sie vor Wut damit zu knirschen anfing. Sie sprach den Arzt vorsichtig auf den Befund der Münchner Klinik an und auf den angeblich so lebensnotwendigen, künstlichen Darmausgang. Er lächelte vielsagend milde und meinte diplomatisch:

»Manchmal ist nicht alles so klar erkennbar, wie man es gerne hätte.«

Dora dachte an die Worte des Richters, dass er nur für lebenserhaltende Maßnahmen seine Zustimmung geben wird. Was hätte er in diesem Fall gemacht, wenn ein Facharzt sagte, dass eine Operation zur Entfernung eines von Krebs befallenen Stücks Darm und anschließend ein künstlicher Darmausgang überlebensnotwendig wären? Er hätte es sicher ebenfalls geglaubt. Und sie fragte sich: Wie viele unnötige Operationen werden jeden Tag nicht nur an alten Leuten gemacht? Und dann fiel ihr eine Bekannte ein, von der sie ganz sicher wusste, dass ihr Arzt sie mit dem Satz: »Das muss operiert werden«, glücklich gemacht hätte. Der Lebensinhalt dieser Frau war, Krankheiten zu haben. Dora hatte am Anfang noch versucht, ihr zu helfen, sie auf andere Gedanken zu bringen. In der Zwischenzeit wechselte sie, wenn es möglich war, die Straßenseite, um dem ewig gleichen Krankheiten-Geschwätz aus dem Weg zu gehen.

Dora besuchte Hortense einen Tag später und traf sie in ihrem Zimmer nicht an. Mit ihrer Bettnachbarin war sie bereits zu einem Spaziergang unterwegs. Es stellte sich zufällig heraus, dass die Frau, wenn sie gesund war, als Altenpflegerin in Hortenses Heim arbeitete. Dora fragte sich: Gab es überhaupt Zufälle? Als sie die zwei Frauen im Garten entdeckte und wissen wollte, ob die Entfernung der Zyste schmerzhaft gewesen sei, antwortete Hortense empört:

»Ich möcht bloß wissen, wie du wieder auf diese Idee kommst. Da müsst ich doch was davon gemerkt haben!«

Und als sie dann noch dem schwarzen Stationsarzt auf dem Flur begegneten, sagte ihre Tante strahlend lächelnd und charmant:

»Darf ich dir meinen Lebensretter vorstellen?«

Dora nahm an, dass ihr Gesichtsausdruck in diesem Moment etwas dümmlich wirkte.

Am nächsten Tag stieg sie am späten Abend mal wieder die Treppe zur Wohnung ihres Sohnes hinauf und klingelte.

»Kannst du dich noch erinnern, wer ich bin?«, witzelte er zur Begrüßung.

»Kaum«, sagte sie nur und ließ sich mitten in seinem neuerlichen Chaos in einen Sessel fallen.

Also keine Frau für länger, schoss es ihr durch den Kopf.

»Ich hätte mir nie im Leben träumen lassen, dass es so anstrengend sein kann, für einen alten Menschen die Verantwortung zu übernehmen«, sagte sie. »Fünf kleine Kinder sind da einfacher zu versorgen. Nicht von der Zeit her, aber von den Nerven.«

Andreas sagte nichts. Dora seufzte:

»Ich hoffe jeden Tag, dass der Kelch Demenz einmal an

mir und dir vorübergehen wird. Nicht nur, dass die Verantwortung schon schwer genug ist, musst du auch noch mit kriminellen Energien kämpfen. Und was mich die letzte Nacht hat kaum schlafen lassen, das ist die hilflose Wut darüber, wie sie die alte und hilflose Frau als Versuchskaninchen benutzen wollten. Ich hätte gute Lust, die Ärzte anzuzeigen!«

»Was hast du für Beweise? Und was willst du eigentlich?«, sagte ihr Sohn zynisch. »Soll ein Chirurg an kleinen Kindern oder an dir oder mir üben? Dass es nicht nur an Fröschen und Ratten möglich ist, sollte auch dir klar sein. Ich habe auch mal angefangen! Wir Ärzte sind nicht Gott! Wobei ich glaube, dass der Kollege sicher einwandfreie Arbeit abgeliefert hätte. Von ihm hat Hortense sicher keine Gefahr gedroht. Wenn überhaupt, dann von der Belastung durch die Narkose und sonstigen Begleiterscheinungen der Operation.«

»Hör bloß auf!«, schrie Dora zornig und vor Wut schossen ihr die Tränen in die Augen.

»Unser System ist nun mal so, aber jetzt tu nicht so, als ob es etwas ganz Neues für dich wäre. Facharzt in der Chirurgie wirst du erst, wenn du so und so viele OPs hinter dich gebracht hast. Und nicht voll ausgenutzte Operationssäle kosten Geld, das dann woanders fehlt. Also irgendwo muss es herkommen. Krankenhäuser sind keine sozialen Einrichtungen. Es sind wirtschaftlich rechnende Großunternehmen.«

Das sagte ihr Sohn ganz ohne Sarkasmus in der Stimme. Und Dora fragte:

»Wissen das und akzeptieren das am Ende alle? Bin nur ich so blöd und naiv und mache mir Illusionen?«

Andreas blickte zur Decke, zuckte mit den Schultern und sagte nur:

»Wahrscheinlich!«

Dora schoss empört aus ihrem Sessel und wollte Richtung

Tür laufen. Ihr Sohn hielt sie an der Hand fest und zog sie auf ihren Sitz zurück.

»Komm, trink ein Glas Meersburger Grauburgunder mit mir. Ich habe mir vorhin eine Flasche aufgemacht.«

»Ich möcht nur wissen, warum ich nicht hier bleiben kann.«

Hortense nörgelte. Sie war unglücklich. Ihr gefiel es im Krankenhaus. Sie verstand nicht, warum sie es wieder verlassen sollte. Ihre Bettnachbarin hatte sich liebevoll um sie gekümmert. Das Krankenzimmer war zusammen mit ihrer neuen Freundin vermutlich die einzige Konstante in ihrem momentanen Leben. Dora nahm an, dass ihre Tante bereits keine klare Erinnerung mehr an irgendein Zuhause hatte und sich deshalb verloren vorkam und vor dem Unbekannten fürchtete. Das Krankenzimmer kannte sie und alles andere war für sie unvorstellbar. Dora tat es in der Seele weh, zu sehen, wie unglücklich Hortense beim Abschied war. Sie versprach ihr, einen kleinen Ausflug zur Birnau zu machen. Aus ihrer Reaktion schloss Dora, dass sie mit dem Namen der Kirche noch etwas aus ihrer Vergangenheit in Verbindung brachte.

Beim Einsteigen in den Mini bemerkte sie, dass ihre Tante in der Woche, die sie im Krankenhaus verbracht hatte, wieder etwas mehr abgebaut hatte. Zögernd stand sie vor dem Auto und man konnte ihr förmlich ansehen, dass sie darüber nachdachte, wie sie in das Auto hineinkommen sollte. Sie wirkte vollkommen verunsichert. Dora half und erklärte ihr jede Bewegung, die sie machen musste. Den Gurt wollte sich Hortense nicht anlegen lassen. Als Dora ihr zu erklären versuchte, dass die Polizei das verlangte, lächelte ihre Tante spitzbübisch und meinte:

»Ich halt ihn einfach so, dass man denkt, ich bin angeschnallt.«

Später auf dem Weg vom Parkplatz bis zur Kirche hing

sie schwer an Doras Arm. Das Gehen machte ihr sichtlich Mühe. Ganz im Gegensatz zu dem Nachmittag in der Reutemühle, der noch gar nicht so lange her war, als sie an Samanthas Hand vorausgelaufen war. In der Kirche musste sie sich zuerst ausruhen. Und dann sprach sie ganz normal von früher. Sie erzählte wieder die Ablassgeschichte und von den Christmetten, die sie jedes Jahr mit ihren Eltern und der großen Schwester Rosmarie am Heiligen Abend nach der Bescherung besucht hatte. Für Dora war in diesem Augenblick keine Spur von Demenz erkennbar.

Nach dem Verlassen der Kirche blieb Hortense mitten auf dem roten Kopfsteinpflaster-Stern stehen. Sie drehte sich um, legte den Kopf so weit in den Nacken, dass sie zu schwanken begann und Dora sie schnell mit beiden Armen umfasste. Hortense ließ ihren Blick an der rosa Fassade entlang nach oben in den Himmel gleiten und sagte dann:

»In Österreich ist es schon schön.«

Dora antwortete nach einem kurzen Zögern:

»Finde ich auch. Na, dann lass uns mal ins Hotel gehen.«

Dora hatte schlecht und unruhig geschlafen. Am Morgen wünschte sie sich, nicht aufstehen zu müssen. Sie wollte die Decke über den Kopf ziehen und sich einfach darunter verkriechen. Sie wünschte sich, Verantwortung abgeben zu können, und sie wollte nicht darüber nachdenken, was sein würde, sollte ihr das gleiche Schicksal wie ihrer Tante bevorstehen. Dora hatte Angst. Sie kannte diese Anzeichen und wusste, dass sie ganz schnell etwas dagegen unternehmen musste, bevor das schwarze Loch, dem sie gerade bedenklich nahe kam, sich noch vertiefte und noch größer würde und seine Anziehungskraft noch unwiderstehlicher.

Dora fühlte sich nie alt oder jung, nur manchmal müde. Wenn sie sich dann in diese Müdigkeit hineinfallen ließ, hatte sie später ein schlechtes Gewissen, weil sie einen Teil von der ihr noch zugedachten Restlebenszeit, die sowieso jeden Tag schrumpfte, ungenutzt hatte verstreichen lassen.

»So, heute werde ich mich einen ganzen Tag lang nur um mich und sonst um nichts kümmern. Wenn ich es nicht tue, wer sonst sollte es tun?«

Dora machte sich laut Mut. Sie wollte Hortense und die in ihr nagende hilflose Wut auf die stinkende Ratte dort oben in den Reben aus ihrer Welt verbannen. Wenigstens für einen Tag wollte sie sich um ihre Seele und ihren Körper kümmern. Sie kochte sich zuerst einen Kräutertee mit Johanniskraut und Minze aus ihrem eigenen Anbau. Danach verpasste sie sich ein Körperpeeling mit Kaffeesatz von biologisch angebautem und trans-fair gehandeltem Kaffee, bevor sie sich für 90 Minuten in ein Basenbad legte. Anschließend gönnte sie sich von den Haarspitzen bis zu den kleinen Zehen eine Verwöhnkur mit einem luxuriösen Rosenöl. Sie hatte sich das am Morgen versprochen und dann auch durchgeführt.

Als Krönung des Vormittags backte sie einen ungesunden, aber leckeren Zwetschgenkuchen mit dicken, knusprigen, butterigen und viel zu süßen Mandelstreuseln. An seiner ungesunden Tatsache änderte dann auch die Verwendung des braunen Bio-Rohrzuckers nichts mehr. Während sie Butter, Zucker, Mehl und gemahlene Mandeln zwischen den Händen zu Klümpchen knetete, dachte sie an Hortenses Gehirn und auch an ihr eigenes. Zerbröselten sie genauso wie diese Masse? Selbst beim Kuchenbacken war sie nicht in der Lage abzuschalten. Später verschlang sie mit einem dicken Klecks Sahne und einer Kugel Vanilleeis ein viel zu großes Stück des noch warmen Kuchens, obwohl sie genau wusste, dass sie für dieses Vergnügen einen Preis würde bezahlen müssen. Es dauerte dann auch nicht lange und Sodbrennen stellte sich ein.

»Ich bin doch selten blöd«, sagte sie zu sich und ging nach draußen.

Im Garten zwinkerten ihr unter den gelben Rosen zwischen den silbrigen, blau blühenden Lavendelpflanzen kleine, dunkelrote Walderdbeeren entgegen. Sie glänzten fast überreif. Dora steckte sich eine Handvoll der prallen, sonnenwarmen, unvergleichlich aromatischen Früchtchen in den Mund. Es schien, als ob sie Aroma von den sie umgebenden Lavendelpflanzen angenommen hätten. In Dora stieg plötzlich die Erinnerung an den Duft neugeborener Babys auf. Es waren ihre Hände gewesen, die die kleinen Körper als Erste berührt hatten. Noch vor ihren Müttern hatte sie die kleinen Menschlein im Arm gehalten. Sie dachte an die zarte Haut und den Geruch. Nichts roch so gut wie ein frisch gewickeltes Baby und nichts schmeckte so gut wie reife, sonnenwarme Walderdbeeren. Manchmal überkam sie noch der Wunsch, ein Neugeborenes im Arm zu halten und ihren Mund und die Nase auf einen kleinen nackten Bauch zu drücken. Die Zerbrechlichkeit und die Zartheit der Haut eines »Frischlings« setzten sie auch nach vielen Jahren immer noch in Erstaunen.

Ohne besonderen Anlass dachte sie an die Geburt von Rainer Reich. Er war schnell und unkompliziert zur Welt gekommen, gerade so, als ob er keine Schwierigkeiten hatte machen wollen. Warum nur hatte er sein Leben so sinnlos weggeworfen? Sie kochte innerlich einmal mehr vor hilfloser Wut und unendlicher Trauer. Dort oben am Hang hockte dieser widerliche Hagen, genoss sein Leben und tyrannisierte immer noch seine Umwelt. Warum konnte man ihm nicht das Handwerk legen? Warum fiel ihr nichts dazu ein?

Im Garten, direkt am Wasser, auf einer der alten vom

Wetter gegerbten Holzliegen machte es sich Dora, nur mit einem großen Badetuch bedeckt, bequem und versuchte, ihre Gedanken in andere Bahnen zu leiten. Die lanzenförmigen Blätter des Maronibaumes zitterten im Wind, der vom See her wehte und die Hitze erträglich machte. Die Blätter warfen bizarre Schatten auf ihre nackten Arme und Beine. Ein Windstoß ließ getrocknete Blütenspaghetti auf sie herunterregnen. Segelboote schwammen wie hingetupfte weiße Farbkleckse draußen auf dem See und es roch nach Wasser und Sommer.

Die Ausläufer von Fähren und anderen größeren Schiffen klatschten in Wellen gegen den Steg und die Mauer. Die Geräusche lullten sie ein. Dora döste vor sich hin. Aus Richtung des Fährhafens drang gedämpft Möwengeschrei herüber. Warum konnte das Leben nicht immer so friedlich sein, fragte sie sich und gleichzeitig wusste sie auch schon die Antwort. Sie wäre vermutlich vor Langeweile gestorben oder würde sich sofort auf eine neue Aufgabe stürzen. Es gab ja noch so viele Baustellen, die ihrer Hilfe bedurften.

Plötzlich hatte sie das Gefühl, nicht mehr allein zu sein. Sie war ganz sicher, dass hinter ihr noch jemand war. Sie blinzelte. Über dem Fußende ihrer Liege geigte ein Schwarm Mücken. Sie spürte die Flasche mit dem Hautöl, die, als sie einnickte, zwischen ihre Schenkel gerutscht war. Sie brauchte ihre Hand kaum zu bewegen, um die körperwarme Glasflasche mit den Fingern fest zu umschließen. Keine besonders gute Verteidigungswaffe, aber besser als nichts, dachte sie und drehte sich mit einem Ruck um. An die Hausmauer gelehnt hockte Annika mit einer Tasche auf den Knien. Sie war dabei, etwas in ein Heft oder Buch zu schreiben. Das Mädchen war bei Doras schneller Bewegung aufgeschreckt. Sie entschuldigte sich schuldbewusst und hoffte, dass sie nicht gestört hatte.

»Meine Mutter ist nicht zu Hause und da dachte ich, ich mach solange hier meine Hausaufgaben.«
»Hast du deinen Schlüssel vergessen?«, fragte Dora.
»Nein, eigentlich nicht«, gestand Annika zögernd.
»Und was ist eigentlich nicht?« Dora war neugierig.
»Ich will erst nach Hause, wenn Mama wieder da ist.«
»Dass das aber dauern kann, das weißt du schon?«
»Wenn ich Sie nicht störe, würde ich gerne hier warten.«
»Natürlich störst du mich nicht«, sagte Dora und dachte, das ist meine nächste Baustelle.
»Gib es zu, du willst dem Herrn Reich nicht in die Arme laufen!«
»Ja«, gestand Annika zögernd. »Der geht mir mächtig auf den Sack. Auf dem Heimweg habe ich seine Frau gesehen, wie sie in das Elektrogeschäft ihrer Freundin gegangen ist. Und wenn sie nicht da ist, ist er wie die Krätze, einfach ätzend.«
»Komm, erzähl mal, was leistet er sich so? Vielleicht kann ich dir helfen.«
Dora konnte den Zorn, der erneut in ihr aufstieg, körperlich spüren, versuchte aber cool zu wirken. Annika druckste zuerst etwas herum, erzählte dann aber doch:
»Gestern hat er mich gefragt, ob ich noch Jungfrau bin. Und neulich wollte der geile Alte doch wissen, welche Körbchengröße ich habe. Und ob ich mit Schaumgummi auspolstere.«
»Hast du das deiner Mutter gesagt?«
Dora wirkte sachlich.
»Nee, die explodiert doch gleich. Und dann müssen wir eine andere Wohnung suchen. Ich halt ihn mir schon vom Hals. Er quatscht doch nur dumm. Wenn er mich anfasst, trete ich ihm in die Eier.«
Dora musste bei der Vorstellung, dass dieser magere Hering gegen den stählernen Hagen antreten wollte, alles andere als lachen.

»Ich habe ihn schon lange auf dem Kieker. Jetzt ist er für mich fällig. Ich verspreche dir, der wird dich in Zukunft in Ruhe lassen.«

Dora sagte es glaubhaft.

Das Öl auf ihrer Haut war eingezogen. Sie zog sich ein altes T-Shirt-Kleid an und überredete Annika, mit ins Haus zu kommen und bei der Vernichtung des Kuchens und einem Rest Vanilleeis mitzuhelfen, was sie auch sichtlich gerne tat. Als sie kurz danach zur Toilette ging, schlich Dora ihr nach und lauschte an der Tür. Alle Geräusche, die sie hörte, klangen normal.

Sie begleitete das Mädchen noch bis zu seiner Haustür. Hagen Reich war nirgends zu sehen. Anschließend lief sie noch über die Straße und besuchte Zieglers. Rose und Peter waren gerade beim Abendessen. Dora kochte immer noch vor Zorn und die Freunde waren, nachdem sie die Geschichte von Annika gehört hatten, genauso aufgebracht.

»Das darf doch nicht wahr sein«, sagten Peter und Rose, wie aus einem Mund. »Eigentlich müsste man etwas gegen ihn unternehmen. Aber was?«

»Wir erteilen ihm eine Lektion«, beschlossen die zwei Frauen.

Peter druckte ihnen den hässlichen Kopf des alten Ziegenbocks von der Reutemühle, in DIN-A4-Größe aus und Rose schrieb auf die Rückseite:

Du widerlicher, alter, stinkender Bock, wir warnen dich und das nur dieses eine Mal.

Wir haben so viel Beweismaterial gegen dich in der Hand, dass selbst ein Hund keinen Bissen mehr von dir annehmen wird, wenn wir es verbreiten. Es springt sicher auch noch ein bisschen Gefängnis für dich raus. Bis jetzt haben wir geschwiegen, um deine Frau zu schonen. Ab sofort ist die Schonzeit vorbei.

Du wirst in Zukunft keine Frau mehr, und vor allem nicht Annika, dumm anquatschen und belästigen, geschweige

denn, es wagen, sie mit deinen dreckigen Fingern jemals anzufassen.
Das ist keine leere Drohung.
Hüte dich vor alten Weibern!
Sie steckten die Botschaft in einen großen Umschlag und adressierten ihn an Hagen Reich. Klara würde nie einen Brief aufmachen, auf dem der Name ihres Mannes stand.
»Er wird wissen, von wem die Drohung ist. Aber das soll er ja auch. Und ich verwette meine Tante darauf, dass er viel mehr Dreck am Stecken hat, als wir ahnen. Aber das weiß er ja nicht.«
Dora stellte sich Hagen Reichs wütendes Gesicht vor, wenn er die Nachricht lesen würde. Es tat ihr gut und nahm ein klein wenig ihrem Zorn die Spitze. Sie war sich bewusst, dass der Brief nicht mehr war als eine kleine Drohung. Sie hoffte, dass sie Hagen Reich in Bezug auf Annika damit ausbremsen würden. Auf dem Weg nach Hause steckte sie die Post gleich persönlich in Reichs Briefkasten.

Nach Mitternacht zog ein starkes Gewitter auf. Dora war aufgestanden und stand eine Weile zwischen Furcht und Bewunderung schwankend am Fenster, um dieses überwältigende Schauspiel zu betrachten. Über dem See zuckte ein Blitz nach dem anderen in rascher Folge und setzte Wasser und Wolkenberge überwältigend in Szene. Donner grollte und einmal musste ein Blitz ganz in der Nähe eingeschlagen haben. Es hätte sogar im Maronibaum sein können, so laut krachte es. Auch nachdem das Gewitter abgezogen war, konnte Dora nicht mehr schlafen. Sie wälzte sich in ihrem Bett hin und her und überlegte, was sie in Sachen Annika unternehmen könnte. Was würde dem unberechenbaren Hagen noch alles einfallen? Drohte dem Mädchen am Ende wirklich eine Gefahr? Würde er handgreiflich werden? Sollte sie mit Annikas Mutter reden?

Sie beschloss, dass es an der Zeit war, den losen Kontakt, den sie zu Kerstin Fischer hatte, etwas zu intensivieren. Dora war nie absichtlich auf Distanz zu Annikas Mutter gegangen. Sie war ihr gegenüber nur zurückhaltend. Sie wollte auf keinen Fall ihrer jungen Nachfolgerin, die sicher eine etwas andere Ausbildung als sie selbst vor bald 40 Jahren genossen hatte, das Gefühl geben, sie zu belehren. Aus der Situation von Erfahrung und Alter hätte ein Satz zu viel bereits so aufgefasst werden können. Außerdem stand sicher auch das Ossi-Wessi-Verhältnis, wenn auch nie ausgesprochen, zwischen ihnen. Es war Dora, die Angst hatte, falsch verstanden zu werden oder gar überheblich zu wirken. Wenn sie mit Kerstin Fischer sprach, hatte sie das Bedürfnis, jedes Wort auf die Goldwaage zu legen. Wobei ihre Nachfolgerin ihr nie das Gefühl gegeben hatte, überempfindlich zu sein.

Ein kleines Fest wäre ein netter, unverfänglicher Anlass, sich mal wieder privat zu treffen und zu unterhalten. Dora beschloss, ein Gartenfest zu veranstalten und ein paar nette Leute dazu einzuladen. Bei einem Fest ergab sich sicher die Gelegenheit, ganz unverbindlich mit Kerstin Fischer zu plaudern. Bei jedem Gespräch konnte man etwas erfahren, vorausgesetzt man hörte nur richtig hin. Man konnte eine Botschaft weitergeben, ohne etwas direkt und plump anzusprechen. Dora war Meisterin im Hinhören. Mit dem »durch die Blume sprechen« hatte sie es nicht so. Ihre Direktheit stand ihr oft im Weg.

Mit sich und ihrer Idee zufrieden wollte sie noch, bevor sie ihren Plan weiter verfolgte, eine Runde im See kneipen. Früher, vor ihrem Infarkt, war sie den ganzen Sommer über fast täglich, egal wie warm oder kalt das Wasser war, in den See hinausgeschwommen. Jetzt sah es ihr Sohn nicht mehr gern. Ja, er hatte es ihr direkt verboten. Er meinte, dass das Risiko zu groß wäre und sie jederzeit draußen auf dem See wiederum einen Infarkt erleiden könnte und dort niemand wäre, um ihr zu helfen. Es hatte Vor- und Nachteile, wenn man einen Arzt im Haus hatte.

Der Himmel war noch wolkenverhangen, als Dora unter dem triefenden Maronibaum hindurch zum See hinunterlief. Dabei wäre sie fast mit dem Kopf gegen etwas gestoßen, das mit einer breiten, schlaffen, nassen, roten Schleife versehen im Baum hing. Beim genauen Hinsehen entpuppte sich das Bündel als toter Rabe, der wie ein Geschenk mit einem roten Seidenband aufgehängt war. Dora wusste sofort, dass dies eine Botschaft war und von wem diese Nachricht stammte. Eigentlich hätte sie damit rechnen müssen, dass der widerliche alte Bock ihre und Roses Drohung nicht ohne Retourkutsche schlucken würde. Aber mit einer so schnellen Reaktion hatte sie nun doch nicht gerechnet. Der Rabe war erschossen worden. Hagen war im Schützenverein. Schießen konnte er. Dass er ein Gewehr im Haus hatte, wusste fast jeder, der ihn näher kannte, und dass er manchmal auf Vögel schoss, hauptsächlich auf Stare, die im Spätsommer wie schwarze Wolken über die reifen Trauben kurz vor der Lese herfielen, wusste vermutlich auch eine ganze Reihe von Leuten.

Aber wie ist er so schnell an den Raben gekommen, fragte sich Dora. Hortete er tote Vögel in seiner Tiefkühltruhe? Was versteckte er sonst noch darin? Groß genug war sie ja, um außer einer Leiche auch noch einen ganzen Schwarm Vögel darin aufzubewahren. Dora machte sich bewusst, dass sie auf keinen Fall den Fehler begehen durfte, den Mann zu unterschätzen. Wann und wo ist bei dem etwas aus dem Ruder gelaufen, fragte sie sich. Jedes Ereignis, jeder Gedanke, jede Tat war Doras Meinung nach die Folge eines vorhergegangenen Ereignisses oder eines

Gedankens. Alles hatte Wurzeln irgendwo in der Vergangenheit. Aber wie schlecht oder schlimm diese auch war, ab einem bestimmten Alter sollte jeder erwachsene Mensch seine Probleme in Griff bekommen. Sie hatte für Hagen nur Verachtung übrig.

Allerdings zeigte seine schnelle Reaktion, dass er nun sie im Visier hatte. Für ihn hatte sie sich zwischen ihn und das Objekt seiner Begierde gestellt. Sie war sicher, dass der tote Vogel nicht seine letzte Botschaft sein würde. Jetzt herrschte offener Krieg zwischen ihnen. Die Frage war, wie weit er gehen würde. Sie war nicht schreckhaft. Sie hatte ihre Nase schon in ganz andere Dinge gesteckt und auch bereits einiges einstecken müssen.

Dora zog Gartenhandschuhe an, schnitt das Tier ab, grub ein Loch unter einem Rhododendron und vergrub den steifen Vogel. Danach beschloss sie, die Warnung ihres Sohnes zu ignorieren und heute ein Stück in den See hinauszuschwimmen. Dabei würde ihr Kopf frei werden und es gab hoffentlich Platz für neue Überlegungen. Früher hatte sie es geliebt, direkt aus dem Bett, noch vor dem Frühstück, eine Runde zu schwimmen. Das Wasser hatte in der Nacht abgekühlt. Sie musste sich überwinden einzutauchen. Sie musterte ihre Umgebung sehr gründlich, bevor sie kurz untertauchte. Vielleicht war ja Hagen Reich irgendwo unterwegs. Sie wollte nicht unversehens unter Wasser gezogen werden oder von einem Boot aus einen Schlag auf den Kopf bekommen. Sie war wohl doch besser etwas vorsichtig in nächster Zeit. Dora registrierte mit Bedauern, dass er also doch mit dem toten Vogel etwas erreicht hatte. Sie war unsicher geworden, aber nicht ängstlich. Sie verbannte die negativen Gedanken aus ihrem Kopf und konzentrierte sich auf das immer wieder unbeschreibliche Glücksgefühl, das sie hatte, wenn sie vom Wasser getragen auf den See hinausschwamm.

Rose rief an und fragte, ob Dora keine Lust hätte, rüber zu kommen, sie säßen im Garten und warteten darauf, dass es dunkel würde und in Konstanz das Feuerwerk anlässlich des Seenachtsfestes begann. Dora war müde. Sie wollte nicht. Sie war in letzter Zeit oft müde, so als ob sie körperlich schwer arbeiten würde. Rose drängte nicht weiter.

Den ganzen Nachmittag waren Boote und Schiffe aller Größen auf dem See und vor allem vor Konstanz aufgefahren. Der Himmel war bewölkt, aber das musste nichts heißen. Jeder hoffte, dass das Wetter halten würde. Harry Röhrle, der SWR-Wetterfrosch vom Tage, wollte sich nicht festlegen, machte aber Hoffnung.

Als es dunkel wurde, schob Dora ihren Teakholz-Liegestuhl in eine geschützte Ecke außerhalb des Schattens des Maronibaumes. Er sieht schäbig aus und müsste dringend geölt werden, dachte sie. Mit einer Wolldecke und einem Glas Bermatinger Rotwein war sie für das, was kommen würde, gerüstet. Sie lag nicht weit vom Seeufer entfernt, nahe den locker gepflanzten Sträuchern, die eine natürliche Grenze zu den Schmieders hinüber bildeten. Dora hatte ihren eigenen privaten Logenplatz mit freier Sicht auf den See und das Konstanzer Ufer.

Während es langsam dunkel wurde, die alltäglichen Umweltgeräusche wie durch Watte gedämpft und das Plätschern der Wellen sie entspannen ließen, drangen von der Terrasse der neuen Nachbarn fremde Stimmen herüber. Eine Frauenstimme mit unverkennbarem Wiener Dialekt und die eines Mannes, Dora vermutete aus Italien, ließen sie aufhorchen. Anne Schmieder nannte die Frau Steffi und den Mann Bruno. Dora wollte nicht lauschen. Aber sollte sie rufen, sprecht leiser, ich kann sonst mithören? Um aufzustehen und sich einen anderen Platz zu suchen, dazu war sie zu faul. Das Gespräch drehte sich überwiegend um das Kind der Besucher, einen Jungen, der Kleinotto genannt wurde. Wer nennt denn heute noch sein Kind Otto, fragte sich Dora. Aber mit diesem Namen würde es sicher einmal keine fünf anderen Jungs in seiner Klasse geben. Das hatten sie und Alexander, als sie ihren Sohn Andreas tauften, auch nicht erwartet.

Dann sprachen sie über Hühner und die steigende Nachfrage nach Bio-Eiern. Wie gut sich der zweite Hühnerstall amortisierte und über das Unglück von vor zwei Jahren, das sich im Nachhinein als positiver Anstoß für eine Weiterentwicklung herausgestellt hatte. Dora versuchte, sich ein Bild von den zwei Menschen und dem Kind zu machen, von denen sie nur die Stimmen und Vornamen kannte. Sie schlief darüber ein.

Als sie aufwachte, hatte sie das Gefühl, irgendwo aus einer Untiefe, einer anderen Welt heraufzusteigen. Es war finstere Nacht. Es dauerte eine Weile, bis sie wusste, wo sie war und warum sie auf einer Liege im Garten geschlafen hatte und fror. Zwischen schnell ziehenden Wolkenfetzen tauchten sternenübersäte Ausschnitte auf dem nächtlichen Himmel auf. Außer dem leisen zischenden Plätschern des Sees war nichts zu hören. Dora lag still. Ihre Augen gewöhnten sich an die Dunkelheit und sie versuchte, ihren Geist in die Gegenwart zu bringen. Sie musste das Feuerwerk mit seinem Lärm und Geknalle verschlafen haben. Ihr war kalt. Sie fragte sich, wie spät es wohl war und wie lange sie geschlafen hatte.

Und dann nahm sie ein irgendwie verstohlenes, näherkommendes Geräusch wahr. Es hörte sich an wie das vorsichtige Eintauchen eines Ruderblattes. Sie war sich nicht sicher, aber dann sah sie die verschwommenen Umrisse eines Bootes, das sich aus der Dunkelheit schälte und auf ihr Grundstück zufuhr. So wie die Ruder vorsichtig und langsam ins Wasser getaucht und durchgezogen wurden, lag etwas Verstecktes, etwas Verbotenes in den Geräuschen. Sie dachte sofort an Hagen Reich. Was hatte er vor? Richtig erkennen konnte sie niemanden. Aber wer, außer ihm, sollte mitten in der Nacht ihr Grundstück ansteuern? Ihr Herz schlug wild. Renn weg, sagte ihr Instinkt. Sie fror plötzlich nicht mehr.

Sie blieb wie gelähmt und gleichzeitig neugierig und bewegungslos liegen. Eine Stechmücke flog sirrend um ihr Gesicht und ließ sich dann auf ihrer rechten Backe nieder. Sie hatte das unbändige Verlangen zuzuschlagen. Das Boot stieß leise, dumpf gegen den Steg. Dora wurde gestochen. Sie wartete darauf, dass der unheimliche Besucher aussteigen würde. Was würde er tun, wenn er sie entdeckte? Konnte er sie sehen? Eigentlich müsste er sie bereits entdeckt haben. Sie konnte ihn ja auch sehen. Jede ihrer Muskeln war angespannt. Sollte der ungebetene Besucher auch nur Anstalten machen, aus seinem Boot zu steigen, sie würde sofort aufspringen und ins schützende Haus rennen. Es stieg niemand aus. Sie war sicher, dass es ein Mann war. Aber es war zu dunkel, als dass sie mit 100-prozentiger Sicherheit hätte sagen können: Es ist Hagen Reich.

Nach einer Weile, ihr kam es wie eine Ewigkeit vor, bewegte das Boot sich so vorsichtig, wie es angefahren gekommen war, zurück auf den See und verschwand aus ihrem Blickfeld hinter einem Busch in Richtung Schmieders und Zieglers Grundstücke. Dora packte ihre Decke und rannte, so schnell sie konnte, ins Haus und schlug die Tür hinter sich zu. Sie machte kein Licht. Sie verbrachte den Rest dieser Nacht schlaflos bei geschlossenen Fenstern und nahm sich vor, gleich nächste Woche Gardinen zu kaufen.

Mehrmals die Woche besucht Dora ihre Tante Hortense im Heim. Wenn das Wetter und ihre Zeit es zuließen, fuhr sie die paar Kilometer am See entlang mit dem Fahrrad.

Es war ein eher grauer als blauer Tag. Trotzdem beschloss sie, mit dem Rad zu fahren. Des Sommers ganze Fülle war dabei, seinen Höhepunkt zu überschreiten. Der Maronibaum hatte sich mit kleinen grünen Igeln geschmückt. Die Esskastanienernte könnte in diesem Jahr wieder gut ausfallen. Es lag manchmal bereits eine Ahnung von Herbst in der Luft. Der Radweg am Seeufer entlang war nicht mehr überfüllt. Das Radfahren machte wieder Spaß. Dora beschloss, vor der Birnau, einem ihrer Lieblingsplätze am See, eine kurze Rast zu machen. Sie liebt es, mit dem rosa Barockgebäude im Rücken zu stehen und auf den See hinauszusehen und sich in Gedanken, ob sie wollte oder nicht, mit Marc B. zu beschäftigen. Er schlich sich immer häufiger und intensiver in ihre Welt.

Ein paar Segelboote waren unterwegs und die Mainau war zum Greifen nah. Für Hortense hatte sie eine Tafel ihrer Lieblingsschokolade in der Tasche. Ihre Tante beklagte sich immer öfter über das Personal. Sie glaubte sich noch in ihrem Beruf und nicht genug respektiert als Chefin. Sie hatte ihr ganzes Leben lang von jedem die ganze Aufmerksamkeit gefordert. Sie war immer eine freundliche Frau gewesen, dabei sehr bestimmt und mit einer unterkühlten Herzlichkeit. Weil Dora, wie Hortense es ihr aufgetragen hatte, kein Machtwort mit dem Personal gesprochen hatte, war sie manchmal mit ihr beleidigt und schmollte. Die Schokolade war dazu da, sie von ihren Nörgeleien abzulenken.

Auf dem Parkplatz vor dem Heim stand der Kombi von Marc B. Doras erster Gedanke war: Was hat er heute für eine Krawatte an? Und sie sagte leise:

»Dora, du bist blöd!«

Sie holte tief Luft und klingelte an der Abteilungstür. Hortense schien an diesem Tag mit ihrer Kundschaft und dem Personal zufrieden zu sein. Sie saß neben Marc Becker am Tisch und strahlte ihn mit großen Augen und roten Backen an. Er trug einen hellgrauen Anzug mit dunkelgrauem Hemd und dazu eine schwarzgrundige Krawatte mit lauter winzig kleinen Fußbällen darauf. Dora setzte sich ihnen gegenüber und sie plauderten Belangloses. Schwester Marianne servierte Kuchen für die Bewohner und Kaffee für alle. Dora sah Marc in die Augen und hielt einen Moment den Atem an. Er lächelte ihr zu, während er irgendwelche Worte mit den alten Damen redete. Dora verabschiedete sich fast überstürzt. Sie glaubte, die wie elektrisch aufgeladene Situation kaum noch ertragen zu können. Draußen schwankte sie, sie wusste nicht, ob sie auf ihn warten sollte. Oder sollte sie doch besser schnell davonfahren? Ich bin doch nicht auf der Flucht, beruhigte sie sich und trödelte auf dem Weg zu ihrem Fahrrad, aber er folgte ihr nicht.

Am Wochenende war Weinfest und die Altstadt hoffnungslos überlaufen. Am Spätnachmittag machte Dora zusammen mit Zieglers einen Zug durch die Gemeinde. Gleich zu Beginn stießen sie auf Hagen und Klara Reich. Sie hatten bereits einen Platz gefunden. Im Gedränge winkte Rose zu Klara hinüber, aber Peter zog sie weiter.

»Ich bin sicher, Klara ruft morgen an und fragt, warum wir uns nicht zu ihnen gesetzt haben. Was soll ich ihr denn sagen? Sie wird sicher gekränkt sein.«

Rose hatte ein schlechtes Gewissen und Dora konnte es nicht fassen.

»Ja, geht's noch!«, sagte sie entrüstet. »Du weißt, dass

dieses Monster dich über Monate hinweg aufs Schlimmste beleidigt, belästigt und bedroht hat. Und du hast ein schlechtes Gewissen, weil du dich nicht neben ihn setzt und freundlich mit ihm plauderst? Das darf doch nicht wahr sein!«

Dora war empört. Was hatte der Mann angerichtet!

Peter hatte in der Zwischenzeit Schmieders, die neuen Nachbarn, entdeckt. An ihrem Tisch rückten alle auf ihren Bänken zusammen und sie quetschten sich dazwischen. Als kurze Zeit später Hagen und Klara vorbeischlenderten, gab es für sie wirklich keine Möglichkeit mehr, sich noch dazuzusetzen. Klara hatte ihr langes Haar im Nacken zu einem Zopf geflochten. Es stand ihr und ließ sie jünger und weniger hexenhaft aussehen. Dora lud die Nachbarn zu ihrem geplanten Gartenfest ein und bekam die erste Zusage.

Bevor die Betrunkenen überhandnahmen und solange es eigentlich noch schön war, machten sie sich zusammen auf den Heimweg.

Am Sonntag mied Dora Meersburg. Sie besuchte auch ihre Tante nicht. Berge von Wäsche, hauptsächlich von Hortense, warteten auf sie und dazwischen versuchte sie, im Garten wenigstens oberflächlich Ordnung zu schaffen. Er sah in diesem Jahr überall etwas verwahrlost aus. Am Abend, nachdem sie ihren Sohn hatte nach Hause kommen hören, klingelte sie bei ihm, um ihn nach seiner Meinung zu ihrem geplanten Gartenfest zu fragen. Es war ihr wichtig, ihn mit einzubeziehen. Sie erzählte ihm, was sie von Annika über Hagen Reich erfahren hatte.

»Der gehört doch weggesperrt«, war aber auch seine empörte Reaktion.

»Es gibt keinen Beweis gegen ihn. Es steht doch nur Annikas Wort gegen seines. Ich hoffe, dass er sie in Zukunft in Ruhe lassen wird. Wir haben ihn gewarnt. Wir sollten vielleicht den Kontakt auch mit ihrer Mutter etwas enger halten.«

Dora argumentierte überzeugend. Sie wusste, dass ihr Sohn Annikas Mutter Kerstin Fischer, die neue Hebamme, nicht gerade mochte. Sie war ihm fremd, zu esoterisch und er empfand sie gleichzeitig als sehr selbstsicher. Wenn er von ihr sprach, nannte er sie:

»Deine Nachfolgerin, die nächste Kräuterhexe!«

»Wir laden dein Praxisteam mit Partnern dazu ein, die Nachbarn und die vier Zieglers mit dem Kind. Meine vernachlässigten Freundinnen Lore, Erika und Ingrid würde ich auch einladen, obwohl, so wie ich die kenne, haben sie vielleicht schon was mit ihren Männern vor. Am Wochenende sind die doch immer unterwegs. Lore hat sicher Führungen in der Burg, aber für etwas Gutes vom Grill wird sie am Abend gern vorbeikommen. Ich frage Annika, ob sie sich um die Samantha von Zieglers und den Lucas von deiner Eva Bauer kümmert, und bei der Gelegenheit laden wir die Kerstin, ihre Mutter, mit ein und hoffen, dass sie frei hat. So sieht doch alles unverfänglich aus und wir haben ein Gartenfest. Außerdem ist es eine gute Gelegenheit, unsere neuen Nachbarn, die Schmieders, besser kennenzulernen. Wenn wir jetzt nicht Nägel mit Köpfen machen, ist der Sommer vorbei. Ich frag Frau Lindenmaier, ob sie mir hilft. Ihr Mann wird uns hoffentlich so wie letztes Jahr den Grillmeister machen und den Rest lasse ich vom Partyservice des Bermatinger Metzgers kommen. Du brauchst dich außer um die Gäste um nichts zu kümmern.«

Begeisterung sah zwar anders aus, aber Andreas nickte ergeben.

»Und wen möchtest du einladen? Ich würde mich freuen.«

Dora spielte darauf an, dass ihr Sohn um seine Freundinnen gern ein Geheimnis machte. Seine Antwort war stummes Augenrollen.

Ihren bereits beschlossenen Termin am Wochenende der kommenden Woche akzeptierte er ergeben. Dora machte sich an die Planung und die ersten Vorbereitungen. Die Einladungen sprach sie persönlich und telefonisch aus. So wusste sie gleich, dass außer zwei ihrer Freundinnen, die bereits, wie sie angenommen hatte, verabredet waren, niemand absagte. Alle hatten Zeit, auch Kerstin Fischer. Frau und Herr Lindenmaier würden sie unterstützen.

»Jetzt sollte man noch schönes Wetter bestellen können«, flüsterte sie.

Sie war auf dem Weg in den Garten. Mitten auf dem Weg blieb sie stehen, sie hatte völlig vergessen, warum sie gerade jetzt hier stand. Was hatte sie vorgehabt? Von einer Sekunde auf die andere waren ihre Gedanken aus ihrem Kopf gerutscht. Es war, als hätte sich eine zähe, geleeartige, neblige Masse vor ihre Absicht geschoben. Ihre Gedanken liefen in letzter Zeit immer öfter in die Leere. Wenn sie allerdings hartnäckig bei deren Verfolgung blieb, tauchten sie nach kurzer Zeit wieder auf. Es war so, als probierten sie nur aus, ob sie wirklich in das Vergessen entlassen worden waren. Der neblige Vorhang wurde transparent und Dora wusste wieder, warum sie auf dem Weg im Garten stand. Für ihren Salat hatte sie eine Handvoll junger Gierschblätter holen wollen. Giersch war das hartnäckigste Unkraut in ihrem Garten.

»Wenn du dich nicht ausrotten lässt, wirst du eben gegessen«, drohte sie laut, aber erleichtert.

Auf dem Weg zu ihrer Tante im Heim machte Dora wieder Halt bei der Birnau. Es gab ihr einen kleinen Aufschub vor einer eventuellen Begegnung mit Marc B. In der Stille der Kirche, abseits des Honigschleckers, wollte sie mal wieder über die Situation nachdenken. Wie sollte sie sich verhalten, wenn sie ihm vielleicht gleich begegnete? Sie kam zu keiner Lösung. Sie beschloss, es darauf ankommen zu lassen. Ihre Aufregung stellte sich als überflüssig heraus. Marc Becker war nicht da und kam auch an diesem Nachmittag nicht mehr. Sie ertappt sich dabei, wie sie jedes Mal, wenn die Tür aufging, aus dem Augenwinkel heraus versteckt neugierig hinübersah. Sie hörte Hortense auch nur auf einem Ohr zu, als ihr diese erzählte, dass einer der Mitbewohner nachts in ihr Zimmer gekommen war und versucht hatte, sie zu erwürgen.

»Er wollte mich umbringen.«

Sie sagte es empört, aber es klang fast schüchtern. Dora sah sich den noch verhältnismäßig jungen Mann genauer an. Mit »jung« meinte sie, dass er in ihrem Alter, also um die 60, sein müsste. Als ihr bewusst wurde, dass sie »jung« gedacht hatte, musste sie schmunzeln, was ihre Tante wütend machte. Hortense glaubte, Dora nähme sie nicht ernst.

»Er kam einfach in mein Zimmer, kniete sich auf meine Brust und drückte mir den Hals zu«, schrie sie.

Die anwesende Pflegerin schaute schuldbewusst und Dora schloss daraus, dass an Hortenses Anschuldigung etwas Wahres sein könnte.

»Ja, wir haben ein Problem mit diesem Mann«, gestand ihr später die Heimleiterin. »Er ist sehr unruhig und hat auch bereits einmal Schwester Marianne eine Ohrfeige verpasst. Es ist uns aber verboten, die Patienten in ihren Zimmern einzuschließen. In der Nacht sind wir genau genommen unterbesetzt. Ich versprech Ihnen, wir werden ihn in Zukunft besser im Auge behalten.«

Dora fragte sich: Was bedeutet unter diesen Umständen »im Auge behalten«? Bekam er jetzt ein anderes, vielleicht stärkeres Medikament, das ihn ruhig stellte? Oder sollte man ihm seine nächtliche Freiheit und den Bewegungsdrang lassen und dabei in Kauf nehmen, dass eines Morgens Hortense oder eine andere alte Frau aus der Wohngemeinschaft tot in ihrem Bett lag? Wie oft passierte so etwas und wurde es dann als natürlicher Tod einer alten, dementen Frau deklariert? Was für ein Elend, dement und abhängig alt zu werden! Und niemand auf der Welt hatte bis jetzt eine Lösung für dieses Problem.

Auf dem Heimweg dachte Dora bedauernd an Hortense, aber ihr fiel nichts ein, was sie zur Verbesserung der Situation hätte tun können. Sie fühlte sich einmal mehr hilflos. Dieses ständige Gefühl machte sie wütend. Dora war sich ihr ganzes Leben lang noch nie so permanent zornig und hilflos vorgekommen.

»Wir leben in einer Zeit, in der wir zum Mond fliegen können, in der für jeden Luxus Geld vorhanden ist. Unsere Regierung wirft für Banken und Waffenspielereien Hunderte Millionen aus dem Fenster. Wir können Kaffee, das Kilo für über 1000 Euro, kaufen und trinken, den irgendwelche Katzen bereits einmal gefressen und wieder ausgeschissen haben. Aber wir wissen nicht oder wollen nicht wissen, wie wir unsere Alten menschenwürdig versorgen und unterbringen sollen!«

Dora schaute erschrocken um sich. Sie hatte die Sätze laut herausgeschrien. Jetzt fehlt nur noch, dass ich auch laut »Sauhunde« schreiend durch die Gegend laufe, dachte sie entsetzt.

Zwei Tage später, bei ihrem nächsten Besuch im Heim, fuhr ihre Tante mit dem Rollator einer Mitbewohnerin im Flur spazieren. Es schien ihr Spaß zu machen.

»Ich bekomme bald mein eigenes Fahrzeug«, sagte sie so stolz, als ob nächste Woche ein Kleinwagen für sie vor der Tür auf sie warten würde.

Später am Tisch beim Kaffeetrinken erinnerte Hortense Dora daran, dass sie doch von dem Mordversuch des »Sauhund-Mitbewohners« erzählt hatte. Sie verlangte energisch, dass Dora sofort zur Hausdirektion gehen müsste, um einen Zimmerschlüssel zu verlangen, damit sie sich endlich vor nächtlichen Überraschungsbesuchen schützen könne. In diesem Fall funktionierte Hortenses Erinnerung.

Was wusste sie sonst noch? Dora versprach ihr, sich sofort darum zu kümmern, und verließ einmal mehr fluchtartig das Haus.

Dora konnte die Frage nicht mehr sachlich beantworten, ob sie an diesem Nachmittag aus Pflichtgefühl und aus dem echten Wunsch heraus, zu sehen, wie es ihrer Tante ging, nach Überlingen gefahren war oder ob sie auf eine Begegnung mit Marc B. gehofft hatte. Sie hatte sich bereits zu weit in den Zauber seiner Geschichten und das, was er eindeutig damit bezweckte, hineinziehen lassen. Und sie musste zugeben, dass sie nicht mehr darauf verzichten wollte. Sie war süchtig. Sie zwang sich, nicht öfter als dreimal täglich in ihr elektronisches Postfach zu schauen. Gleichzeitig wollte sie glauben, dass sie alles nicht ernst nahm. Alles war eine reizvolle, etwas aufregende, fantasievolle Spielerei und nicht mehr. Sie erinnerte sich, dass Hortense das Ersatzwort »alles« benutzte, wenn sie nicht in der Lage war, das richtige Wort zu benennen. Was war ihr richtiges Wort für dieses »alles«?

Marc B. war an diesem Nachmittag nicht gekommen. Es befand sich auch keine neue Mail in ihrem Postfach.

Dora musste wieder nach München. Es gab einiges zu regeln und sie musste mit dem Verpacken und Aussortieren von Hortenses Besitztümern weitermachen. Gardinen für ihr Schlafzimmer hatte sie immer noch nicht gekauft, aber ausgemessen und dabei festgestellt, dass Hortenses goldbeige Seidengardinen bei ihr passen würden. Es gab zwar altersschwache, ehemals grüne Holzfensterläden an allen Fenstern des Hauses am See, nur Dora traute sich nicht, diese am Abend zu schließen. Sie hatte die Befürchtung, sie könnten aus ihrer Verankerung brechen und in den Garten abstürzen.

Internetzugang gab es keinen in der Münchner Wohnung. Wenn Dora ihre Neugierde nicht zügeln konnte oder wollte, müsste sie zu McDonalds gehen. Dort könnte sie sich in ein Netz einloggen. Aber das würde heißen, dass sie Marc B.s Geschichten einen zu großen Stellenwert einräumte. Außerdem war sie nur eine Nacht unterwegs, sie konnte immer noch am nächsten Abend zu Hause in ihre Post schauen. Das war es auch, was sie nach ihrer Rückkehr sofort machte.

Noch bevor sie das Auto entlud, hockte sie bereits vor ihrem Computer und sichtete ihre Mails. Und es war wieder Post von ihm für sie da. Außer der fast schon erwarteten Fortsetzungsgeschichte gab es eine extra Mail mit einem Gedicht von Francois Villon: »Ich bin so wild nach deinem Erdbeermund«. Als sie Villon googelte, konnte sie kaum glauben, dass das Gedicht aus dem 15. Jahrhundert stammte. Es war vor über einem halben Jahrtausend geschrieben worden, also in dem Jahrhundert, in dem das Konstanzer Konzil stattgefunden hatte. Dora war von beiden Dichtern und ihrer Fantasie fasziniert. Ob Marc B. nicht doch unter einem Pseudonym Romane schrieb? Wer war dieser Mann? Sie wusste wenig von ihm. Führte er ein Doppelleben? Ihr Blutdruck kletterte mal wieder.

»Dein Blutdruck steigt und dein Verstand schwindet. Ich glaube, du leidest unter Gehirnerweichung. Man könnte meinen, du bist ein Teenager und keine alte Frau.«

Sie schimpfte mal wieder laut mit sich selbst. Ihre Reaktionen auf Marc B. machten sie ratlos. Im Briefkasten fand sie dann auch noch das Buch von ihm, das sie sich bei Amazon bestellt hatte. Es war ein Geschichtsbuch über die Zeit der Ottonen, über ihre Kaiser und ihre bemerkenswerten Frauen. Aus Marc Beckers Kurzbiographie entnahm Dora, dass er 17 Jahre jünger als sie war. Fast so, wie sie geschätzt hatte. Sie begann sofort, nachdem sie die allernötigsten Dinge erledigt hatte, zu lesen. Den Blätter-Teppich, den ihr grünes Monster in weniger als zwei Tagen in ihrer Abwesenheit wieder ausgestreut hatte, ignorierte sie. Er würde auch am nächsten Morgen noch vorhanden sein.

So wie Marc Becker Dora in seine märchenhaften erotischen Geschichten hineinzog, so gelang es ihm auch, sie in die Zeit von Kaiser Otto dem Ersten und seinen Frauen hineinzuziehen. Die englische Königstochter Editha von Wessex, die bereits damals Königin der Herzen genannt wurde, war seine erste Frau. Nach deren Tod heiratete er Adelheid, die bereits mit 19 Jahren die verwitwete Königin von Italien war. Otto der Zweite, ihren gemeinsamen Sohn, verheirateten sie mit der blutjungen, byzantinischen Prinzessin Theophanu, die ihre Kindheit im Kaiserpalast von Konstantinopel verbracht hatte. Theophanu war für ihre Zeit außergewöhnlich gebildet. Kaiserin Adelheid und Theophanu waren die einflussreichsten Herrscherinnen des Mittelalters.

Dora fragte sich, ob Marc B. bei seinen Studien der Geschichte und den Recherchen für dieses Buch seine Vorliebe für fantasievolle, blumige Erzählungen und »alte Frauen« entdeckt hatte. Seine Bewunderung und Achtung für diese Frauen der Geschichte war nicht zu überlesen. Dora versank in der Vergangenheit. Sie las bis tief in die Nacht. Erst als sich die Buchstaben vor ihren Augen übereinanderschoben, löschte sie das Licht.

Mit der Kaffeetasse in der Hand stand sie nach dem Frühstück am großen Wohnzimmerfenster und schaute abwesend auf den See hinaus. Die Wasseroberfläche war dunkel. Der Wind trieb kurze, harte Wellen vor sich her. Der Himmel war grau und er schien so schwer, als ob er Mühe hätte, sich an seinem Platz zu halten, nicht mit der

Wasseroberfläche zusammenzustoßen und in sie einzutauchen. Aber auch diese dramatische Stimmung liebte Dora. Immer wenn sie einige Zeit nicht zu Hause gewesen war, sie auf Distanz zum See gegangen war, fühlte sie sich nach ihrer Rückkehr ihm noch mehr verbunden. Beim Gedanken an ihr Gartenfest hoffte sie, dass dieses Wetter nicht bis zum nächsten Wochenende andauern würde.

Und dann bemerkte sie, dass etwas ihren Durchblick störte. Die doppelt verglaste Fensterscheibe direkt vor ihr hatte auf Augenhöhe ein kleines, kreisrundes Loch. So wie im letzten Jahr ihre Autoscheibe nach einem Steinschlag. Nur die äußere Scheibe war kaputt, die innere war intakt. Sie flüsterte:

»Wie konnte das passieren?«

Vor dem grauen See im Hintergrund und dem schweren Himmel tauchte in ihrer Fantasie die gestählte Gestalt von Hagen Reich in einem Boot mit einem Gewehr in der Hand auf.

»Er war es gewesen. Wer sonst? Wie hat er das gemacht?«

Sie schrie es so laut, dass sie vor ihrer eigenen Stimme erschrak.

»Ich möchte bloß wissen, wie das weitergehen soll. Wo führt das noch hin? Das kann doch nur in einer Katastrophe enden!«

Doras Stimme sank zu einem kaum hörbaren Flüstern. Ihre erste Regung war: Jetzt geh ich zur Polizei! Nur was konnte sie der Polizei sagen? Was hatte sie für Beweise? Wenn er mit einem Gewehr vom Wasser aus auf ihr Haus geschossen hatte, wie wollten sie ihm das nachweisen? Nur die äußere Scheibe hatte ein Loch. Wenn wirklich auf das Glas geschossen worden war, warum war dann nicht auch die innere Scheibe durchlöchert? In einem solchen Fall suchte die Polizei nach der Geschosshülse. Dora hatte genug Krimis gesehen und gelesen, sodass ihr dieser Gedanke automatisch kam. Sie begann sofort, draußen auf der Terrasse nach etwas aus Metall zu suchen, das ein Geschoss hätte sein können.

Sie fand nichts. Vielleicht war das Loch durch einen Steinwurf entstanden. Darum nur die äußere Scheibe. Also, was konnte sie von der Polizei erwarten? Seit Kurzem hatten sie doch die Schmieders als neue Nachbarn. Sie hatten sich auf dem Weinfest nett unterhalten, soweit das im Gedränge möglich gewesen war. Und wenn sich Dora recht erinnerte, hatte der Mann, als sich das Paar kurz nach ihrem Einzug vorgestellt hatte, erwähnt, dass Walter Schmieder bei der Kripo in Friedrichshafen arbeite. Vielleicht sollte sie mal mit ihm über ihr Problem mit Hagen Reich sprechen. Später, dachte Dora und tat nichts. Sie knirschte mit den Zähnen und schwieg. Und dann begann sie, den Blätterteppich aufzusaugen.

Gegen Abend beschloss sie, wenigstens kurz bei ihrer Tante vorbeizuschauen. Sie hatte immer ein schlechtes Gewissen, wenn sie sich einige Tage nicht hatte blicken lassen. Hortense war im Moment nicht das Wichtigste in ihrem Leben. Sie wurde versorgt, und ob sie noch wahrnahm, wie oft Dora nach ihr sah, war nicht zu erkennen. Aber Dora fühlte sich verpflichtet. Die Besuche waren außerdem sehr anstrengend. Es waren Abstecher in eine unbekannte Welt. Und jetzt war nochmals eine andere Welt, ein zusätzliches Problem für sie hinzugekommen. Die unausgesprochene Bedrohung, die sie nicht mehr aus ihrem Kopf verbannen konnte, und ihre Sorgen um die Veränderung in ihrem eigenen Verhalten. Sie vergaß oft, was sie gerade tun wollte, und sie wusste nicht, wie sie ihre Gespräche mit sich selbst abstellen konnte. Laut sprach sie kaum noch, aber sie flüsterte bereits unter der Dusche am Morgen mit sich, und sie sagte sich am Abend, wann sie das Licht auszumachen hatte. Dazu kamen nun die E-Mails. Wenn sie daran dachte, wusste sie immer noch nicht, ob sie empört oder geschmeichelt sein sollte. Und über wen? Über sich selbst oder über Marc B.?

Was stand einer 60-jährigen Frau eigentlich an? Ging es darum, was ihr in ihrem Alter zustand oder um ihre Lust, sich nicht an gängige Verhaltensregeln zu halten? Was war eigentlich Alter? Im Kopf und im Herzen hatte sie einen reichen Erfahrungsschatz angesammelt. Und ihr Körper? Ihr Äußeres hatte verschiedene Alter, je nachdem, welche Stellen sie bei welchem Licht betrachtete. Wer hatte das Recht darüber zu urteilen? Es waren nur sie und er, die etwas von den Botschaften wussten, mehr war es ja nicht. Nur geschriebene Worte. Sie fühlte sich unruhig und ver-rückt. Ihr Kopf beschäftigte sich mit Dingen, die sie glaubte, schon vergessen zu haben.

Es war kurz vor dem Abendessen, als Dora den Essraum im Heim betrat. Hortense sagte:

»Jetzt ist es aber recht, dass du es noch geschafft hast. Ich dachte schon, wir müssen ohne dich zu essen anfangen.«

Sie wusste genau, dass Dora zu ihr gehörte, aber sie sprach sie nicht mehr mit einem Namen an. In der Sofaecke saß Marc Becker neben seiner Mutter. Dora registrierte mit Unmut die Reaktion ihres Körpers. Er grüßte lächelnd zu ihr herüber, blieb aber neben seiner Mutter sitzen. Dora ging auch nicht zu ihm hin. Sie konnte nicht erkennen, was seine Krawatte für ein Muster hatte. Sie überlegte, ob sie ihn auf sein Buch ansprechen sollte. Aber damit würde sie ihm zeigen, dass sie sich mit ihm beschäftigte. Vielleicht ein andermal, dachte sie, wenn ihr Blutdruck nicht gerade in die Höhe geschossen war. Hortense beschwerte sich mal wieder über das Personal, das ihre Ordnung nicht respektierte. Dora pflichtete ihr bei und Hortense bestand darauf, dass Dora sich gleich um die Probleme kümmern sollte und ein ernsthaftes Wort mit den Leuten im Büro sprechen müsste. Dora versicherte ihrer Tante, dass sie bereits auf dem Weg dazu wäre, und verließ einmal mehr fast fluchtartig den Raum und das Haus.

Am Freitag wechselten sich noch Sonne und kurze Schauer ab. Dora schob keuchend ihr Fahrrad den Berg hinauf. Sie stellte es bei Rose vor dem Laden ab. Zwei weibliche Touristinnen lasen vorgebeugt das Schild am Schnabelgiere-Narrenbrunnen und wurden prompt von einem Wasserstrahl getroffen. Erschrocken wichen sie zurück und brachen danach in lautes Gelächter aus. Dora lachte mit ihnen. Aufgrund ihres Umfangs, ihrer Kleidung und der knarrenden Aussprache hielt Dora sie für Amerikanerinnen. Beide hatten Kameras in der Hand und wollten sich gegenseitig fotografieren. Dora bot an, ein Foto von ihnen zu machen. Um den Brunnen mit aufs Bild zu bekommen, musste sie die zwei Frauen bitten, dass jede von ihnen auf eine Seite trat, wobei die jüngere wieder einen Strahl Wasser abbekam. Nebeneinander hätten sie mit ihrer Körperfülle die gesamte Sicht auf den Brunnen verdeckt. Mit viel »lovely und dankö« verabschiedeten sie sich.

Dora machte sich auf den Weg zum Markt. Sie wollte noch Obst, Gemüse und Käse für ihr Gartenfest besorgen. Sie wusste, dass Annikas Mutter Vegetarierin war, aber die anderen Gäste auf Fleisch standen. Da sie davon eine reichliche Auswahl bereits bestellt hatte, wollte sie sich auf dem Markt noch zu etwas Speziellem inspirieren lassen.

»Auberginen in Fächer geschnitten, mit Tomaten, Kräutern und Sardellen gefüllt und mit Olivenöl im Backofen gebacken«, schlug ihr die Gemüse-Marktfrau vor.

Außerdem empfahl sie die ersten Zwetschgen und die machten Dora Lust auf ihren Lieblingskuchen, frischen

Hefe-Zwetschgenkuchen mit knusprigen Streuseln und süßer Sahne. Für sich kaufte sie zum Mittagessen an Knoblauchs Fischstand zwei fangfrische Felchenfilets.

Bevor sie bei Rose auf einen Cappuccino hineinschaute, holte sie beim Bäcker noch ein paar Brezeln. Einen Regenguss benutzte sie als Entschuldigung, um ihre Freundin etwas länger von der Arbeit abzuhalten. Erika und Ingrid, die sich am Markttag fast regelmäßig mit Rose trafen und Dora in letzter Zeit immer wieder vorgeworfen hatten, dass sie sie sträflich vernachlässige, ließen sich ausgerechnet an diesem Freitag nicht sehen.

Es war bereits nach zwölf Uhr, als sie ihre Wohnung wieder betrat. Dora konnte nicht sagen, was sie beunruhigte. Es war nur ein unbehagliches Gefühl. Es roch irgendwie fremd, eigenartig. Etwas stimmte nicht. Sie war sicher, dass sie selbst an diesem Morgen die jede Nacht von Neuem zu Boden rieselnde Blättchen nicht so durcheinandergewirbelt hatte. Sie konnte sich auch nicht vorstellen, dass ihr Sohn in der Zwischenzeit in ihrer Wohnung gewesen war. In ihrem Hinterkopf begann etwas, wie die Sturmwarnung am See zu blinken. Sie zwang sich, nicht in Panik auszubrechen und aus dem Haus zu rennen. Mit welcher Begründung und zu wem sollte sie gehen? Zu den neuen Nachbarn, den Schmieders? Was sollte sie sagen? Sie dachte an ihre Tante, die ihr von nächtlichen, gewaltsam eingedrungenen Besuchern erzählt hatte und der sie nicht geglaubt hatte. Sie hatte sie nie ernst genommen und sie stattdessen noch belächelt.

»Ich will nicht ver-rückt werden!«, schrie Dora.

Die Kraft ihrer Stimme machte sie mutig. Sie rief Rose an, schilderte ihr die Situation und machte sich mit dem Telefon in der Hand auf, ihre Wohnung zu inspizieren. Dabei legte sie sich auf den Boden und vergewisserte sich von der Tür aus mit einem von links nach rechts kreisenden Blick, wie sie es bereits als Kind jeden Abend getan hatte, dass sich niemand unter ihrem Bett oder sonst wo versteckt hielt. Sie war froh, dass sie bei ihrem Tun nicht beobachtet werden konnte. Sie gab Entwarnung bei Rose und ärgerte sich über ihre vermutlich nur eingebildete plötzliche Angst. Und ihr Zorn auf Hagen Reich ließ ihren Blutdruck einmal mehr merkbar steigen. Sie kam sich albern vor, beschloss aber, in Zukunft ihre Haustür abzuschließen und nicht nur ins Schloss fallen zu lassen, wenn sie einkaufen ging.

Am Samstagmorgen, dem Tag ihres Gartenfestes, schaute Dora zuerst neugierig nach dem Wetter. Es trieben immer noch Wolkenfetzen über den Himmel, aber es regnete nicht mehr. Der Wetterfrosch am Abend zuvor war Michael Kögel vom SWR gewesen. Er hatte versprochen, dass es am Nachmittag mit großer Wahrscheinlichkeit trocken bleiben würde. Dora musste noch einiges erledigen und hatte keine Zeit zum Trödeln. Bevor sie unter die Dusche sprang, zog sie schnell frische Wäsche aus einer Schublade der Kommode, die ihrem Bett gegenüberstand. Sie registrierte noch, dass der am Tag vorher festgestellte unangenehme Geruch sich noch verstärkt hatte. Irgendwie erinnerte er sie an die verschimmelte Maus, die sie einmal in ihrem Keller entdeckt hatte. Sie riss das Fenster auf und wählte nicht lange, sie griff sich BH und Schlüpfer und war dabei sich umzuwenden, als etwas zu Boden fiel. Es hörte sich nach etwas Leichtem, Weichem an. Sie bückte sich und war gerade dabei, verwundert den Gegenstand aufzuheben, der einer schwarzen Kugel ähnelte, als sie erschrocken feststellte, dass sie den Kopf eines Staren in der Hand hielt. Sie ließ ihn angewidert fallen.

»Wie kommt der Kopf zwischen meine Unterwäsche?«, flüsterte sie fast starr vor Schreck.

Sie riss die Schublade aus der Kommode und warf den gesamten Inhalt auf den Boden. Zwischen ihrer Wäsche lagen noch weitere sieben bereits stinkende Vogelköpfe. Dora wurde schlecht. Sie rannte ins Bad. Nachdem sie sich kaltes Wasser ins Gesicht gespritzt hatte, setzte sie sich auf den Badewannenrand und versuchte, ihre Gedanken zu ordnen. Sie platzte fast und hätte nicht sagen können, ob vor Ekel oder Wut. Die Vorstellung, dass der geile Hagen seine knochigen Pfoten in ihrer Unterwäsche gehabt hatte, ließ sie zornig und hilflos wie ein Kind mit dem Fuß aufstampfen. Dora kam gar nicht auf die Idee, dass eine andere Person ihr das angetan haben könnte. Sie trommelte mit beiden Fäusten auf ihren nackten Schenkeln herum, bis sie heiß und rot waren und schmerzten. Um Himmels willen, warum stinkende Köpfe von toten Vögeln? Was er damit bezweckte, brauchte sie sich nicht zu fragen. Er hatte es fast erreicht. Aber so schnell würde sie sich nicht einschüchtern lassen. Was ging nur in seinem kranken Hirn vor?

Wo noch hatte er seine Nase reingesteckt? War er an ihrem Computer gewesen? Sie hatte ihre Daten mit keinem Passwort abgesichert. Warum auch? Ihr Sohn würde nie an ihre Sachen gehen, ohne sie vorher zu fragen. Bis jetzt gab es auf ihrem PC auch nichts, das sie hätte verheimlichen wollen. Aber nun existierten die Botschaften von Marc Becker. Wenn Hagen die gelesen haben sollte, was würde er mit diesem Wissen anfangen? Sie wollte diesen Gedanken nicht weiterdenken. Nicht jetzt an diesem Morgen.

Dora holte ihre Unterwäsche vom vorherigen Tag aus dem Wäschekorb und zog diese, nachdem sie lang unter der Dusche gestanden hatte, wieder an. Die Reste der armen unschuldigen Stare sammelte sie mit Gummihandschuhen ein und begrub sie zwischen ihren üppig blühenden, gelben, englischen Duftrosen. Dabei dachte sie unwillkürlich an die früher abgetriebenen Kinder oder auch an die gleich nach ihrer Geburt getöteten unerwünschten Babys, die im Mittelalter und auch noch später bevorzugt unter einem

Weinstock begraben worden waren. Ihre nächste Regung war, den gesamten Inhalt der Wäschekommode in die Mülltonne zu stecken, dann siegte die Vernunft und Dora warf die Waschmaschine an und wusch alles mit 60 Grad, wie sie hoffte, keimfrei.

»Lass ihn keine Macht über dich bekommen!«

Dora beschwor sich selbst.

»Heute ist mein Gartenfest. Ich muss meinen Kopf zusammennehmen. Morgen denke ich nach, was ich tun werde.«

Sie flüsterte wieder.

Die Sonne zeigte sich mit Fortschreiten des Tages immer öfter und länger. Am frühen Nachmittag wurden der Kartoffelsalat, das Fleisch und die Würste für den Grill und eine Platte mit Antipasti vom Metzger angeliefert. Beim Bäcker brauchte sie nur die bestellten verschiedene Brötchen und zwei Kuchen abzuholen. Den Zwetschgenkuchen, den sie eigentlich backen wollte, würde sie ein andermal machen. Der morgendliche Schreck hatte sie aus dem Gleichgewicht und ihrer Zeitplanung gebracht. Andreas half ihr nach dem Frühstück, die Stühle und Tische in den Garten zu tragen. Er befestigte die alte Hängematte im Maronibaum und Dora sah im Geist wieder den toten Raben hängen.

»Raus aus meinem Kopf«, befahl sie energisch.

Ihr Sohn drehte sich erstaunt nach ihr um.

»Kann es sein, dass du in letzter Zeit etwas viel mit dir selbst redest? Hast du ein Problem?«, fragte er vorsichtig.

An ihren elektronischen Briefkasten dachte sie mehrere Male. Sie würde, wenn sie in der Nacht allein war, ihre Neugierde befriedigen und, bevor sie zu Bett ging, nachsehen, ob eine Nachricht für sie gekommen war. Es würde sie von der Angst und dem Zorn ablenken, die sie sich nicht eingestehen wollte, die sie aber ganz sicher am Schlafen hindern würden.

Das Wetter hielt, was der Wetterfrosch versprochen hatte. Sonne und Wolken wechselten sich ab. Das Ambiente in ihrem Garten mit dem See als Kulisse hätte für einen Film über romantisches Landleben nicht perfekter inszeniert werden können.

»Es ist so schön hier, warum mache ich so was eigentlich nicht öfter?«

Dora sagte es zu ihrem Sohn. Er antwortete nicht darauf. Er zuckte nur mit den Schultern und ging Eva Bauer entgegen, die mit Lucas, gefolgt von Kerstin Fischer mit Annika, den Hof betrat. Annika hatte ihr schon zuvor bereits feuerrotes Haar um noch einen Ton greller gefärbt. Es leuchtete wie ein brennender unwirklicher Heiligenschein in der Sonne. Andreas hatte das Bedürfnis, sich schützend die Hand vor die Augen zu halten. Der Kurzhaarschnitt ihrer Mutter in moderatem Mahagoni verblasste dagegen geradezu.

Frau Lindenmaier war bereits seit einer Stunde da und hatte zusammen mit Dora den langen Kaffeetisch auf der Terrasse gedeckt und mit Blütenblättern in allen Farben, die der Garten hergegeben hatte, dekoriert. Zieglers waren die nächsten Gäste, die das Grundstück von der Straße aus betraten. Selbst Harsha, Iris' indischer Pascha, hatte sich überreden lassen mitzukommen. Samantha stürzte sich gleich auf Annika und Lucas, der bereits in der Hängematte geschaukelt wurde.

Walter Schmieder, fast zwei Meter lang, verdeckte seine Frau vollständig, als sie sich durch die locker gepflanzte Trennungshecke der beiden Grundstücke zwängten. Der neue Nachbar kraulte sich mit Zeige- und Mittelfinger, so als ob er verlegen wäre, in seinem kräftigen, silbergesprenkelten Schnauzbart. Er überragte alle Anwesenden. Seine Frau hielt in jeder Hand ein Glas Honig. Sie hatten diesen Sommer ihre Ferien in der Provence verbracht und sich dabei mit Lavendel- und Rosmarinhonig eingedeckt.

Anton und Petra Groll, die schon etwas betagten Nachbarn von der anderen Seite, hatten sich so wie die Weinprinzessin Jenny mit ihrem Freund und Meersburg-Führerin Lore erst für den Abend angemeldet.

Als Dora etwas später, unterstützt von Frau Lindenmaier, mit Kaffe und Kuchen aus dem Haus trat, schlugen ihr entspanntes Gelächter und lockere Wortfetzen entgegen.

»Da hatten Sie anscheinend eine gute Idee«, sagte Frau Lindenmaier und sprach damit aus, was Dora in diesem Moment zufrieden dachte.

Walter Schmieder war in eine Unterhaltung mit Harsha vertieft und Anne Schmieder hatte sich neben Annika gesetzt. Anne arbeitete als Lehrerin in Markdorf und war aktiv im Taekwondo-Verein. Sie hatte einen schwarzen Gürtel, was Annika sehr beeindruckte. Zu ihrem Erstaunen registrierte Dora, dass ihr Sohn neben Kerstin Fischer saß und sich scheinbar angeregt mit ihr unterhielt. Sie hatte bis vor Kurzem noch daran gezweifelt, ob er sich wirklich des Problems Annika und Hagen Reich auf diskrete Art annehmen würde.

Nach dem Kaffee bildeten sich Grüppchen. Die Frauen saßen auf dem Steg und ließen ihre Füße im Wasser baumeln. Die Kinder spielten in Unterhöschen am Seeufer: Wer kann seinen Stein am weitesten über das Wasser hüpfen lassen? Die Männer standen herum, schwatzten genauso wie die Frauen, kümmerten sich um Getränke und halfen den Kindern, im Maronibaum herumzuklettern. Rose unterstützte Dora und Frau Lindenmaier beim Abräumen des Kaffeetisches und gesellte sich dann zu den andern, die um Anne Schmieder herumsaßen.

Sie erzählte von einem nicht ungefährlichen Erlebnis, das sie im letzten Sommer in Südfrankreich mit einem Gangster hatte. Vermutlich hatten ihr sportliches Können sowie der schwarze Gürtel ihr damals das Leben gerettet. Annika

sah sie bewundernd an und wollte wissen, ob es schwer wäre, im Verein aufgenommen zu werden. Dora hatte nur mit einem Ohr hingehört, aber für ihre Pläne hätte es nicht besser laufen können. Auch ihr Sohn ermutigte das Mädchen zu diesem Schritt und Anne Schmieder versprach Annika, sie demnächst einmal zu einem Training mitzunehmen. Ihre Mutter meinte sachlich:
»Schaden kann so was nie.«
Etwas später, als Annika allein an ihr vorbeiging, fragte Dora leise:
»Und, lässt dich der alte Reich jetzt in Ruhe?«
»Alles bestens« sagte sie und grinste.
Herr Lindenmaier war wieder der perfekte Grillmeister. Es wurde viel gelacht, gegessen und geredet. Jenny Ziegler, die Weinprinzessin, erschien erst gegen Abend. Sie hatte zur Freude der Kinder ihr Krönchen mitgebracht und gab für die Erwachsenen eine Einführung zum Meersburger Wein. Nicht dass die Anwesenden keine Ahnung gehabt hätten, aber wann konnte man schon eine Weinprinzessin so direkt und persönlich fragen?
Das Grün des Schweizer Ufers verdunkelte sich. Die zuerst noch sichtbaren Häuser wurden von ihrer Umgebung verschluckt. Kurz vor Einbruch der Dunkelheit zündete Andreas ein vorbereitetes Feuer an und sie ließen sich im Kreis darum herum mit einem Glas Rotwein nieder. Annika und ihre Mutter tranken keinen Alkohol. Kerstin Fischer ließ sich zu später Stunde dazu überreden, ihre Trommel zu holen und ungewohnte Töne und Rhythmen auf den nun dunklen See hinauszuschicken und Gänsehautfeeling zu erzeugen. Selbst Doras Sohn Andreas schien vom Zauber dieser Stimmung eingefangen worden zu sein. Die Kinder waren in der Hängematte nebeneinander eingeschlafen. Dora hatte sie mit einer Wolldecke zugedeckt. Sie hörte noch, wie Eva Bauer Annika fragte, ob sie nicht Lust hätte, ab und zu bei Lucas Babysitter zu machen.

»Oh cool, cool!«, hörte sie noch.
Es sollte sicher ja heißen.
Leise plätscherten kleine Wellen gegen die Pfosten des Holzsteges. Die Erwachsenen wurden immer stiller und zogen ihre Jacken dichter um sich. Es war eine unumstößliche Tatsache, der Sommer ging dem Ende zu. Fast wehmütig verabschiedeten sie sich voneinander. Walter und Anne Schmieder kündigten an, demnächst ein Begrüßungsfest in ihrem Haus zu veranstalten.

Lindenmaiers halfen beim Aufräumen und Andreas fragte dabei doch tatsächlich Frau Lindenmaier, ob sie sich seiner erbarmen würde und sie es sich vielleicht vorstellen könnte, einmal die Woche einen Rundumschlag in seiner Wohnung zu machen. Dora dachte im ersten Moment, sie höre nicht richtig. Bis jetzt hatte er das »Herumwurschteln« einer fremden Person in seiner Privatsphäre strikt abgelehnt. Und schon halb auf dem Weg in seine Wohnung hinauf erzählte er seiner Mutter ganz beiläufig, dass er sich mit Kerstin nun duze und sie auch über die Magerkeit ihrer Tochter geredet hätten.

Dora war zufrieden. Der Abend war in jeder Hinsicht mehr als erfolgreich gewesen. Das Wetter hatte bis zum Schluss gehalten. Aber sie waren kaum fertig mit dem Einräumen der Möbel gewesen, als es zu tröpfeln anfing.

Dora hatte den ganzen Abend versucht, nicht viel an Hagen Reich zu denken. Aber nachdem sie allein in ihrer Wohnung war, überkam sie wieder ein ungutes Gefühl. Wo drückte er sich im Schutz der Dunkelheit herum? Sie hätte jetzt gerne Gardinen zugezogen, die sie bis jetzt nicht vermisst hatte. Das Fenster ihres Schlafzimmers zeigte wie der Wohnraum auf den See. Es gab dort keine Nachbarn. Dora war müde und gleichzeitig aufgekratzt. Sie konnte jetzt nicht einfach schlafen gehen. Zu groß war die Neugierde, was Marc B. ihr an diesem Tag geschrieben hatte.

Wenn sie an ihn dachte, dann nie nur als Marc. Er war zu Marc B. geworden. Um ihn nur Marc zu nennen, dazu war er noch zu weit entfernt. Und für Marc Becker stand sie ihm bereits zu nahe. Sie versuchte, seinen Namen auszusprechen. Es ging nicht. Sie hatte kein gedachtes, geflüstertes oder laut ausgesprochenes Wort für ihre Gefühle. Sie war mit ihm teilweise so vertraut wie zurzeit mit sonst keinem anderen Mann. Und gleichzeitig hatte sie Mühe, sich an sein Gesicht und an seine Stimme zu erinnern. Sie fühlte sich verhext – oder war es verzaubert?

In ihrem Postfach waren zwei Mails mit seinem Absender. Er sprach mit ihr wie mit einer vertrauten Geliebten. Sie fühlte ihn so nahe, dass sie sich umsah und sich vergewisserte, dass sie wirklich alleine im Raum war. Sie genoss das Prickeln der Situation und gleichzeitig genierte sie sich dafür. Im zweiten Brief vom heutigen Tag bat er sie um ein Zeichen. Er sprach es nicht direkt aus. Er hatte aber die Bitte unmissverständlich in eine Geschichte verpackt. Bis jetzt kam sich Dora umworben vor, ohne dass eine Forderung an sie gestellt worden war. Sie war die Protagonistin in einem Roman. Es war nicht Realität. Sie wollte, dass es so blieb. Es sollte nicht aufhören. Sie wollte sich weiterhin von seinen Briefen überraschen lassen. Sie genoss die Aufregung, wollte aber nicht weiter gehen. Oder doch? Dora wollte jetzt nicht antworten. Sie wollte sich nicht aktiv einbringen, was immer das heißen würde. Sie wollte keine Entscheidung treffen.

Sie versuchte, sich sein Gesicht vorzustellen. Sie fand kein Bild von ihm in ihrem Kopf. Nur eine verschwommene Gestalt in Anzug und mit einer verrückten Krawatte tauchte auf. Sie hatte ihn noch nie in legerer Kleidung gesehen. Er wirkte sehr korrekt und fast bieder. Kleidete er sich so, weil seine Mutter Wert darauf legte? Die fast freche Art, wie er sich mit Worten bei ihr eingeschlichen hatte, stand in krassem Gegensatz zu seiner Optik. Sie versuchte, sie zu verdrängen, und je weiter die Gestalt sich entfernte, desto näher kam Hagen Reich mit einem Gewehr im Anschlag. Um sich abzulenken, flüchtete sie in Gefühle, die Marc B.s Worte in ihr auslösten.

»Oh Gott, ich werde noch verrückt«, stöhnte sie und griff nach ihrem Blutdruckmesser.

Aber es war alles im grünen Bereich.

Sie konnte lange nicht einschlafen. Dann träumte sie wirres Zeug und wachte mehrere Male auf, weil sie mit den Zähnen knirschte.

Hortense hatte von einer alten Freundin aus München Besuch gehabt und wirkte immer noch aufgeregt und durcheinander. Sie hatte bestimmt mit ihr über ihr schönes Zuhause in München gesprochen. Vermutlich wollte die Freundin wissen, was damit geschehen würde. Dora war sicher, dass diese Frau sie dafür verantwortlich machte, dass Tante Hortense unter diesen für sie nicht akzeptablen Umständen in einem Heim leben musste. Dora nahm an, dass sie auch als Erbschleicherin betrachtet wurde, und vermutlich hatte sie Hortense vor ihr gewarnt. Es musste frustrierend sein zuzusehen, wie eine gleichaltrige Freundin diesen gesundheitlichen und sozialen Abstieg machte. Es könnte ja auch ihr jederzeit passieren.

»Und mir auch!«, sagte sich Dora.

Hortense klagte:

»Ich hör immer schlechter.«

Dora brachte ihre Tante zu einem Hals-Nasen-Ohrenarzt. Während sie darauf wartete, dass sie an die Reihe kamen, blätterte Dora in einer Kunstzeitung und fand einen Bericht über Gustav Klimt und seine erotischen Bilder und

Zeichnungen. Dora betrachtete sie plötzlich mit anderen Augen. Sie hörte Marc B. die Worte sprechen, die er ihr geschrieben hatte. Sie registrierte, wie sie errötete. Hortense sah sie mit klaren Augen an und Dora fühlte sich ertappt.

»Ich möchte dich bitten, dass du dafür sorgst, dass ich keinen Besuch mehr bekomme!«, sagte sie unvermittelt.

Dora war von der Klarheit und Bestimmtheit ihrer Worte überrascht und fragte wie ein Kind nur:

»Warum?«

»Da, wo ich jetzt wohne, kann ich doch einem Gast nichts bieten.«

Hortense sagte es sachlich, ohne Vorwurf. Sie hatte einen klaren Moment und es schien, dass sie sich ihrer Situation voll bewusst war. Dora verspürte wieder ein schlechtes Gewissen. Es legte sich wie ein Stein auf ihre Brust. Wie oft litt ihre Tante? Wie oft begriff sie, was mit ihr geschah und warum sie in diesem Haus mit den fremden Menschen eingesperrt leben musste? Dora fragte sich, warum sie Hortenses Schicksal so sehr belastete. Litt sie mit ihrer Tante, weil sie sie liebte oder weil sie Angst hatte, dass auch bei ihr die Hypocampi bereits schrumpften? Gab Hortense ihr die Schuld an ihren Lebensumständen? Manchmal zeigte sie Gefühle, die an Neid erinnerten. Sie hatte schon lange nicht mehr gefragt:

»Und wie geht alles? Ist alles in Ordnung?«

Dora hatte ihr vermutlich auch nie die richtige Antwort auf diese Fragen geben.

Hortenses Ohren wurden gespült. Danach hörte sie wieder besser. Sie schien zufrieden und glitt bereits auf dem Weg ins Heim in ihre ver-rückte Welt zurück. Auf dem Weg vom Parkplatz zum Hauseingang kam ihnen eine gut aussehende, schicke, gepflegte, aber irgendwie seltsame Frau entgegen. Beim Näherkommen stellte Dora fest, dass sie laut gestikulierend mit sich selbst sprach. Sie hatte wie ein Ständer über jede Schulter drei teure Designertaschen mit nicht zu übersehenden Designer-Logos, mit kürzeren und längeren Bügeln stufenförmig, dekorativ umgehängt. Eine kleinere Longchamp-Handtasche trug sie am ausgestreckten, abgewinkelten rechten Arm. Auf den Gruß von Hortense reagierte sie nicht. Dora dachte entsetzt: Renn ich vielleicht eines Tages auch so herum? Hortense sagte:

»Ich habe Angst, eines Tages verrückt zu werden.«

»Ich auch«, antwortete ihr Dora.

Marc Becker trafen sie nicht an diesem Tag. Und Dora öffnete an diesem Abend ihr Postfach nicht.

Der Saal hoch oben im Turm des Bischofschlosses in Markdorf wurde für Konzerte und Lesungen genutzt. Es war ein schöner Abend und die Fenster standen offen und gaben den Blick in Richtung See und Alpen frei. Am Abendhimmel kündigte sich eine eigenartige Stimmung an. Im Westen hingen rosa Schlieren am Himmel, die sich im Laufe des Abends verdichteten, bis er eine durchgehende bonbonrosa Färbung angenommen hatte.

Ein Klavierkonzert stand auf dem Programm. Der Künstlerin, eine junge Frau, hatte Dora auf die Welt geholfen. Sie war eines der Kinder, das sie als erster Mensch, noch vor ihrer Mutter, im Arm gehalten hatte. Dora fuhr mit Rose und Iris Ziegler zusammen zu der Veranstaltung. Die Pianistin war mit Iris befreundet. In der Pause unterhielten sie sich mit der Mutter der Künstlerin, die sich daran erinnerte, dass Dora ihr damals vor der Geburt ein Lavendelsträußchen ans Bett gebunden hatte. Alte Hebammen wie ihre Großmutter Dorothea, nach der sie benannt worden war, hatten das in früheren Zeiten gemacht und Dora war der Meinung, dass dieser Brauch auf keinen

Fall schaden konnte. Erika, eine von Doras Freundinnen, war mit Gästen aus ihrer kleinen Pension ebenfalls zu dem Konzert gekommen und nahm an der Unterhaltung teil.

Wie aus dem Nichts stand plötzlich Hagen Reich vor ihnen und platzte in ihr Gespräch. Mit ausgestreckter Hand begrüßte er zuerst die Mutter der Pianistin und machte ihr übertrieben Komplimente zur Begabung und Schönheit ihrer Tochter. Dann wandte er sich an Rose. Er lächelte herausfordernd, sah ihr ins Gesicht und streckte auch ihr die Hand hin und Rose ergriff sie.

»Schön, dich mal wieder zu sehen«, sagte er. »Du machst dich in letzter Zeit rar. Komm doch mal wieder vorbei. Klara würde sich auch freuen.«

Dabei ließ er ihre Hand nicht los. Rose sagte nichts. Dora dachte wütend, er nutzt die Situation schamlos aus. Wenn sie in diesem Moment alleine gewesen wären, hätte er sich unauffällig an ihnen vorbeigedrückt oder sich erst gar nicht sehen lassen. Aber er wusste genau, dass Rose ihn nicht vor anderen Menschen brüskieren würde. Sie würde es schon aus Rücksicht und mit dem Gedanken an seine Frau nicht tun. Dora beobachtete ihn bei seinem unverfrorenen Auftreten, ohne ihn direkt anzusehen. Auch er ließ sie nicht aus den Augen. Er wandte sich ebenfalls mit ausgestreckter Hand an sie. Nur Dora hatte bereits, als sie ihn sah, ihre Hände auf dem Rücken ineinander geschlungen, so als ob sie mit der linken ihre rechte Hand festhalten müsste, damit sie diese nicht aus anerzogener Höflichkeit ihm reichte. Sie sah schräg am Knoten seiner schwarz-rot gestreiften Krawatte vorbei und ignorierte ihn. Es traf sie ein verwunderter Blick der neben ihr stehenden Erika. Sie hatte direkt auf Hagens umsonst ausgestreckte Hand geschaut.

Daraufhin legte er eine Hand, so wie Obama, der amerikanische Präsident, es bei fast allen seinen Gästen tat, vertraulich auf Roses Schulter. Von dort ließ er seine Hand wie streichelnd langsam über ihren Oberarm bis zum Ellbogen gleiten, um sie dort noch einen viel zu langen Moment liegen zu lassen. Damit demonstrierte er vor allen Leuten seine Nähe zu Rose. Dora konnte sehen, wie Rose sich schüttelte.

»Dann bis bald mal«, sagte Hagen.

Er grinste hämisch in Doras Richtung und entfernte sich mit vorgerecktem Kopf. Erika und ihre Gäste hatte er erst gar nicht mehr versucht, per Handschlag zu begrüßen. Als sie auf dem Weg zu ihren Plätzen waren, flüsterte Rose:

»Ich könnt mich ärgern, dass ich ihm die Hand gegeben habe. Ich ekle mich vor ihm. Ich muss mir jetzt zuerst die Hände waschen gehen. Es war ein Reflex. Ich bring das einfach nicht fertig. Ich bin ihm nicht gewachsen.« Und dann schob sie noch nach: »So wie du!«

Und Dora dachte, wenigstens macht er heute keinen Unfug in meinem Haus oder Garten. Aber sie wusste auch, dass sie ihn wieder brüskiert hatte und er sich sicher bereits über einen Racheakt Gedanken machen würde. Die Frage war nur wie. Was würde er sich ausdenken und wann und wo würde er seinen nächsten Coup landen? Dora beschloss, ihren neuen Nachbarn Walter Schmieder zuerst mal ganz privat um Rat zu fragen. Das wäre sicher besser, als immer Hagens Attacken zu verdrängen, zu ignorieren oder mit zusammengebissenen Zähnen wie eine Kröte zu schlucken. Außerdem brauchte sie Beweise. Der Kommissar konnte ihr vielleicht Tipps geben, wie sie sich verhalten sollte. Auf der anderen Seite stand die Frage, ob es klug war, den Kommissar auf ihren Hass, den sie kaum noch zügeln konnte, aufmerksam zu machen.

Hortenses Wohnung in München kostete jeden Monat Geld, das nicht mehr da war. Dora musste endlich entscheiden, was mit den Möbeln und sonstigen Besitztümern geschehen sollte. Das Telefon musste abgemeldet und die Hausratversicherung gekündigt werden. Mit der Generalvollmacht war Dora auch berechtigt, alle Vermögensfragen für ihre Tante zu entscheiden. Das Konto bei der Münchner Bank machte keinen Sinn mehr. Dora hatte bereits in Meersburg ein Konto für Hortense eröffnet. Mit dem Umzug in das Heim in Überlingen war auch die Ummeldung beim Einwohnermeldeamt notwendig geworden. Der Rentenstelle in Berlin hatte Dora bereits die neue Adresse und Kontonummer mitgeteilt. Am Montag hatte sie einen Termin mit einem Makler ausgemacht und auf der Bank gab es ebenfalls einiges zu erledigen. Also packte sie für drei Tage ihre Tasche und fuhr einmal mehr mit einem Paket leerer Umzugskartons nach München.

Aber vorher öffnete sie die neueste Mail von Marc B. Die neue Nachricht brachte sie zuerst zum Lachen und dann dazu, dass sie schon wieder das Gefühl hatte, rot zu werden. Beim Weiterlesen fragte sie sich: Bekommt die Geschichte nun einen bedrohlichen Unterton oder bilde ich mir das ein? Sie ärgerte sich, weil sie anfing, plötzlich überall Gespenster und Gefahr zu vermuten. Gleichzeitig genoss sie die Aufregung.

Die Wohnung in München war nur noch ungemütlich. Überall standen gepackte Kartons herum und noch immer war nicht abzusehen, wie viel noch in den Schränken verstaut war. Dora packte weiter, ohne eine genaue Vorstellung zu haben, wo die Kartons einmal hinkommen sollten. Sie brachte 50 Jahre alte oder noch ältere Modell-Kleider, italienische Stöckelschuhe und Lackstiefel in den nächsten Sammel-Container.

In einem Schrank auf dem Dachboden entdeckte sie weitere alte Fotoalben und ein Poesiealbum aus der Schulzeit ihrer Tante. Die Sprüche darin waren teilweise noch in Sütterlinschrift geschrieben. Dora hockte mitten im verstaubten Holzverschlag und versuchte, sie zu entziffern. In einem Fotoalbum mit kleinen, vergilbten, ehemals schwarz-weißen Kinderbildern erkannte sie ihre Tante zusammen mit einem kleinen Mädchen. Die Fotos hatten alle einen gelbstichigen Rand. Unregelmäßig gewellt umrahmte er den wie eingefrorenen, längst verflossenen Moment. »Hortense und Viktoria« stand in altmodischer, kindlicher Schrift unter den Fotos. Dora fragte sich, ob das kleine hübsche Mädchen mit der propellerähnlichen großen Schleife mitten auf dem Kopf Viktoria Kohler gewesen war, Hagen Reichs Schwiegermutter. Dora packte das Album ein und beschloss, es mit Hortense zusammen anzusehen. Sie war froh, wenn sie eine Idee oder einen Anlass fand, durch den sie noch wie durch eine kleine verborgene Geheimtür Zugang zu ihrer Tante bekam. Etwas, womit sie Hortense noch irgendwo erreichte.

Auf der anderen Seite ließ Dora sackweise verstaubte Dekorations- und Haushaltsartikel im Müll verschwinden. Sie fühlte sich nicht nur, sondern sie wurde bei der Aufräumerei schmutzig und verbrachte am Abend viel Zeit im Bad. Nach der Entfernung der Vorhänge, den alten kleinen Teppichen und Ablagen wirkte die mit den Jahren ergraute frühere Marmorpracht nur noch alt, nackt und schäbig.

Am Sonntag regnete es. Die feuchte Kälte verstärkte noch die ganze Trostlosigkeit ihrer Umgebung und ihres Tuns. Sie zwang sich, um nicht in ein depressives Loch zu fallen, in die Stadt zu fahren und eine Ausstellung in der Kunsthalle der Hypobank anzusehen. Auf der Fahrt über den Mittleren Ring hatten große Plakate an fast jedem Laternenpfahl unübersehbar darauf aufmerksam gemacht.

Die Bilder der amerikanischen Künstlerin Georgia O'Keeffe erschlugen Dora fast mit ihrer Kraft und den

Farben. Sie kannte bereits viele der Blumengemälde. Sie hatte aber noch nie so nah und vor so vielen Bildern gestanden und dabei diese vor versteckter Erotik strotzende Ausstrahlung empfunden. Die Malerin hatte oft nicht nach der Natur gemalt, sondern Seidenblumen als Vorlagen benutzt und dieses auch nicht versucht zu verschleiern. Mit Marc B.s Texten im Kopf wanderte sie von Bild zu Bild. Es tat sich ihr plötzlich eine völlig neue Sichtweise auf.

Im Museumsshop kaufte sie einen Stapel Kunstkarten der Malerin. Dabei entdeckte sie auch Gustav Klimt und entschied sich, auch von ihm einige Drucke erotischer Zeichnungen mitzunehmen. Im Franziskaner leistete sie sich ein frühes Abendessen, das sie geistesabwesend in sich hineinschob. Ohne den sonst obligatorischen Schaufensterbummel die Sendlinger Straße entlang fuhr sie gleich vom Marien-Platz aus mit der U-Bahn zurück. Sie ging früh ins Bett. Die Wohnung kam ihr noch schmutziger, kälter und noch ungemütlicher als bei ihrem Weggang vor ein paar Stunden vor. Sie versuchte, in Marc Beckers Buch zu lesen, und stellte fest, dass sie immer wieder abschweifte. Als Wissenschaftler und Historiker forschte er nach Fakten, Überlieferungen aus der Vergangenheit. Aber wie er diese recherchierten Ergebnisse zusammenstellte, machte sein Buch interessant. Und trotzdem, Dora las zwar, aber es blieb nichts hängen. Sie wusste nicht, was sie gelesen hatte.

Stattdessen stellte sie sich vor, wie es wäre, wenn er mit seinen Händen ihren Körper berühren würde. Unter den am Nachmittag gekauften Drucken war eine Skizze einer nackten Frau, die bäuchlings auf einem Sofa lag. Dora steckte die Karte ohne ein Wort in einen Umschlag und adressierte ihn ohne Absender an Marc Becker. Sie stand auf, zog sich etwas über und ging mitten in der Nacht zum nächsten Briefkasten. Sie hatte eine Entscheidung getroffen.

»Bin gespannt, wie es nun weitergehen wird.«

Sie sprach mal wieder laut mit sich. Die Aufregung würde ihr vorerst sicher erhalten bleiben. Es nieselte. Die Straßenlaternen spiegelten sich im nassen Asphalt. Dora rannte. Es gab keinen Grund dazu. Es waren nicht viele Menschen unterwegs. Sie fühlte sich leicht wie seit Langem nicht mehr. Sie nahm keinen Aufzug, sondern eilte die Treppe hinauf, nur um oben völlig außer Atem und mit wild pochendem Herzen anzukommen.

»Du bist doch nicht ganz bei Trost«, sagte sie laut.

Und dann stellte sie sich die Konsequenz ihrer Entscheidung vor. Sie fragte sich, plötzlich vor ihrer eigenen Courage erschrocken, welchen Stein sie mit dem Abschicken der Karte ins Rollen gebracht hatte. Mit dieser Karte hatte sie ihre Bereitschaft zu einem amourösen, sexuellen Abenteuer signalisiert. Wenn sie jetzt noch einen Rückzieher machen würde, würde sie, auch vor sich selbst, lächerlich dastehen.

»Was soll's?«, sagte sie übertrieben laut. »Ich will's ja.«

Dora lachte. Der Zauber ging weiter. Sie wollte es und sie war gespannt, wie Marc nun auf ihre Nachricht reagieren würde. In der Nacht schlief sie schlecht. Sie träumte einmal mehr, Hortense sei wieder gesund geworden und stünde vor ihrer Wohnungstür. Dora musste sich rechtfertigen, warum sie ihre Schätze vernichtet hatte.

Er hatte ihre Botschaft erhalten und rief an. Bei Dora machte sich, nachdem sie begriffen hatte, wer am anderen Ende der Leitung war, der Blutdruck bemerkbar. Die Überraschung und ihre Unsicherheit dauerten nur einen kurzen Moment. Er sagte, dass ihre Botschaft ihn glücklich mache, und Dora wurde rot. Ich muss cooler werden, dachte sie.

Von da an telefonierten sie jeden Tag. Sie tasteten sich in ihren Köpfen zueinander. Sie glaubten, sich und ihre Denkweise zu kennen, und waren sich trotzdem körperlich fremd. Bei ihren manchmal stundenlangen Gesprächen spielte das Alter keine Rolle. Als Dora es ansprach, sagte er bestimmt:

»Alter hat wie Jugend Vor- und Nachteile. Man sollte über etwas nicht urteilen oder sich eine Meinung bilden, solange man selbst nicht die Erfahrung gemacht hat. Wie du weißt, verehre ich uralte Frauen. Im Vergleich zu ihnen bist du ein Küken. Durch meine Arbeit habe ich vielleicht eine andere Einstellung zu dem Wort Alter. Alles, was wir in diesem Moment sind, sind wir, weil wir auf etwas Vergangenes, also Altes aufbauen. Je reicher und breiter unser Fundament ist, desto sicherer können wir stehen. Das trifft doch vor allem auf unsere Persönlichkeit zu. Für mich bist du vor allen Dingen eine sehr interessante Frau.«

Und damit war für ihn das Thema Alter abgeschlossen.

Zwischen ihren Gesprächen und seinen Mails lagen Welten. Keiner von ihnen sprach einen Zeitpunkt für ein Treffen an. Wenn sie sich trafen, geschah es zufällig und sie waren zwei fremde, fast distanzierte Personen. In ihrer Fantasie dagegen hatten sie bereits jeden Abstand verloren. Dora liebte seine elektronischen Botschaften nach wie vor, auch wenn sie immer öfter sehr subtil und unterschwellig das Thema Gewalt beinhalteten. In seinen geschriebenen Worten lebte trotzdem ein Zauber. Sie sagte es ihm und er antwortete ihr:

»Cyrano de Bergerac ist mein Ghostwriter.«

In der nächsten Woche würde Marc nach Istanbul fliegen. Er hatte das Angebot für einen Gastlehrauftrag für ein Semester an der dortigen Universität angenommen. Aus diesem Anlass wollten sie ihre Fantasien Realität werden lassen.

Sie wussten beide, dass eine wirkliche Beziehung, die einen normalen Alltag einschloss, für sie nicht infrage kam. Aber eine gemeinsame Nacht wollten sie. Sie sprachen darüber am Telefon, ihre Planungen waren sachlich, ja fast kühl. Es war so, als ob sie für Doppelgänger planten. Dora sprach nun für sich, für ihre Protagonistin.

Marc würde sie anrufen, wenn er auf dem Weg zu ihr war. Irgendwann in der Nacht wollte er kommen. Dora sollte für ihn eine Tür geöffnet lassen und sich schlafend stellen. Er wollte, um die Spannung zu steigern, sie im Dunkeln suchen. In ihrer Wohnung war er noch nie gewesen.

Es war kurz nach Mitternacht, als Doras Handy klingelte. Sie hatte es direkt neben ihrem Kopf auf dem Kissen abgelegt. Sie fuhr aus dem Schlaf hoch. Dabei hätte sie schwören können, dass sie bis dahin keine Minute geschlafen hatte. Den Abend hatte sie in ihrem Badezimmer zugebracht. Sie stellte fest, dass sie jeden Morgen und Abend sich vor einem Spiegel an- und ausgezogen hatte, ohne sich wirklich anzusehen. Aber nicht an diesem Abend. Sie bedauerte, nicht jünger und schöner zu sein. Gleichzeitig wuchs ihr sonst auch nicht gerade kleines Selbstbewusstsein. Hatte doch ein wesentlich jüngerer Mann ihr über Wochen auf fantasievolle Art das Gefühl gegeben, begehrenswert zu sein. Würde das noch einmal in ihrem Leben passieren? Diese Nacht wollte sie als etwas Besonderes in ihrer Erinnerung behalten.

Sie war aufgeregt, gespannt und gleichzeitig unsicher wie ein junges Mädchen. Sie verbot sich jede Erwartungshaltung. Sie hatte sich vorgenommen, sich fallen zu lassen. Sie fühlte sich in ihrem Kopf und Innersten zeitlos. Ihr Alter war eine nicht zu ändernde Tatsache. Ihr ganzes Leben lang hatte sie sich nie jung oder alt gedacht. Sie war einfach

Dora. Und auch heute war sie einfach Dora. Sie hatte sich immer für vollwertig gehalten. Das Außen und das Innen zusammen waren die zwei Bestandteile, die sie ausmachten. Je älter sie wurde, desto mehr veränderte sich ihr Äußeres, aber gleichzeitig wurde im doppelten Sinn auch ihre Haut dünner. Die zunehmenden kleinen Falten waren nicht zu übersehen. Ihr Inneres dagegen gewann an Weite. Sie hatte noch nie das Gefühl gehabt, in sich selbst, in ihrem Kopf alt zu sein. Es war nur ein Teil der Gesellschaft, der einer Frau mit 60 das Adjektiv alt verpasste. Wenn es hoch kam, noch mit dem großzügigen Zusatz, aber man sehe es ihr kaum an. Dabei wollte Dora sich und ihre eigene Generation nicht ausnehmen, als sie »jung« waren, dachten sie auch so. Und dann tauchte wieder die Frage der Zeit und des Ver-rückt-seins auf.

Nach dem zweiten Klingeln sagte sie mit belegter Stimme »Hallo!« Marc sagte ebenfalls nur »Hallo.« So wie er es sagte, glaubte sie ihn dabei lachen zu hören und zu sehen. Ihre erste Befangenheit verschwand.

»Ich bin auf dem Weg. Bist du sicher, dass du wirklich willst, dass ich jetzt komme?«

So wie er das sagte, erwartete er nichts anderes als eine Zustimmung.

»Die Terrassentür ist offen, du musst um das Haus gehen. Ich hoffe, du findest den Weg«, sagte Dora. »Sei leise!« und dann legte sie auf.

Sie lief hinüber und entriegelte die Tür, die vom Wohnzimmer in den Garten führte. Frisch abgefallene Blättchen ihres exotischen Monsters lagen bereits wieder am Boden und blieben an ihren nackten Füßen hängen. Sie streifte sie ab, bevor sie sich mit abgewandtem Gesicht wie das Model von Gustav Klimt auf der Zeichnung auf den Bauch in ihr Bett zurücklegte. Sie zog die Decke bis zu den Schultern.

Sie stellte sich schlafend. Dabei waren ihre Sinne aufs Äußerste gespannt. Ihr Herz schien in ihrer Magengegend zu pochen. Es kam ihr wie eine Ewigkeit vor, bis sie endlich das leise Schließen der Tür zum Garten vernahm. In ihrer überspannten Fantasie tauchte eine Szene aus einer XY-Sendung vor nicht allzu langer Zeit auf, in der ein Mörder mit einem auf dem Rücken verborgenen spitzen Messer durch eine achtlos aufgelassene Terrassentür hereingeschlichen kam. Ihre Kopfhaut zog sich prickelnd zusammen.

Dora hatte auf Marcs Wunsch hin keine Beleuchtungsquelle in der Wohnung angelassen. Es herrschte fast völlige Dunkelheit. Die Nacht außerhalb des Hauses schien dagegen durchsichtig zu sein und warf durch die großen Fenster einen sanften Schimmer, der die Konturen der Einrichtung verwischte. Anhand der Geräusche registrierte sie, dass er sich auf ihr Zimmer zubewegte, so als wäre er bereits am Tage einmal da gewesen und hätte sich die Gegebenheiten eingeprägt. Er musste barfuß den Raum betreten haben. Die Nacht schien die Geräusche scheinbar zu verstärken. Dora hielt die Luft an, um nichts zu überhören. Sie hörte ihn atmen. Er stand direkt vor ihrem Bett. Er bewegte sich nicht mehr und sie dachte: Was macht er? Die Spannung war kaum noch zu ertragen. Die Luft schien elektrisch geladen zu sein. Sie zwang sich, den Kopf nicht zu wenden und die Augen nicht zu öffnen. Sie hatte sich auf das Spiel eingelassen und sie wollte es spielen. Sie versuchte, sich zu entspannen.

Ihre Gedanken schlugen Purzelbäume. Sie fragte sich: Trägt er eine Krawatte und was für ein Muster hat sie? Wozu braucht er sie heute Abend? Sie glaubte zu hören, wie er sie lockerte und über den Kopf zog. Wie es ihr schien, öffnete er nach einer Ewigkeit die Knöpfe seines Hemdes. Sie hörte, wie es zu Boden fiel. Sie vernahm das Öffnen eines Reißverschlusses und in ihrem Kopf tauchte das Plattencover einer Rolling-Stones-Platte von Andy Warhol auf, auf der ein Teil einer Jeans mit Reißverschluss abgebildet war. Sie dachte, dass sie sich vorher nie hätte vorstellen können, wie langsam, wie laut und gleichzeitig aufregend es sich anhörte und was dieses Geräusch in der Stille und Dunkelheit für Gefühle auszulösen vermochte. Ihr Herz jagte und sie hoffte, dass er es nicht bemerkte. Die Spannung steigerte sich ins Unerträgliche. Endlich schob er ganz sachte ihre Decke, die leise knisterte, nach unten. Doras Kopfhaut zog sich zusammen. Dann spürte sie seine Lippen. Wie sie in ihrem Nacken begannen, sie sanft zu berühren, und ihre Wirbelsäule entlang im Zeitlupentempo, gefolgt von einem tanzenden Ameisenvolk, entlangwanderten. Kribbelnd entspannte sich die Haut auf ihrem Kopf und Dora war sicher, dass er nicht nur mit Worten zaubern konnte.

Sie wollte es nicht, aber ihre Welt stand Kopf. Es gab keine Beschreibung für Doras Gefühlslage. Sie glaubte, Bäume ausreißen zu können. In der Wohnung hielt sie es nicht aus. Es war alles so eng. Sie stürzte sich in den Garten, um stundenlang wie verrückt zu arbeiten. Sie erntete Minze, Salbei und all die anderen Küchenkräuter, denen sie fast den ganzen Sommer über keine Aufmerksamkeit geschenkt hatte, und legte sie auf alten Leinenbettlaken auf dem Dachboden zum Trocknen aus. Sie harkte den Kiesweg und bekämpfte das Unkraut auf den Stellplätzen und unter den Rosen. Sie schnitt Sträucher zusammen, obwohl sie wusste, dass die Zeit dazu nicht günstig war. Ihr Bewegungsdrang war nicht zu bremsen. Dabei schien ein dümmlich strahlendes, kleines Lächeln nicht aus ihrem Gesicht zu verschwinden. Und dann gab es wieder Phasen, in denen sie sich kaum bewegte. Sie saß nur da und ließ die Zeit verstreichen. Sie hörte dem Ticken der Uhr zu.

Doras Freundin Anita, die vor Kurzem ihren 70. Geburtstag gefeiert und immer noch in Port Soller auf Mallorca ein Modegeschäft hatte, rief mal wieder an und fragte, ob Dora im Oktober Zeit für sie hätte. Sie wollte eine Woche an den See zu Besuch kommen. Dora war während des Gesprächs nur halb bei der Sache. Sie sagte zu. Ohne darüber nachzudenken, ob es ihr passen würde oder nicht.

Wenn Dora an Marc dachte, beschlich sie oft Unsicherheit. Sobald sie zu denken anfing, fragte sie sich: Auf was hast du dich eingelassen? Tante Hortense war nur noch eine Randerscheinung in ihrem Leben. Selbst Hagen Reich und die Gefahr, die von ihm ausging und der sie sich bewusst war, waren in die Ferne gerückt. Sie verdrängte oder versuchte zu verdrängen. Immer gelang es ihr nicht. Dora hatte ganz klar eine Abmachung mit sich selbst getroffen. Marc B. war nicht der Anfang einer Beziehung. Die Jungen nannten es einen One-Night-Stand. Warum sollte sich das nicht auch eine 60-Jährige erlauben? Und trotzdem, sie ging wie neben sich her. So, als wäre sie plötzlich doppelt vorhanden. Ihr PC und die Mails hatten eine magische Anziehungskraft. Sie zwang sich, drei Tage lang ihr Postfach nicht zu öffnen. Dann war es mit der Zurückhaltung vorbei. Es waren drei Nachrichten von Marc für sie angekommen. Jeden Tag eine. Fast zaghaft öffnete sie die erste. Sie bestand nur aus zwei Worten: »Fortsetzung folgt?«, mit einem dicken Fragezeichen versehen. Die beiden andern Mails hatten denselben Inhalt. Nur diese zwei Worte mit Fragezeichen. Irgendwie waren sie eine Erleichterung, aber gleichzeitig ließen sie wiederum alles offen. Was war dieses alles? Dora musste an Hortense denken.

Der Garten sah innerhalb weniger Tage wieder so aus, als wäre er in diesem Jahr nie vernachlässigt worden. Dora war von der körperlichen Arbeit erschöpft und beschloss, mit einem langen entspannenden Kräuterölbad gegen ihre Rückenschmerzen anzukämpfen. Sie hatte die ganzen Tage noch nicht laut mit sich selbst gesprochen. Jedenfalls war ihr nichts aufgefallen. Dafür hüpften ihre Gedanken wie die kleinen grünen Rhododendron-Zikaden wild durcheinander. Baden war immer gut, nicht nur für den Körper, auch für ihre Psyche. Sie war den ganzen Tag barfuß unterwegs gewesen und dementsprechend verwahrlost sahen ihre Füße aus. Bevor sie in die Wanne stieg, stellte sie ein Glas Bodensee-Secco auf den hinteren Wannenrand und legte sich den Bimsstein und ihre Nagelschere daneben. Der Perlator am Wasserhahn war mal wieder verkalkt oder zugesandet. Dora wollte nicht in den Keller gehen und sich ein neues Teil holen. Sie schraubte ihn heraus und der Wasserstrahl schoss ungehindert laut plätschernd in die Wanne. Draußen blies der Wind durch den Maronibaum und wiegte die Äste hin und her. Es war bereits dunkel und Dora ließ das Rollo herunter. Früher hatte sie das nie für nötig gehalten. Seit der Nacht des Konstanzer Seenachtfestes, in der ein Unbekannter mit seinem Boot an ihren Steg gekommen war, fühlte sie sich immer beobachtet.

Sie dimmte das Licht und schob eine CD mit Meditationsmusik in den Recorder. Sie versuchte, ihren Kopf leer zu machen. Sie tauchte mit geschlossenen Augen so weit in das warme, duftende, ölige Wasser ein, dass nur noch ihre Nase herausragte. Sie konzentrierte sich auf das unter Wasser viel deutlicher hörbare aus ihrem Körper kommende Geräusch ihres Herzschlages. Sie glaubte, ihr Blut durch den Körper fließen zu hören. Die Musik dagegen drang nur noch aus weiter Ferne an ihre Ohren. Ihre Kopfhaut zog sich zusammen und entspannte sich gerade kribbelnd, als sie auf ihrer auf dem Wannenrand liegenden, nassen linken Hand den Hauch eines Luftzuges verspürte.

Instinktiv schoss ihr Kopf aus dem Wasser und sie sah sich bereits zwei in hellen Gummihandschuhen steckenden Händen gegenüber, die sich auf ihre Schultern stürzten und sie zurück unter Wasser zu drücken versuchten.

Außer den Händen sah sie nur den in einer schwarzen Strickmaske steckenden Kopf. An Augen, die hinter den schmalen Schlitzen gewesen sein mussten, konnte sie sich später nicht erinnern. Aber an das Strickmuster der Maske. Sie sah es den ganzen nächsten Tag vor sich. Sie wusste, dass die schwarze Maske eins rechts eins links gestrickt war. Dasselbe Muster, mit dem sie früher Kinder-Socken und -Handschuhe gestrickt hatte.

Doras erster Gedanke war Hagen Reich. Jetzt ist er ganz durchgeknallt. Und dann kämpfte sie um ihr Leben. Die Hände pressten wie ein Schraubstock ihre Schultern auf den Wannengrund. Sie versuchte, ihren Kopf über Wasser zu halten. Verzweifelt wollte sie sich mit den Händen am Wannenrand festhalten und hochziehen. Sie rutschte ab. Beim zweiten Versuch stieß sie das Sektglas ins Wasser und dann hatte sie plötzlich ihre Nagelschere in der Hand.

Jetzt mach es richtig oder es ist aus mit dir, dachte sie, bevor sie mit aller Kraft, die sie in diesem Moment mobilisieren konnte, blind zustach. Ihr Angreifer stöhnte auf und ließ sie los. Dora schoss hoch und wollte ein weiteres Mal zustechen, aber, als sie durch den öligen Badewasserschleier auf ihren Augen wieder deutlich sehen konnte, war sie allein. Sie dachte nur, raus aus dem Wasser, raus aus der Wanne! Sie zog den Stöpsel. Sie schwang sich über den Rand. Eine Welle schwappte mit ihr auf den Boden. Sie rappelte sich auf und rutschte auf den glatten, nassen und öligen Fliesen aus. Dora schlug mit dem Hinterkopf auf dem Boden auf. Sie ignorierte den Schmerz. Er drang gar nicht richtig zu ihr durch. Sie kroch, so schnell sie konnte, zur immer noch offen stehenden Tür und stieß sie mit dem Fuß ins Schloss. Mit beiden Händen zog sie sich an der Türklinke hoch. Sie drehte den Schlüssel zweimal um und sank dann kraftlos zu Boden.

Und dann kam das Zittern. Sie lag nackt in einer Wasserlache und konnte nicht aufhören zu zittern. Sie klapperte wie bei Schüttelfrost mit den Zähnen und das Zittern zog sich bis zu ihren Zehen hinunter fort. Wie lange sie so da lag, wusste sie später nicht mehr. Als in ihr Bewusstsein drang, dass sie ihren Angreifer verletzt haben musste, dachte sie: Jetzt habe ich seine DNA. Jetzt kann ich es beweisen. Das Zittern hörte schlagartig auf. Aus dem Recorder kamen die letzten sanften Klänge. Sie kroch zur Wanne hinüber und sah die Schere in einer Pfütze vor dem Abfluss liegen. Und dann heulte sie auf wie ein kleines Kind. Sie hatte die Gelegenheit, ihren Peiniger zu überführen, verpatzt. Ihren perfekten Beweis hatte sie den Abfluss hinunter verschwinden lassen. Was sollte sie jetzt tun? Sollte sie um Hilfe rufen? Dora wusste nicht mal, ob ihr Sohn zu Hause war oder nicht. Und sie dachte wieder an ihre Tante, die nackt auf ihrer Terrasse gestanden und um Hilfe gerufen hatte. Würde man sie auch für dement halten, wenn sie behauptete, dass ein maskierter Mann sie in ihrer eigenen Badewanne ertränken wollte? Sie horchte angespannt auf Geräusche aus ihrer Wohnung. Es war vollkommen still.

Normalerweise nahm Dora, wenn sie eines ihrer längeren Basenbäder nahm, die bis zu 90 Minuten dauerten, ihr Telefon mit ins Badezimmer. Wenn sie nicht gerade ein spannendes Buch zum Lesen hatte, rief sie eine ihrer Freundinnen an und sie hielten einen Schwatz zusammen. Aber diesmal hatte sie kein Telefon mitgenommen. Sie war ja im Moment ausreichend mit sich und ihrer Fantasie beschäftigt. Sie traute sich nicht aus dem Badezimmer hinaus. Wer weiß, wo der unberechenbare Angreifer sich im Haus aufhielt. Dora wollte warten, bis sie anhand von Geräuschen sicher sein konnte, dass ihr Sohn im Haus war. Sie trocknete den Fußboden auf und setzte sich, ihren Bademantel eng um sich gewickelt, auf einen Stapel Handtücher und überlegte:

Wie war er diesmal ins Haus gekommen? Er musste einen Schlüssel haben. Ob er bei Rose, die einen Ersatzschlüssel hatte, ihn sich ausgeborgt hatte? Hagen war durch die Freundschaft von Rose und Klara öfter bei Zieglers. Er brauchte ihn nur aus dem Schlüsselkasten genommen zu haben. Eine Kopie machen zu lassen, dauerte nicht lang. Und danach hatte er sicher auch einen Grund gefunden, um ihn wieder unbemerkt zurückzuhängen. Vermutlich hatte Klara sogar einen Hausschlüssel von Zieglers. Dora hatte ja ebenfalls einen. Daran hatte sie noch nicht gedacht. Das erklärte auch sein problemloses Eindringen bei ihr. Das bedeutete, dass sie in Zukunft ihre Wohnung ebenfalls abzuschließen hatte und den Schlüssel innen stecken lassen musste.

Das Geräusch der Klospülung aus dem Bad über ihr signalisierte ihr, dass ihr Sohn im Haus war. Dora traute sich, das Bad vorsichtig zu verlassen. Sie schaltete in der ganzen Wohnung alle Lampen ein und versicherte sich, dass sie wirklich allein war. Sie schloss ihre Eingangstür ab. Sie zog sich einen frischen Gefrierbeutel über die rechte Hand und nahm die Schere aus der Badewanne, ohne sie zu berühren. Vielleicht waren ja doch noch DNA-Spuren daran.

Bis jetzt hatte Dora Hagens Aktionen als bloße Drohungen eingestuft, aber diesmal war es für sie ums nackte Überleben gegangen. Allein bei dem Gedanken fing sie wieder zu zittern an. Dass er sie wirklich umzubringen versuchen würde, hätte sie Hagen Reich nicht zugetraut. Es blieb ihr jetzt nichts anderes übrig, wenn sie überleben wollte, musste etwas geschehen. Dora hatte es gewagt, sich zwischen ihn und das Ziel seiner Begierde zu stellen. Jetzt übte er Rache. Der Brief mit dem Ziegenbockfoto war vermutlich der Auslöser. Danach hatte die Geschichte zu eskalieren begonnen.

Sie brauchte jetzt ganz dringend jemanden, der ihr half, und vor allem jemanden, mit dem sie sprechen konnte, jemanden, der sie ernst nahm. Am Wochenende würde sie ganz bestimmt zu Schmieders hinübergehen und mit ihnen reden. Walter Schmieder war bei der Kripo, er würde ihr sicher glauben. Vielleicht konnte sie ja vorher noch in Erfahrung bringen, ob Hagen eine Verletzung im Bereich der linken Schulter oder am Oberarm hatte. Dort musste sie ihn getroffen haben.

Dora hatte vor, sich in die Höhle des Löwen zu begeben. Sie hatte mit Klara bereits abgesprochen, dass sie ihrer Mutter die Kinderfotos aus Hortenses Besitz zeigen wollte. Hagen Reich würde sie nicht einschüchtern. Auch wenn sie sich fürchtete, zeigen würde sie es ihm auf keinen Fall. Außerdem glaubte sie nicht, dass er ihr in seinem Haus etwas antun würde. Zur Sicherheit würde sie ihren Sohn und ihre Freundin Rose davon unterrichten, dass sie auf dem Weg zu Frau Kohler am Hang auf der anderen Seite der Straße war.

Es war amtlich: Hagen Reich musste die Thujahecke bis auf unter zwei Meter zurückschneiden und sie durfte nicht auf das Grundstück des Nachbarn ragen. Das Einfachste wäre, die ganzen bald 30 Jahre alten, ineinander verwachsenen und wie ein zu heiß gewaschener Wollpullover ineinander verfilzten Thujabäume zu fällen und etwas Neues auf seinem Grundstück, mit gesetzlich vorgeschriebenem Abstand zur Grenze, zu pflanzen. Aber das wollte er nicht. Er plante und daraus machte er auch kein Geheimnis, dass er sehr langsam arbeiten und zurückschneiden würde. Der Nachbar sollte noch möglichst lang den hässlichen Anblick der geschundenen, absterbenden Hecke ertragen.

Hagen hatte bereits mit seiner elektrischen Heckenschere versucht, den Bäumen die Spitzen zu kappen. Die Äste waren jedoch schon in luftiger Höhe zu dick und widerstanden seinen Bemühungen mit der viel zu schwachen Technik. Als es bei Lidl gerade dann eine elektrische Kettensäge gab, griff er zu.

Am Samstagmorgen hatten Dr. Engelmann und seine Frau sich auf ihrer verglasten Terrasse zum Frühstück niedergelassen, als Hagen Reich seine Schwiegermutter mit einer hellblauen Wolldecke über den Beinen im Rollstuhl auf eine ebene Fläche seitlich des Hauses schob. Von dort würde sie eine gute Aussicht auf seine nächste Tätigkeit haben. Seine Frau Klara schickte er zum Metzger, um Grillfleisch zu kaufen.

Der Himmel strahlte mal wieder wolkenlos blau. Es würde nochmals ein wunderschöner Altweibersommertag werden und laut Wettervorhersage auch bleiben. Die Luft war frisch und klar und das Wasser des Sees so transparent wie Leitungswasser. Die Berge schienen so nah wie schon lange nicht mehr. Neugierig standen sie fast vor der Haustür, was allerdings auf einen Wetterumschwung hindeutete. Hagen Reich wollte den Samstag nutzen. Warum sollte er erst am Montag mit den Sägearbeiten beginnen, wenn seine Nachbarn wieder in Stuttgart waren? Der See lag ruhig und glitzernd in der Morgensonne. Drüben in der Schweiz waren die Fensterscheiben einzelner Häuser im Grün der Voralpen auszumachen. Der Säntis dahinter schien aus dem See in den Himmel zu wachsen. Es war ein idealer Tag, um nach getaner Arbeit noch einmal zu grillen.

Klara kam mit ihrer Einkaufstasche aus dem Haus. Sie strich ihrer Mutter liebevoll über den Rücken und steckte die leichte Wolldecke seitlich über ihren Knien fest. Sie drückte ihr einen Kuss auf die Backe und ging mit wehendem Haarschleier die Treppe zur Straße hinunter. Hagen baute eine große, extra für diesen Zweck organisierte Leiter auf. Sie konnte wie ein Gerüst in U-Form aufgestellt werden. Auf dem unebenen, abschüssigen Hanggrundstück war das nicht ganz einfach. Eine Seite musste er mit mehreren Zentimeter dicken Holzplatten ausgleichen. Seine neue Kettensäge hatte er bereits ausprobiert. Um keine lahme Hand und verkrampfte Finger bei Dauerbetrieb zu bekommen, hatte er sich aus Klettband eine Vorrichtung gebastelt, die den Einschaltknopf gedrückt hielt, wenn er das Band nur fest genug zurrte. Er war mal wieder cleverer, als die Polizei erlaubte. Ein rotes, 50 Meter langes Kabel hatte er im Zimmer seiner Schwiegermutter eingesteckt und durch das Fenster bis an die Leiter gelegt. Hagen verband das Kabel seiner ordnungswidrig präparierten Säge mit dem Verlängerungskabel. Der Motor knatterte sofort los und die gezackte Kette stöhnte auf und schrie nach Arbeit. Stolz, nach Beifall heischend sah er zu seiner Schwiegermutter. Die laufende Kettensäge bewegte er dabei obszön aus seinem Schritt heraus auf und ab, während er die Leiter seitwärts hinaufstieg.

»Gell do gugschd«, schrie er grinsend, den Lärm übertönend und den örtlichen Dialekt imitierend ihr zu.

Viktoria Kohler sah geradeaus. Sie ignorierte ihn.

Hagen Reichs Plan war, die Arbeiten möglichst lange hinauszuzögern und die Thujabäume zuerst nur um circa einen Meter der ganzen Heckenlänge nach zu kürzen. Da die Bäume über fünf Meter hoch waren, musste für diese Arbeit die Leiter zu Beginn sehr steil aufgestellt sein. Dadurch war der Arbeitsradius nicht sehr groß. Nach 20 Minuten hatte Hagen das in dieser Position erreichbare Grünzeug und Holz der Äste gekappt. Es war eine kräftezehrende und schweißtreibende Arbeit. Aber er schien sichtlich begeistert von seinem neuen technischen Arbeitsgerät. Er kletterte von der Leiter herunter und zog den Verbindungsstecker. Stille trat ein. Die Nachbarn hatten sich ins Hausinnere zurückgezogen. Hagen machte eine

Pause. Er öffnete zischend eine Flasche Bier. Schaum quoll über und er trank hastig. Nachdem er die Flasche abgesetzt hatte, stöhnte er lustvoll. Er hielt sie seiner Schwiegermutter hin. Viktoria tat so, als hätte sie die Flasche nicht gesehen. Hagen versetzte seine Leiter. Sie war nun fast auf der Höhe des Rollstuhls. Wenn er nicht aufpasste, könnten abgesägte, herunterfallende Äste Viktoria Kohler treffen.

Dora hatte Tage zuvor mit Klara gesprochen und ihr von den entdeckten alten Kinderfotos erzählt. Die Kinderfotos zeigten vermutlich Klaras Mutter und ihrer Tante Hortense. Sie hatte sie auch Hortense gezeigt, die allerdings keinerlei Interesse an den Bildern hatte. Sie sagte nur mürrisch:

»Was soll ich mit dem alten Krempel?«

Dora hatte den Eindruck, dass sie weder sich noch Viktoria Kohler auf den Bildern erkannt hatte. Vielleicht machte sie ja Frau Kohler mit den alten Erinnerungen eine Freude. Einen Versuch wäre es wert.

Dora hatte sich nach den Vorkommnissen der letzten Nacht nicht überwinden können, ihr eigenes Bad zu benutzen. Als sie an diesem Morgen aus dem Gästebad gekommen war, hatte sie zu ihrem Entsetzen festgestellt, dass ein erster, bereits 20 Zentimeter langer Ausläufer ihres grünen Monsters dabei war, auch diesen Ort zu erobern. Er hatte sich über Nacht zwischen Tür und Zargen durchgezwängt.

»Das geht zu weit!«, schrie sie, als könnte die Pflanze sie verstehen.

Die Raumluft kam ihr plötzlich verbraucht und abgestanden vor. Es schien ihr, als ob der grüne Filz ihr die Luft zum Atmen streitig machen würde. Wutentbrannt rannte sie halb angezogen in die Garage hinaus. Als sie auf dem Weg dorthin zwischen zwei Forsythiensträuchern durchlief, hatte sie plötzlich das ganze Gesicht voller

Spinnwebfäden. Altweibersommer, dachte sie und versuchte, sich ärgerlich mit Wischen und Spucken von dem fast unsichtbaren, aber deutlich spürbaren Seidengespinst zu befreien. Sie klemmte sich die stärkste Astschere, die sie besaß, unter den Arm und mit Sägen in verschiedenen Ausführungen in jeder Hand stürmte sie in ihr grünes Wohnzimmer.

Drei Stämme, fast so dick wie ihre Arme, hatten sich aus dem einstigen Winzling entwickelt. Sie krochen aus dem Beet heraus, pressten sich gegen den Boden, bevor sie die Wand erklommen. Zuerst setzte Dora die Astschere ein. Das Holz schien sich zu wehren. Es ließ sich nicht einfach durchtrennen. Der Stamm bestand aus zähen einzelnen faserigen Strängen. Es roch säuerlich. Ein paar Tropfen durchsichtiger Saft kamen aus den offenen Wunden, die Dora mit der Schere gerissen hatte. Erst mit der flachen geraden Handsäge ließ sich das fast weißliche, harte Innenleben der Pflanze bis auf den Untergrund durchtrennen. Zehn Minuten benötigte sie, bis sie den ersten Ausläufer vollständig durchgesäbelt hatte. Währenddessen schwebten Blättchen lautlos wie kleine Falter von der Decke zu Boden.

Was sie gerade tat, kam ihr wie eine kriegerische Metzelei vor, die ihrer Natur nicht entsprach. Aber wer war hier die Frau im Haus? Und sie dachte an die Hydra und sie sah Herkules, wie er ihr die Köpfe abschlug und die Hälse ausbrannte, damit keine neuen Köpfe mehr nachwachsen konnten. Sie stellte sich vor, wie sie mit einem Flammenwerfer das verzweigte Geäst mit den vielen winzigen Saugnäpfen vernichten könnte, doch dabei liefe sie Gefahr, das ganze Haus abzufackeln. Den unsterblichen Hauptkopf der Hydra hatte Herkules in der Erde vergraben und einen Felsen darauf gewälzt. Und Dora beschloss, da sie nicht die Möglichkeit mit dem Felsen hatte, das ganze Blumenbeet herausreißen zu lassen und jeden noch so kleinen Zweig einschließlich der Wurzeln im Garten zu verbrennen. Eine halbe Stunde später hatte kein Ausläufer mehr Verbindung zu seinen Wurzeln im einstmaligen Orchideenbeet. In ein bis zwei Wochen würde die Pflanze vertrocknet sein. Dann allerdings begann erst die wirkliche Sisyphusarbeit. Die abgestorbenen Pflanzenreste mussten von Wänden und Decken gezupft und vermutlich die hartnäckigsten Reste noch abgeschliffen werden.

Aber jetzt gab es kein Zurück mehr. Die Entscheidung war gefallen und Dora fühlte sich plötzlich wie befreit. Es war keine gute Idee gewesen, einen exotischen Garten in eine Wohnung zu holen. Pflanzen gehörten in die Natur und in ihre natürliche Umgebung. Ein richtiger Wintergarten wäre vielleicht noch eine Alternative. Aber dazwischen stand ihr Noch-Ehemann Alexander mit seinen umfangreichen Umbauplänen.

Dora brachte ihr Arbeitsgerät in die Garage zurück. Sie mied dabei den Weg mit den Spinnwebfäden. Kreischender Lärm machte sie darauf aufmerksam, dass irgendwo jemand mit einer Kettensäge zugange war. Diese hätte sie gerade gebrauchen können. Das schräge, auf und ab jaulende Geräusch kam nicht aus einem der direkten Nachbargrundstücke. Dora fiel ein, dass in der letzten Woche vor Gericht das Urteil im Streit Engelmann gegen Reich gefällt worden war. Rose hatte sie angerufen, nachdem Klara ihr die Neuigkeit verkündet hatte. Wie es schien, war sie einerseits schadenfreudig, andererseits verärgert darüber. Die Sturheit ihres Mannes war ihr zum Schluss auf die Nerven gegangen. Vor allem, weil der Streit völlig sinnlos und von vornherein auf die Dauer gesehen von jedermann als aussichtslos beurteilt worden war. Außerdem hatte er auch nicht gerade geringe Anwaltskosten verschlungen.

Dem Lärm nach hatte Hagen also mit dem Fällen der Hecke begonnen. Er war natürlich zu geizig, um diese Arbeit einem Profi zu überlassen.

Dora überlegte, wenn Hagen in der Lage war, mit der nicht gerade leichten Kettensäge zu arbeiten, dürfte sie ihn in der vergangenen Nacht nicht allzu schwer verletzt haben. Er war Rechtshänder und sie musste ihn links getroffen haben.

Ungefährlich schien das Fällen der Bäume auch für Hagen nicht zu sein. Und es sah so aus, als ob er seine Nachbarn nun ein weiteres Jahr ärgern würde, indem er jeden Samstagmorgen, nun sogar auf richterliche Anordnung, seine Kettensäge aufheulen lassen konnte. Sollte es Dr. Engelmann stören, konnte er ja wieder klagen.

An diesem Morgen musste Hagen vor Wut fast platzen. Dora stellte es sich bildlich vor, und wenn sie mit ihm nicht die fast tödliche Begegnung in ihrem Badezimmer gehabt hätte, hätte sie sicher aus Schadenfreude gelacht. Vielleicht war ja dieses Gerichtsurteil der Auslöser für Hagens nächtlichen Mordanschlag auf sie. Er hatte ein Ventil für seinen Zorn gebraucht. In seinen Augen schien Dora der Grund allen Ärgers zu sein, den er im Moment hatte.

Dora war an diesem Morgen voll Energie, Zorn und auch Hass geladen. Sollte er es wagen, ein dummes Wort oder auch nur eine unklare Bewegung ihr gegenüber fallen zu lassen oder zu machen, würde sie ihn so fertigmachen, wie ihn vermutlich außer seinem Sohn Jan noch nie jemand zusammengestaucht hatte. Aber sie hoffte, dass er nachher so mit seiner Säge beschäftigt sein würde, dass sie ein paar ungestörte Minuten mit der alten Frau Kohler verbringen konnte. Dora klebte einen Zettel mit der Bemerkung »Bin bei Frau Kohler!« an ihre Wohnungstür. Rose hatte sie auch kurz zuvor angerufen und ihr erzählt, dass sie ihrem grünen Ungeheuer gerade den Garaus gemacht hatte. Beiläufig erwähnte sie dabei, dass sie gleich mit alten Fotos von Hortense zu Klaras Mutter hinaufgehen würde.

Mit dem Album in der Hand, in dem eine längst vergangene Zeit stehen geblieben und konserviert worden war, überquerte Dora die Straße. Schon bevor sie das Gartentor zum Reich'schen Grundstück mit zittrigen Händen öffnete, sah sie Hagen, der hoch oben auf der in der Sonne silbern blinkenden Leiter stand und die Säge kreischend durch grünes Dickicht jagte. Der Weg zum Haus war bereits mit abgesägten Ästen bedeckt. Das, was der Mann dort oben tat, sah nicht ungefährlich aus. Dora ertappte sich bei dem Gedanken, dass sie kein Mitleid mit dem alten Bock haben würde, sollte er von seinem luftigen Gerüst herunterfallen. Ja, sie wünschte es sich. Sie sah sich in ihrer Fantasie bereits selbst, wie sie das Gerüst umwarf und der verhasste Mann in die laufende Säge stürzte.

Die alte Frau in ihrem Rollstuhl saß bedenklich nahe neben herabfallenden Ästen. Warum nur bringt Klara ihre Mutter nicht in Sicherheit, fragte sich Dora. Irgendjemand sollte den Rollstuhl aus der Gefahrenzone schieben. Und dann registrierte Dora, wie die alte Frau ihn auch schon selbst mit ihrer linken, gesunden Hand in Bewegung setzte. Sie fuhr genau auf den dem Haus am nächsten stehenden Fuß des Leitergerüstes zu. Dora begann zu rennen. Auf dem Weg nach oben roch es unerträglich nach Friedhof. Es schien, als wollten die malträtierten Pflanzen in der letzten Stunde ihres Lebens, in der Wärme des Altweibersommertages alle noch vorhandenen ätherischen Öle auf einmal verströmen. Dora hüpfte über am Boden verstreut liegende Äste und Grünzeug und dachte: Himmel, warum komme ich nicht schneller vorwärts?

Sie hörte Hagen durch den Lärm der Säge hindurch etwas schreien, das wie »du dummes altes Weib« klang und dann wankte er auch schon. Er versuchte, sein Gleichgewicht auszubalancieren. Es gelang ihm nicht. Mit der laufenden Säge in den von sich gestreckten Händen fiel er rückwärts. Das Geräusch des Aufpralls auf dem kurz geschnittenen, dunkelgrünen Rasen, der so künstlich wirkte wie gerade frisch von einer Riesenrolle aus dem Supermarkt ausgelegt, wurde vom gleichmäßigen Kreischen der Säge übertönt. Die Kette kreiste und kreischte noch immer, als Dora endlich ankam.

Hagen Reichs Kopf lag auf Thujabaumschnitt. Blut spritze wie rot gefärbtes Wasser aus einem Springbrunnen über den mit gelbem Plastik verkleideten Motor der Säge und über das weiße T-Shirt, das sich bereits rot färbte. Die alte Frau saß aufrecht im Rollstuhl und blickte Dora ohne sichtliche Regung entgegen. Hagen lag am Boden und hielt die laufende, zuckende Säge im Arm wie ein Ritter sein ungehorsames Schwert. Dort, wo sein Kopf und Hals waren, quoll und spritzte Blut. Dora warf das Fotoalbum gegen die Hauswand und zog den Stecker der Säge aus dem Verlängerungskabel. Die schlagartige Stille riss ein Loch in die Friedhofsatmosphäre. Sie überlegte: Muss ich ihm helfen? Muss ich was tun? Wie viel Blut kann er noch verlieren? Es quoll und quoll und bildete dort, wo es aus dem Hals trat, unaufhörlich Schaumblasen.

Sie ging aber keinen Schritt auf Hagen zu. Sie stand ganz ruhig und starrte nur. Auch die alte Frau saß ruhig da. Nur ihr ausgestreckter linker Fuß, der in einem beigen Gesundheitsschuh steckte, trat wie aufgezogen unter der blauen Wolldecke hervor gegen die Leiter, so als ob sie diese immer noch umstoßen wollte. Dora fasste das Bein mit beiden Händen und stellte es neben das lahme rechte auf den Tritt des Rollstuhls unter die Wolldecke, bevor sie ihn zur Seite schob. Als sie sich umdrehte und auf das Haus zulief, um den Notarzt anzurufen, hörte sie laut und deutlich das Wort »Sauhund« hinter sich.

Sie drehte sich um und wäre dabei fast über einen Ast gefallen. Sie sah Viktoria Kohler an. Ihr linker Fuß schlug immer noch Beulen in die hellblaue Wolldecke. Ihre Mimik zeigte keine Regung. Sie hatte ihr unbewegliches Gesicht

Dora zugewandt. Ihre rosa geschminkten Lippen bildeten einen schmalen Strich zwischen dem clownhaft aufgelegten Rouge der Wangen. Ihr rechter Mundwinkel hing ein bisschen mehr nach unten und gab dem Gesicht einen höhnischen Ausdruck. Ich halluziniere, dachte Dora, während sie den Hörer ans Ohr riss.

Der Notarzt und die Polizei kamen fast gleichzeitig. Hagen war nicht mehr zu retten. Auch wenn Dora es versucht hätte, die Blutung hätte sie nie stoppen können. Die Halsverletzung war zu groß und zu tief. Dora erzählte, dass sie Hagen noch hatte fallen sehen. Dass die alte Frau zuvor mit ihrem Rollstuhl gegen die Leiter gefahren war und mit ihrem Fuß nachgetreten hatte, erwähnte sie nicht. Bei ihrem derzeitigen überforderten und überreizten Zustand wäre es auch möglich gewesen, dass sie sich das alles nur eingebildet hatte.

Klara kam erst, als ihr Mann bereits zugedeckt worden war. Sie hatte bei ihrer Freundin Rose im Laden noch einen Kaffee getrunken. Das Martinshorn des Krankenwagens und Notarztes hatten sie gehört und dabei noch über die vielen Verkehrsunfälle in der letzten Zeit gesprochen. Klara rannte völlig konfus mit verstörtem Blick und wehendem Haar zwischen der Polizei, der Bahre, dem Haus und dem Garten hin und her. Ihre Augen waren noch größer und noch dunkler. Ihr Gesicht war so blass, dass es sich von ihrem weißen Haar kaum abhob. Sie schien in kurzer Zeit nochmals um zehn Jahre gealtert. Sie bezeichnete sich in abgehackten Sätzen als schuldig, weil sie nicht da gewesen war. Als hätte sie durch ihre Anwesenheit das Unglück verhindern können.

Dora fragte den Polizisten, ob sie nach Hause gehen könne, um den Sohn der Familie in Zürich anzurufen. Auf ihrem Weg hinunter zu ihrem Haus zwang sie sich, nicht zu rennen. Sie sah auf den See, der im Licht des Altweibersommertages glitzerte. Der Thuja-Duft schien ihr plötzlich angenehm und frisch. Auf der anderen Seite der Straße angekommen rannte sie los. Das Tempo bestimmten unkontrolliert ihre Füße und Beine. Atemlos stand sie in ihrer Wohnung. Sie hoffte inständig, dass Jan Reich erreichbar sein würde. Sie ließ sich auf den Sessel neben dem Telefon fallen. Sie nahm ihr Telefonbuch zur Hand, um seine Nummer herauszusuchen.

Und da tat sich plötzlich unvermittelt ein schwarzes Loch in ihrem Kopf auf. Sie sah Jan Reich vor sich. Aber es fiel ihr kein Name, nicht ein einziger Buchstabe zu seinem Bild ein. Sie versuchte verzweifelt, sich zu konzentrieren, mit dem Ergebnis, dass die Schwärze sich noch vergrößerte und wie ein ins Wasser geworfener Stein immer weitere, sich ausbreitende Kreise zog. Die dunkle Leere in ihrem Kopf schien sich hinter einem zähen, nebligen Vorhang fest einzunisten. Entsetzen und Hilflosigkeit überschwappten wie eine Tsunamiwelle ihren Geist und Körper. Es war so, als hätte sich ihr Verstand aufgelöst. Unfassbare Angst war alles, was sie empfand.

Dann brach sie in hemmungsloses Schluchzen und Weinen aus. Wie ein kleines Kind versuchte sie, sich mit geballten Fäusten die Augen klar zu reiben. Sie saß da und hatte nicht mal mehr die Kraft, den Telefonhörer zu halten. Sie konnte nur noch weinen. Und dann endlich kam die Erinnerung zurück. Die riesige Leere in ihrem Kopf schrumpfte in dem Maß, wie sie sich ausgebreitet hatte. Es war, als hätte jemand mit einer Fernbedienung ihr Erinnerungsvermögen für eine Weile ausgeschaltet. Dann sah sie Hagen Reich rückwärts von der Leiter fallen und alles war wieder da.

So hatte sich am Ende zwar nicht die Erde aufgetan und Hagen wie das Rumpelstilzchen verschluckt, so wie Dora es sich auf der Rückfahrt von Zürich damals gewünscht hatte. Dafür hatte nun eine gedemütigte, alte Frau im Rollstuhl für ausgleichende Gerechtigkeit gesorgt.

Dora schlug ihr Telefonregister auf und begann, bei A die Namen durchzulesen. Als sie bei R den Namen Jan Reich las, wusste sie wieder, was sie suchte. Sie wählte seine Nummer.

Als er den Hörer abnahm, sagte sie nur:

»Komm möglichst sofort! Du wirst zu Hause ganz dringend von deiner Mutter und Großmutter gebraucht!«

ULLA NEUMANN
Der Dachläufer
Eine Kriminalgeschichte

Charlotte lebt schon lange in einem sehr alten Haus in der Provence. Dort wird sie von einem Unbekannten terrorisiert. Da die Polizei sie für senil hält, bittet sie ihren Neffen Walter Schmieder, Kriminalkommissar am Bodensee, um Hilfe. Als Walter in dem Dorf ankommt, ist seine Tante im Krankenhaus und zwei Tage später baumelt ein toter Mann vom Dach.
Walter glaubt nicht an einen Selbstmord. Er lässt sich Dorfgeschichten nach „Maigret-Manier" erzählen und kommt so der Wahrheit und noch einigen anderen Verbrechen auf die Spur...

€ (D) 10,95 / (A) 11,30
ISBN 978-3-88627-367-6

www.oertel-spoerer.de

ULLA NEUMANN
Zutritt verboten
Ein Bodensee-Krimi

Seit dem gewaltsamen Tod ihrer Tochter ist Brigitte traumatisiert. Sie „telefoniert" mit ihrer Tochter über ein altes Telefon und erzählt ihr von ihren alltäglichen Erlebnissen und Sorgen. Brigitte glaubt, dass ihr Mann ein Verhältnis mit ihrer Freundin Steffi hat, die einen Hühnerhof leitet. Als sie ihren Mann nach Zürich auf den Bahnhof bringt, weil er zu einem „Arbeitseinsatz" nach Neapel muss, ahnt sie nicht, dass er sich mit Steffi trifft, um in den Urlaub zu fahren. Doch dann geschieht ein Mord ...

€ (D) 9,95 / (A) 10,30
ISBN 978-3-88627-945-6

www.oertel-spoerer.de

ULLA NEUMANN
Eiskalt
Ein Donautal-Krimi

Was ist das noch für ein Leben, fragt sich Marie.
Sie lässt ihn sich zu Tode fressen, er spannt ihr Stolperdrähte. Was ist das noch für eine Ehe zwischen Marie und Franz? Dazwischen der Hund, das Buele, Maries ganze Liebe, für Franz ein Störenfried. Dann stirbt der geliebte Hund. Jetzt nimmt Marie ihr Leben selbst in die Hand. Bevor sie allerdings ihren großen Traum von Afrika verwirklichen kann, will sie noch eine alte Rechnung begleichen. Zunächst läuft alles nach Plan. Doch dann, kurz vor dem Ziel, holt sie eiskalt die Vergangenheit ein. Aus der Traum von Afrika?

€ (D) 9,95 / (A) 10,30
ISBN 978-3-88627-987-6

www.oertel-spoerer.de